Rob Reef

Das Geheimnis von Benwick Castle

W0321522

Das Geheimnis von Benwick Castle

Ein Stableford-Krimi aus Schottland
von Rob Reef

DRYAS

Das für dieses Buch eingesetzte Papier ist ein Produkt
aus nachhaltiger Forstwirtschaft.

Auf den Seite 265 – 270 findet der interessierte Leser ein „Kleines Golf-Glossar".

„Adrian Benwicks Skizze" sowie eine „Detailskizze von Brigadun" finden Sie auf den Seiten 271 und 272 am Ende des Bandes.

Der Roman erschien in Deutschland bereits 2013 im Tally-Ho! Verlag unter dem Titel „Das Geheimnis von Benwick Castle. Stableford in Schottland." Die vorliegende Ausgabe wurde komplett überarbeitet.

1. Auflage 2016

© Dryas Verlag
Herausgeber: Dryas Verlag, Frankfurt am Main,
gegr. in Mannheim.

Alle Rechte vorbehalten.
Kein Teil des Werkes darf in irgendeiner Form ohne schriftliche Genehmigung des Verlages reproduziert oder unter Verwendung elektronischer Systeme vervielfältigt oder verbreitet werden.

Herstellung: Dryas Verlag, Frankfurt am Main
Lektorat: Kristina Frenzel, Berlin
Korrektorat: Birgit Rentz, Itzehoe
Umschlaggestaltung: © Guter Punkt, München (www.guter-punkt.de),
Julia Jonas unter Verwendung von Motiven von Thinkstock
Satz: Dryas Verlag, Frankfurt am Main
Gesetzt aus der Palatino Linotype
Druck: CPI books GmbH, Ulm

Bibliografische Information der Deutschen Bibliothek:
Die Deutsche Bibliothek verzeichnet diese Publikation in der Deutschen Nationalbibliografie, detaillierte bibliografische Daten sind im Internet über http://dnb.ddb.de abrufbar

ISBN 978-3-940258-60-1
www.dryas.de

Wenn es für einen Mord
überhaupt einen besseren Ort
als ein englisches Landhaus gibt,
dann ist es eine schottische Burg.

Todd Downing

KAPITEL I
Der Brief

Benwick Castle
Brigadun
Argyllshire

Sehr geehrter Herr,

ich wende mich an Sie, da sich sowohl die örtliche Polizei als auch Scotland Yard außerstande sehen, uns in unserer Not zu helfen. Mit großer Spannung habe ich Ihren Detektivroman „Tod auf dem Golfplatz" gelesen, der, wie die Zeitungen berichteten, auf einer wahren Begebenheit beruht.[1] *Aus der von Ihnen gewählten Erzählperspektive und Ihrer Namensgleichheit mit dem dort auftretenden Detektiv Stanford Blake darf ich schließen, dass der Roman in gewisser Weise autobiografisch zu lesen ist. Ihr detektivischer Spürsinn und Ihre scharfsinnigen Beobachtungen erinnerten mich unweigerlich an die Fälle des berühmten Sherlock Holmes, und so fasste ich den Mut, Ihnen zu schreiben und Sie, Mr Blake, um Hilfe zu bitten.*

Ihr Verleger Mr Montgomerie, mit dem ich kurzerhand Kontak aufgenommen hatte, um Ihre Adresse zu erfahren, bestärkte mich in meinem Anliegen, da er vorsichtig andeutete, dass Sie durchaus auf der Suche nach neuen Motiven und Anregungen für einen zweiten Roman sind. Lassen Sie sich an dieser Stelle versichern, dass unser schottisches Hochland viele ungelöste Rätsel und unheimliche Geschichten für Sie bereithält. Tatsäch-

1 Nachzulesen in Rob Reef: „Stableford. Ein Golf-Krimi aus Cornwall", Frankfurt am Main 2015.

lich bewohne ich selbst ein Zimmer, in dem es einst gespukt haben soll – aber ich schweife ab.

Ich schilderte also Mr Montgomerie mein Vorhaben, Sie und ausdrücklich auch Ihre sympathischen Mitstreiter aus Ihrem ersten Abenteuer, Miss Pimms und Dr Haynes, nach Brigadun einzuladen. Da er Ihnen ja wohl auch schon einen Tapetenwechsel als natürliches Stimulans für Ihre schöpferische Tätigkeit als Schriftsteller empfohlen hatte, war er von meiner Idee mehr als begeistert. Er bat mich, meinen Brief zu Ihren Händen direkt an das Verlagshaus Montgomerie & Son zu senden, da ihm sehr daran gelegen zu sein scheint, Ihre Adresse geheim zu halten. In der Hoffnung, dass Sie dieser Brief erreicht, komme ich nun endlich zu dem Umstand, welcher mich dazu bewegt, Ihnen zu schreiben.

Vor fast einem Monat, am Morgen des 13. August, verließ mein geliebter Bruder, Sir Alasdair, unsere inmitten des Rannoch Moores gelegene Burg, um für zwei Tage in Glasgow seinen Geschäften nachzugehen. Es handelte sich dabei meines Wissens um Vermögensangelegenheiten, auf die ich an dieser Stelle jedoch nicht weiter eingehen möchte. Nachdem wir gut eine Woche voller Sorge auf seine Rückkehr gewartet hatten, reiste ihm mein Neffe Lance Benwick hinterher. Er musste jedoch feststellen, dass mein Bruder weder das von ihm bevorzugte Hamsley Hotel bewohnte noch mit seiner Kanzlei, den Herren Gore, McMillan & Gore, in der Zwischenzeit Kontakt aufgenommen hatte.

Meine Schwägerin Lady Jennifer beteuert immer wieder, dass er sich von ihr am besagten Morgen in bester Laune und Gesundheit in der Halle von Benwick Castle verabschiedet hat. Und Mrs Ponsonby, die mit ihrem Mann und ihrer Tochter ein Cottage in der unmittelbaren Nähe der Burg in Brigadun bewohnt, sah ihn wohl kurz darauf mit seiner Reisetasche in der Hand in Richtung der Scheune gehen. Mit unserem Transportrad muss er dann zur Bahnstation nach Rannoch gefahren sein. Wir besitzen zwar auch ein Automobil, benutzen es für diesen Weg aber sehr selten, da er dem Ostufer des Loch Laidon nur mühsam abgerungen worden ist und man auf zwei Rädern einfach schneller vorankommt.

In Rannoch verliert sich die Spur meines Bruders. Der Schaffner des infrage kommenden Zuges war erst seit kurzer Zeit für diese Strecke eingeteilt, und da wir Brigadun nur selten verlassen, war ihm Sir Alasdair gänzlich unbekannt. Mein jüngerer Neffe Vin Benwick hat mit dem Schaffner gesprochen und immerhin erfahren, dass am besagten 13. August zwei Herren an der Bahnstation von Rannoch in den Zug eingestiegen sind. Beschreiben konnte der Schaffner sie nicht, jedoch erinnerte er sich, dass einer der Männer eine Golftasche bei sich trug. Dieser Mann muss mein Bruder gewesen sein, denn wir stellten gleich nach Vins Rückkehr fest, dass sich Sir Alasdairs Golftasche tatsächlich nicht an ihrem gewohnten Ort in der Scheune befand, ein Umstand, der uns zunächst jedoch nicht weiter verwunderte, da er sie oft mit auf Reisen nimmt.

Sie müssen wissen, dass mein Bruder ein ausgezeichneter Golfer und geradezu besessen von diesem Spiel ist. Er hat direkt an unserer Burg einen Platz anlegen lassen. Mehr als drei Löcher konnten dem Moor und den Felsen zwar nicht abgerungen werden – und zugegebenermaßen sind es eher drei Abschläge und drei Grüns, denn die Fairways hat sich das Heidekraut weitgehend zurückerobert. Aber es vergeht praktisch kein Tag hier in Brigadun, an dem mein Bruder nicht mit mir, seinen Söhnen oder Dr Goodyear, dem jüngsten Mitglied unserer Gemeinschaft, ein paar Löcher spielt. Ich nehme an, dass auch Sie sich eine Runde nicht entgehen lassen werden, falls Sie meiner Einladung folgen, denn sicherlich ist Ihr Spiel weitaus besser, als Sie es in Ihrem Roman auf so köstlich humoristische Weise beschrieben haben. Aber ich schweife schon wieder ab.

Es ist nun gerade die von uns festgestellte Abwesenheit der Golftasche, auf die sich die Meinung der Polizei stützt, dass Sir

Alasdair, ohne uns davon in Kenntnis gesetzt zu haben, eine längere Reise geplant haben könnte. Sie glauben, dass er sich eine Art „Auszeit" nimmt und in St. Andrews oder Cruden Bay seiner Lieblingsbeschäftigung, dem Golfspiel, nachgeht.

Natürlich kennt die Polizei meinen Bruder nicht. Aber ich kenne ihn, Mr Blake, und ich weiß, dass er seinen Hof und seine Forschungen hier in Brigadun um nichts in der Welt über Wochen verlassen beziehungsweise vernachlässigen würde, ohne genaue Instruktionen zu hinterlassen, wie es mit den Grabungen am Osthang und der Observation des Loch Laidon in seiner Abwesenheit weitergehen soll.

Da es mir meine Gesundheit nicht erlaubt, Brigadun zu verlassen, bitte ich Sie inständig, das Angebot anzunehmen, für einige Tage mit Ihren Gefährten unsere Gäste zu sein, um von hier aus, wenn ich so sagen darf, „die Fährte aufzunehmen". Ich bin mir fast sicher, dass Sie aus den Gesprächen mit mir und den anderen Bewohnern sowie aus den Unterlagen und Aufzeichnungen meines Bruders, die ich Ihnen selbstverständlich zur Verfügung stellen würde, Anhaltspunkte für seinen Verbleib finden werden.

Mit der Hoffnung auf Ihr Kommen verbleibe ich

Ihr ergebener
Adrian Benwick

KAPITEL 2
Mrs Stableford

Harriet saß an einem für vier Personen eingedeckten Tischchen zwischen Palmen und tropischen Blumenarrangements und betrachtete versonnen den schmalen Goldring mit dem umlaufenden Blattmuster an ihrem linken Ringfinger. Seit ein paar Tagen war sie nun Mrs John Stableford.

Nicht weit von ihr plätscherte leise ein barock verzierter Brunnen und ein Streichquartett spielte Johann Strauss' „An der schönen blauen Donau". Dass es sich bei diesem Ort nicht um ein extravagant gewähltes Flitterwochendomizil, sondern um den Palm Court des Ritz handelte, der für den Afternoon Tea genutzt wurde, war Harriet egal. Sie und John hatten sich gegen eine teure Reise entschieden und suchten stattdessen nach einem kleinen Cottage außerhalb von London. Dennoch verrieten die langen Gesprächspausen und die kaum angetasteten Sandwiches und Süßigkeiten auf den Tellern der Etagere eine erste eheliche Verstimmung.

„Und es macht dir wirklich nichts aus?", fragte John vorsichtig zum wiederholten Male.

„Wirklich nicht", antwortete Harriet kurz und ließ dann die letzten Tage in Gedanken Revue passieren.

Vor nicht einmal einer Woche waren sie nach Yorkshire gereist, wo sie ihr Vater, der Reverend Dr Samuel Taylor, Vikar von Upper Biggins, getraut hatte. Es war eine kleine Feier gewesen, und obwohl sich die Taylors gewundert hatten, dass John nur einen Gast – Percy – eingeladen hatte, waren sie mit „Harrys" Wahl mehr als zufrieden gewesen: Der Literaturprofessor aus London war respektabel, zuvorkommend und charmant und Percy hatte ein Bonmot nach dem anderen geliefert, sodass selbst Harriets an Ernsthaftigkeit leidender Vater sein Lachen oft nicht mehr hinter den vorgeblichen Hustenattacken hatte verstecken können. Nur als Percy kurz nach der Trauung versucht hatte, sie in den nächstgelegenen Pub zu entführen, hatte die gute Stimmung für einen Moment zu kippen gedroht. Er hatte von diesem Brauch auf einer Reise nach Süddeutschland gehört und es für eine witzige Idee gehalten, auf diese Weise Johns deutsche Wurzeln mütterlicherseits zu würdigen. Die Empörung der Hochzeitsgesellschaft hatte jedoch deutlich gezeigt, dass Upper Biggins für derlei kosmopolitische Ideen noch nicht bereit war.

Percy war ein Schatz, aber seine unkonventionelle Art war einfach nicht jedermanns Sache. Der Gedanke daran brachte Harriet zurück in die Gegenwart. Seine Unpünktlichkeit war notorisch, heute jedoch übertrieb er es wirklich damit! Sie blickte auf und betrachtete John, der verstohlen nach seiner Armbanduhr schaute. Er war dreiundvierzig, schlank und mittelgroß. Seine braunen Augen wirkten lebendig und melancholisch zugleich. In seinem Mundwinkel steckte die kurze Bulldog-Pfeife, die er – wie ihr manchmal schien – nur zum Schlafen beiseitelegte, und über seine rechte Augenbraue lief eine Narbe, die ihm etwas Verwegenes gab, über deren Herkunft er jedoch beharrlich schwieg.

Tatsächlich wusste Harriet wenig über Johns Vergangenheit, aber sie musste sich eingestehen, dass sie diesen Umstand nicht unattraktiv fand. Er ließ ihn geheimnisvoll wirken. Unheimlich waren allerdings seine regelmäßig wiederkehrenden Albträume, in denen er Deutsch sprach. Sie verstand nur einzelne Worte, hatte sich jedoch zusammengereimt, dass es etwas mit dem Großen Krieg zu tun haben musste. Wenn sie ihn darauf ansprach, wich er ihr aus. Über seine Kriegserlebnisse war nichts aus ihm herauszubekommen.

„Du weißt, dass nur ein Wort nötig ist und ich rufe Mr Montgomerie an und sage unsere Reise in die Highlands ab", versuchte sich John in diesem Moment an einer Variation desselben Themas und griff nach ihrer Hand.

„Ach, John!", antwortete Harriet mit gespielter Entrüstung. „Wenn du wandern gehen willst, gehen wir wandern. Ob in Schottland, Tirol oder auf den Osterinseln, das ist mir egal. Wenn ich dir verzeihen kann, dass mein Alter Ego in deinem Roman ‚Maggie Pimms, genannt Socket' heißt, dann werde ich mit dir auch einen Wanderurlaub in den Highlands überstehen. Ich weiß, wie wichtig dir deine noch so junge Karriere als Detektivroman-Autor ist. Und wenn du glaubst, dass dir diese Reise vielleicht bei der Suche nach einem neuen Stoff für ein weiteres Abenteuer deines Meisterdetektivs helfen könnte, wird Socket nicht von seiner Seite weichen. Ich hoffe nur, dass Percys Bein keine Schwierigkeiten macht – von seiner Begleitung ganz zu schweigen."

„Er war begeistert und versicherte mir, dass seine Kriegsverletzung beim Wandern kein Hindernis darstellt. Und vielleicht ist Hattie, wie er seine neueste Eroberung am Telefon nannte, nicht halb so arrogant, wie du glaubst."

„Das will ich hoffen!", sagte eine amüsierte Stimme hinter ihnen. „Denn meine Arroganz reicht für zwei. Wäre Lady Penelope Hatton nur halb so arrogant wie ich, würden wir uns wohl kaum so trefflich vertragen – meinst du nicht auch, Hattie?"

„Wer behauptet denn, dass wir uns vertragen?", fragte die schlanke hochgewachsene Dame, die neben Percy stand, und lachte. „Sie müssen Socket sein! Percy hat mir schon so viel von Ihnen erzählt."

KAPITEL 3
Mr Stanford Blake

Stableford spürte, wie ihm das Blut in die Wangen schoss. Er blickte zu Harriet hinüber und stellte mit einer gewissen Genugtuung fest, dass auch ihr Gesicht fast das Rot der Blumenbouquets neben ihr angenommen hatte.

Wie schön sie ist, dachte er unvermittelt.

Die Farbe stand ihr ausgezeichnet – sie passte zu ihren graublauen Augen und den kupferfarbenen Locken, die sie seit ihrer Hochzeit mit einem kurzen Pagenschnitt zu bändigen versuchte. Die neue Frisur und das elegante Kostüm, das ihre zierliche Gestalt betonte, ließen sie ein wenig älter als neunundzwanzig wirken.

Während Stableford darüber nachdachte, ob dies Absicht war, fiel ihm auf, dass die beiden Neuankömmlinge noch immer standen. Er riss sich zusammen und bat sie, Platz zu nehmen. Sir Perceval Holmes, ein großer, hager wirkender Mann von etwa fünfundvierzig Jahren, setzte sich neben ihn, Lady Penelope, die Stableford auf Anfang vierzig schätzte, neben Harriet. Holmes hatte seiner Begleitung offenbar von Harriets früherer Arbeit als Künstlermodell erzählt, denn obwohl man den Erstkontakt kaum als glücklich bezeichnen konnte, verfielen die beiden Frauen praktisch sofort in ein angeregtes Gespräch über die reiche, psychologisch deutbare Symbolik in der modernen Malerei.

In einer kurzen Gesprächspause ergriff schließlich Holmes das Wort: „Also, mein lieber Stableford. Sie haben uns hierher eingeladen, um uns mehr von Ihrem Plan für eine gemeinsame Highland-Reise zu erzählen, die, wie ich aus Ihrem geheimnisvollen Anruf schließen darf, in

Verbindung mit Ihrer neuen Tätigkeit als Detektivroman-Autor steht. Ich wiederum habe Hattie mitgebracht, da eine Reise mit einem frisch vermählten – und ich hoffe doch noch frisch verliebten – Paar für mich sehr einsam ausfallen könnte. Also bat ich sie darum, uns zu begleiten. Aus mir unerfindlichen Gründen hat sie zugesagt, obwohl doch jeder weiß, dass sich Psychiater und Psychoanalytiker bis ins Unterbewusste misstrauen."

„Du bist schrecklich", unterbrach ihn Lady Penelope. „Ich habe zugesagt, weil ich deine Freunde kennenlernen wollte. Ich hielt Sie beide nämlich anfänglich für Ausgeburten seiner Fantasie. Es ist mir aus eigener Erfahrung nahezu unverständlich, wie ein egozentrischer Zyniker wie Percy Kontakte knüpfen und halten kann. Sie müssen wissen, dass meine Konsultationsräume genau gegenüber seiner psychiatrischen Praxis in der Harley Street liegen. Über Wochen sah ich Percy am Fenster stehen. Tat ich es ihm gleich, wich er in die Tiefe seines Sprechzimmers zurück. Schließlich habe ich ihn vor seiner Praxis abgefangen und zum Lunch ins Kettner's eingeladen – natürlich unter dem Vorwand eines Fachgesprächs. Dieses ‚Gespräch' führen wir nun schon seit fast einem Monat jeden Dienstag und Donnerstag und mittlerweile winkt er immerhin zurück, wenn ich ihn am Fenster entdecke."

„Wuff", bellte Holmes und verursachte damit einiges Aufsehen im Saal. „Pawlow hätte seine Freude an uns. Sie hat mich mit der Aussicht auf unsere gemeinsamen Mittagessen ganz klassisch konditioniert. Wenn sie all meine Reflexmuster entschlüsselt hat, bin ich geliefert."

„Ist er nicht romantisch?", flüsterte Lady Penelope mit einem Augenzwinkern in Richtung Harriet. „Psychoanalytisch betrachtet wäre sein Platz eher auf der Couch als im Sessel an deren Kopfende."

„Mein Platz ist an deiner Seite, Hattie", bemerkte Holmes fröhlich. „Die Wahl des Möbels überlasse ich dir. Aber wollen Sie uns nicht endlich von der geplanten Reise erzählen, bevor mich meine Begleitung weiter analysiert, mein lieber Stableford?"

„Nun", begann Stableford zögernd, „da unsere Reise tatsächlich in gewisser Weise mit meinem ersten Roman in Verbindung steht, ist es zunächst vielleicht sinnvoll, Lady Penelope kurz über den Autor dieses Werkes, Stanford Blake, aufzuklären."

„Ausgezeichnet!", rief Holmes. „Damit hätten wir dann recht zügig alle Peinlichkeiten abgearbeitet. Schießen Sie los!"

„Wahrscheinlich hat Ihnen Dr. Holmes bereits von unserem gemeinsamen Wochenende in Cornwall erzählt, Lady Penelope. Der Fall sorgte damals ja für einiges Aufsehen."

„Sie meinen die Morde in Peters Peter?"

„Ganz genau. Nun, Ende Oktober, kurz nach unserer Rückkehr nach London, sprach mich ein Verleger an – Mr Montgomerie vom Verlagshaus Montgomerie & Son. Er hatte von der ganzen Angelegenheit aus der Zeitung erfahren – die Blätter berichteten ja damals ausführlich über den Fall und unsere Rolle darin. Mr Montgomerie fragte mich also, ob ich Interesse hätte, meine Erlebnisse in Form eines Detektivromans niederzuschreiben. Tatsächlich hatte ich schon früher daran gedacht, einen solchen Roman zu verfassen, denn Sie müssen wissen, dass ich für dieses Genre eine gewisse Leidenschaft hege. Ich sagte also zu und nach nur vier Monaten war das Manuskript fertig. Mr Montgomerie zeigte sich begeistert, beharrte jedoch darauf, dass sich mein Name, John Stableford, nicht für einen Detektivroman-Autor eignet. Er stelle sich etwas Reißerisches vor, ‚einen Namen so kühl wie Stahl, mit dem Klang eines Pistolenschusses', sagte er, wenn ich mich richtig erinnere."

Lady Penelope lachte.

„Ich hielt das zunächst auch für einen Scherz", erklärte Stableford, „doch die Suche nach einem Nom de Plume wurde für Mr Montgomerie zu einer fixen Idee. Für ihn stand oder fiel der Erfolg des Buches mit dem richtigen Pseudonym des Autors. Etwa eine Woche vor der Drucklegung trafen wir uns am Abend, ich weiß nicht zum wievielten Male, in seinem Büro, und nach Stunden vergeblichen Suchens verließ ich ihn völlig entnervt mit der Aussage, dass er sich das Pseudonym aussuchen könne, sofern es aus den Buchstaben meines vollen Namens, John Wickham Stableford, gebildet würde. Am nächsten Morgen rief er mich an und erzählte mir stolz, dass er das Problem endlich gelöst hatte. Mittels eines Abzählverses aus seiner Kindheit hatte er sich zwischen seinen zwei Lieblingsschöpfungen entschieden: ‚Rodham Constable' hatte verloren, ‚Stanford Blake' gewonnen."

„Da sind dem guten Mr Montgomerie aber ein paar Buchstaben abhandengekommen", bemerkte Lady Penelope amüsiert.

„Richtig, aber er war so begeistert von seinem Pseudo-Anagramm, dass er mich fragte, ob nicht auch der bis dahin namenlose Gentleman-Detektiv im Roman diesen Namen führen dürfe. Ich willigte ein und das Buch ging in den Druck. So weit, so gut. Vor ein paar Tagen nun erhielt Mr Montgomerie einen Brief, in dem ein gewisser Adrian Benwick eben jenen Stanford Blake um Hilfe bittet. Da die Einladung explizit auch seine Gefährten aus dem ersten Abenteuer einschließt, habe ich dieses Treffen arrangiert."

„Sie meinen, es gibt wirklich Leute, die zwischen Fiktion

und Realität nicht unterscheiden können?", fragte Lady Penelope ungläubig.

„Also wirklich, Hattie!", sagte Holmes und lachte. „Mein berühmter Namensvetter Sherlock erhält täglich Post aus der ganzen Welt, und gerade du solltest dich doch berufsbedingt mit den Grauzonen des menschlichen Realitätsempfindens auskennen."

Stableford hatte inzwischen den Brief aus der Innentasche seines Sakkos gezogen, entfaltete ihn und begann laut zu lesen. Als er geendet hatte, blickte er in die Runde.

„Fantastisch!", brach es aus Holmes heraus. „Auf mich können Sie zählen, Stableford. Das Ganze klingt wie ein – zugegebenermaßen recht langer – Klappentext auf einem Ihrer so geliebten Detektivromane. Wir reisen nach Schottland und servieren Scotland Yard bei unserer Rückkehr ein Fait accompli! Ich befürchte nur, dass Sir Alasdair tatsächlich Cruden Bay unsicher macht und sich Lady Jennifer auf eine Golf spielende Rivalin einstellen muss."

Lady Penelope war sichtlich skeptisch. „Kann das wahr sein?", fragte sie halblaut, mehr zu sich selbst. „Das Ganze klingt doch eher wie ein Scherz. Lady Jennifer, Lance und Vin auf einer Burg?"

„Nicht wahr?", fiel Harriet ein. „Als mir John den Brief zum ersten Mal vorlas, musste ich auch sofort an Camelot und die Legenden um König Artus denken: an seine Gemahlin Lady Guinevere und die Ritter Sir Lancelot und Sir Gawain. Natürlich sind diese Namen in ihren teils modernisierten Formen heute weit verbreitet, aber die Anhäufung wirkt doch übertrieben."

„Und Sie sind sich wirklich sicher, dass es sich nicht um einen Scherz handelt?", fragte nun auch Holmes.

„Sicher bin ich mir nicht", antwortete Stableford, „allerdings hat Mr Montgomerie heute Morgen einen zweiten

Brief mit einer Wegbeschreibung und einer Landkarte erhalten. Er ist nun ähnlich begeistert wie Sie, Holmes, und würde für die Zugtickets und alle anfallenden Kosten aufkommen. Natürlich wittert er die Chance auf einen zweiten Bestseller des tollkühnen Blake. Da ich wiederum auf der Suche nach einem neuen Stoff bin und darüber hinaus noch nie in den Highlands war, würde ich sein Angebot gerne annehmen. Was meinen Sie? Warum sollen wir Mr Benwick nicht bei der Suche nach seinem Bruder helfen und zudem auf einem Golfplatz ohne Fairways spielen? Und wenn es sich doch um einen Scherz handelt, erkunden wir einfach das Rannoch Moor und betrinken uns auf Mr Montgomeries Kosten."

Holmes wirkte auf einmal nachdenklich. „Der tollkühne Blake ... Benwick ... Der tollkühne Benwick. Wo habe ich das schon mal gehört? Natürlich! Colonel Carruthers!"

„Meinen Sie den Witze-Erzähler aus Ihrem Golfclub?", fragte Stableford überrascht.

„Genau den alten Knaben! Wenn er keine Golfwitze erzählt, schwelgt er in Erinnerungen an den Großen Krieg. Er wirkt wie eine lebendig gewordene Kopie des Clubältesten aus P. G. Wodehouses Golfgeschichten. Sie erinnern sich an den namenlosen Burschen, der vornehmlich junge Männer an der Bar abfängt, um ihnen Anekdoten aus der Vergangenheit zu erzählen? Carruthers erinnert mich sehr an ihn, allerdings sind seine Geschichten nicht halb so amüsant. Ich bin mir jedoch sicher, dass er schon einmal vom ‚tollkühnen Benwick' erzählt hat. Natürlich gebe ich stets eine wichtige Verabredung vor und suche das Weite, sobald er seine Heldengesänge anstimmt, aber wirklich entkommen kann man ihm nicht und der ‚tollkühne Benwick' gehört wahrscheinlich zu seinem Standardrepertoire. Was halten Sie davon, am Samstag eine Runde mit ihm zu spielen und herauszubekommen, ob sein ‚tollkühner Benwick‘ mit unserem vermissten Sir Alasdair verwandt oder vielleicht sogar identisch ist?“

„Abgemacht!“, antwortete Stableford begeistert. „Mir scheint fast, als müsste ich Ihre Rolle in Blakes zweitem Abenteuer ausbauen. Schade nur, dass ich Sie auf Anraten der Verlagsanwälte in ‚Dr Haynes‘ umtaufen musste.“

„Da hat er mehr Glück gehabt als ich“, warf Harriet grollend ein. „Seien Sie bei der Wahl Ihrer Getränke vorsichtig, Lady Penelope! John hat meine bei unserer ersten Verabredung zurück in London in meiner Romanfigur verewigt: Ich bestellte einen Pimm's Cup Number 1 – und ‚Maggie Pimms‘ war geboren. Stellen Sie sich nur vor, ich hätte Lust auf eine Bloody Mary gehabt!“

„Ich denke, er hielt es für eine romantische Hommage an Ihr Rendezvous“, sagte Lady Penelope. „Lassen Sie uns doch zur Bar hinübergehen und auf unser kommendes Abenteuer anstoßen!“ Sie wandte sich an Holmes und lächelte. „Ich hätte dann übrigens gern einen Between the Sheets, Percy.“

In diesem Moment geschahen zwei Dinge, die Stableford noch nicht erlebt hatte: Holmes war sprachlos und – errötete. Lady Penelope hatte offenbar ein weiteres Reflexmuster ihres Freundes entschlüsselt.

KAPITEL 4
Colonel Carruthers

Stableford stand am Tee des dreizehnten Loches und blinzelte gegen die warme Septembersonne. Die Fairways des Hampstead Golf Club strahlten in einem satten Grün, und in den alten Buchen, die die Spielbahnen säumten, leuchteten die ersten goldenen Blätter. Trotz dieser glorreichen Herbstszenerie war seine Stimmung auf dem Tiefpunkt angelangt. Er hatte auf den ersten zwölf Löchern fünf Bälle verloren. Sein Caddie, ein junger Bursche mit roten Locken und Sommersprossen, hatte ihm auf die Frage, ob er einen generellen Tipp gegen seinen Slice habe, frech geantwortet, er würde sich an seiner Stelle einer anderen Freizeitbeschäftigung zuwenden. Colonel Carruthers dagegen, einem wohlgenährten, schnauzbärtigen Endfünfziger mit rosigen Wangen, mit dem Stableford an diesem Samstagnachmittag ein Team beim Threesome gegen Holmes bildete, gingen selbst vor diesem so wichtigen Abschlag die Golfwitze nicht aus.

„Jetzt wird es ernst, mein Junge", rumpelte er gut gelaunt und entzündete umständlich seine große Meerschaumpfeife. „Sir Percy liegt dormy, also sechs auf, bei noch sechs ausstehenden Löchern. Wir müssen von nun an alle Löcher gewinnen, um ein Stechen erzwingen zu können. Versuchen Sie einfach, den Ball ins Spiel zu bringen, und vermeiden Sie das Rough auf der linken Seite!"

Stableford nickte und machte sich zum Abschlag bereit.

„Kennen Sie übrigens die Geschichte vom Stoffhändler aus Exeter?", fragte Carruthers, während Stableford die Mitte des Fairways anvisierte. „Seine Frau wollte eines

Tages von ihm wissen, warum er nicht mehr mit seinem guten Freund, dem alten Richter, Golf spiele. Darauf sagte er: ‚Würdest du mit einem Mann spielen, der ständig seine Bälle sucht, sich beim Score gerne zu seinen Gunsten verrechnet und bei jedem missglückten Schlag die obszönsten Schimpfworte benutzt?' ‚Sicher nicht, mein Guter', antwortete sie entsetzt. ‚Nun', erwiderte er, ‚genau das hat sich der Richter wohl auch gedacht.'" Carruthers bog sich vor Lachen und Stableford schlug seinen letzten Silver King ins Rough auf der linken Seite.

Da Holmes zuvor seinen White Colonel mittig auf das Fairway gespielt hatte, machten sich die drei Golfer gemeinsam auf die Suche. Carruthers fand schließlich Stablefords Ball, zückte seinen Niblick und schlug den Silver King im hohen Bogen fast tot an die Fahne des kurzen Par-4-Loches.

„Ein tollkühner Schlag", bemerkte Holmes anerkennend und blinzelte Stableford zu.

„Tollkühn?" Carruthers stutzte kurz. „Da fällt mir ein: Habe ich Ihnen schon mal vom tollkühnen Benwick erzählt?"

„Sicher nicht, mein lieber Colonel", antwortete Holmes zufrieden, „aber heben Sie sich diese Geschichte doch für die Club-Bar auf. Ich denke, dass Sie mich gleich auf einen Drink einladen können, denn mein Gefühl sagt mir, dass wir heute nicht über die volle Distanz gehen werden." Mit diesen Worten drehte er sich um und ging, fast unmerklich das linke Bein nachziehend, zu seinem Ball.

„Ein feiner Kerl", sagte Carruthers leise zu Stableford. „Ein Granatsplitter hat ihm im Großen Krieg das Bein zerfetzt. Man sagt, er habe drei schwer verletzte Kameraden praktisch auf einem Bein in Sicherheit gebracht, bevor er selbst völlig erschöpft zusammenbrach. Erst Tage später soll man ihn auf dem Schlachtfeld gefunden haben. Sir Percy ist ein wahrer Kriegsheld, meinen Sie nicht?"

Stableford schwieg. Zum einen, weil er sich vorzustellen versuchte, wie Holmes seine Kameraden auf einem Bein in Sicherheit gebracht haben könnte, zum anderen, weil er die Antikriegspassagen aus Holmes' Pamphlet „Pazifismus, jetzt!" nur zu gut kannte. Es war gerade dieser übertriebene Heldenkult in Offizierskreisen, mit dem sein Freund dort mit beißender Ironie abgerechnet hatte. Konnte es sein, dass Carruthers nie davon gehört hatte?

Das Geräusch eines perfekt getroffenen Golfballs riss Stableford aus seinen Gedanken. Holmes' White Colonel kam knapp vier Fuß vor dem Loch zum Liegen.

Auf dem Weg zum Grün erzählte ihnen Carruthers vom ärgerlichen Phänomen, dass die langsamen Golfer immer vor und die schnellen immer hinter einem spielten. Dann lachte er laut und schob auf den letzten Metern noch den fast philosophischen Einzeiler hinterher: „Jeder Golfer, der sagt, dass er nie betrügt, ist ein Lügner."

Es war diese Bemerkung, die Stableford und Carruthers das Loch und damit auch das Spiel kostete. Holmes' Putt verfehlte sein Ziel um wenige Inches. Stableford hätte seinen nicht mehr als einen Fuß vom Loch entfernt liegenden Ball mit Sicherheit versenkt und damit Holmes' Vorsprung auf fünf Löcher reduziert, hätte der Professor in ihm nicht darüber nachgedacht, ob es sich bei Carruthers' Bemerkung um ein klassisches, in eine Antinomie führendes Lügner-Paradoxon handelte oder nicht. Während er versuchte, sich an den Ausspruch des Epimenides und Russells Typentheorie zu erinnern, stellte er sich unschlüssig parallel zum Ball, missachtete das leichte Gefälle und puttete seinen Silver King dicht am Loch vorbei und weiter über den Grünrand bis in den tiefen Bunker hinein.

„Verdammt!“, rief er, die Etikette vergessend, und warf den Putter in Richtung seiner Tasche.

„Sie kommen nicht zufällig aus Exeter, Mr Stableford?“, fragte Carruthers und lachte herzlich. „Da fällt mir übrigens die Geschichte vom alten Roberts ein. Er stand auch mit dem Putten auf Kriegsfuß und kaufte sich praktisch jedes Jahr einen neuen Schläger. Der Schlägermacher unseres Clubs hat erzählt, dass er seine Modelle nicht nur auf dem Grün ausprobierte, sondern auf der Wiese hinter dem Clubhaus auch ihre Flugeigenschaften testete. Nun, ich denke, wir können Ihnen auch dieses Loch schenken, Sir Percy.“

Holmes nahm die Glückwünsche seiner Mitspieler entgegen und die drei gingen langsam zum Clubhaus zurück.

„Kennen Sie übrigens die Geschichte vom Threesome zwischen Moses, Jesus und Bobby Jones? Moses schlägt als Erster ab und sein Ball fliegt auf ein Wasserhindernis zu. Er hebt seinen Schläger, das Wasser teilt sich und der Ball rollt sicher weiter bis zum trockenen Ufer …“

KAPITEL 5
Der tollkühne Benwick

Im Clubhaus bestellte Stableford an der Bar drei Scotch mit Wasser und gesellte sich wenig später mit den Getränken zu Holmes und Carruthers, die es sich in einer Ecke am Kamin gemütlich gemacht hatten.

„Sie wollten uns vom tollkühnen Benwick erzählen", eröffnete Holmes das Gespräch und erhob sein Glas. „Auf abwesende Freunde!"

Sie tranken und Carruthers entzündete seine Pfeife. Bald hing ihr öliger Rauch wie eine schwere Gewitterwolke um seinen Kopf. Er lehnte sich in seinem ledernen Clubsessel zurück und begann endlich zu erzählen.

„Richtig, richtig, mein Junge. Ein Teufelskerl, sicher. Ich habe ihn zwar nie persönlich kennengelernt, aber in Offizierskreisen ist dieser Bursche eine wahre Legende. Soweit ich weiß, stammt er aus Sussex, war Kadett in Sandhurst und kämpfte als junger Mann im Burenkrieg. Er gehörte zu einem Bataillon unseres Expeditionskorps, also zu den Jungs, die als Erste im Herbst 1914 in Le Havre anlandeten."

„Sie erwähnten gerade Sandhurst", unterbrach ihn Stableford, während er seine Pfeife stopfte. „Welchen Rang bekleidete er denn bei Kriegsbeginn?"

„Damals war er Captain. Schon nach wenigen Tagen hatte er sich bei seinen Vorgesetzten einen Namen gemacht. Zum einen, weil er es sich nicht nehmen ließ, mit seinen Männern in der ersten Reihe zu kämpfen, zum anderen, weil seine Motive – wie soll ich sagen? – besondere Aufmerksamkeit erregten. Wir alle kämpften für König und Vaterland, aber Benwick kämpfte darüber hinaus für seinen Traum, von George V. – Gott hab ihn selig! – selbst zum Ritter geschlagen zu werden. Tatsächlich lebte er in einer Art Traumwelt, predigte seinen Soldaten ritterliche Tugenden und schwor sie auf einen fast übermenschlich zu nennenden Ehrbegriff ein. Seine Vorgesetzten ließen ihn gewähren, denn er führte seine Jungs vorbildlich und war ein ausgezeichneter Taktiker. Man tat seine Bewunderung für die Ritter der Tafelrunde als fixe Idee eines Exzentrikers ab. Und was konnte es schon schaden, wenn ein Captain seine Soldaten mit den ruhmreichen Geschichten von König Artus bei Laune hielt?

Einige Neider streuten allerdings das Gerücht, er habe von seinen Männern die Teilnahme an eigentlich freiwilligen Sondereinsätzen erzwungen. Ich meine solche Einsätze, die man später schimpflicherweise als ‚Himmelfahrtskommandos' bezeichnet hat. Aber es gab nie offizielle Beschwerden und im Krieg zählen letztendlich Erfolge – und die lieferte Benwick in Serie."

Stableford schaute zu Holmes hinüber, der sich, für ihn ganz untypisch, jedes ironischen Kommentars enthielt. Er sah blass aus und wirkte angespannt.

„Seinen Spitznamen erhielt Benwick im Winter 1914/15", fuhr Carruthers unbeirrt fort. „Als die Fronten eingefroren waren, gab es nur noch eine Marschrichtung, nämlich die nach unten, beim Ausheben der Schützengräben. Benwick befand sich mit seinem Regiment in der Nähe von Ypern. Die Gräben der ‚Hunnen' lagen dort nicht einmal hundert Yards von den unsrigen entfernt. Nachdem es um die Weihnachtszeit an einigen Teilen der Front zu spontanen Waffenstillständen gekommen war, verlangten hohe Offiziere auf beiden Seiten nun die Rückkehr zur Kampfhandlung und Benwick sah seine Chance gekommen, zum Helden zu werden. Er suchte sich einige seiner tapfersten

Männer zusammen und ging mit ihnen regelmäßig auf nächtliche Erkundungstouren im Niemandsland – ohne Deckung und ständig in Gefahr, vom Maschinengewehrkreuzfeuer niedergemäht zu werden. So lernten sie das Terrain und die genaue Lage der deutschen Gräben kennen."

„Ich habe das Gefühl, dass wir nun zur Heldentat kommen", bemerkte Holmes ohne jeden Enthusiasmus.

„Ganz recht, mein lieber Holmes! Ich weiß nicht, ob Benwick den nächtlichen Grabenüberfall erfunden hat, aber sein Überraschungsangriff am 15. Februar 1915 machte ihn über Nacht berühmt. Sechs Männer trafen sich damals um zwei Uhr morgens im Frontgraben: Benwick, ein Lieutenant namens Nesbit, ein Sergeant und drei Soldaten. Sie trugen keine Uniformjacken oder sonstige Erkennungsmerkmale ihres Ranges. Ihre Gesichter und Hände hatten sie mit gerußten Korken geschwärzt. Jeder nahm einen Schluck Rum, der in einer Feldflasche herumging, und es wurde ein kurzes Gebet geflüstert. Die beiden Offiziere trugen ihre Revolver am Gürtel und alle hatten sich mit Handgranaten, Grabendolchen und selbst gebastelten Totschlägern bewaffnet, denn im Nahkampf waren unsere Enfield-Gewehre ja eher hinderlich. Benwick gab ein Signal und der kleine Trupp machte sich auf. Es war eine kalte Nacht und die dichten Wolken über Flandern gaben ihnen eine natürliche Deckung." Carruthers räusperte sich, nahm sein Glas vom Tisch und trank den Rest in einem Zug. „Die nächste Runde geht auf mich", sagte er, erhob sich und machte sich auf den Weg zur Bar.

„Ist Ihnen nicht wohl?", fragte Stableford Holmes, der seine Stirn mit einem Taschentuch abtupfte.

„Diese Geschichte weckt furchtbare Erinnerungen", erwiderte Holmes leise. „Der Colonel ist ein netter Bursche, aber haben Sie das Leuchten in seinen Augen gesehen? Er hält diesen Benwick für einen Helden und den Krieg für ein ehrenhaftes Spiel unter Gentlemen, die die gemeinen Soldaten wie Bauern auf einem Schachbrett herumschieben und zuweilen aus taktischen Gründen opfern."

Stableford blickte in die Glut des Kaminfeuers und schwieg. Er hatte mit seinen eigenen Dämonen aus dieser Zeit zu kämpfen.

„Wo war ich stehen geblieben?" Die Frage des eben zurückgekehrten Carruthers riss ihn aus seinen Gedanken.

„Benwick gab das Signal zum Grabenüberfall", antwortete Holmes düster.

„Ah, richtig, richtig." Carruthers verteilte die Drinks und setzte sich. „Sie schlichen also zur ersten Stacheldrahtbarriere, durchschnitten sie und bahnten sich ihren Weg teils auf allen vieren, teils kriechend von Hindernis zu Hindernis – bis zur aufgeschütteten Brustwehr des deutschen Grabens. Dort hielten sie inne und lauschten nach Stimmen oder anderen Geräuschen, die ihnen die Position der Wachen verraten würden. Sie hörten nichts, aber Benwick roch den Tabak einer brennenden Pfeife und gab das Zeichen zum Angriff. Sie hatten den Überraschungseffekt auf ihrer Seite, töteten den rauchenden Wachmann und noch ein paar weitere Soldaten. Dann schlichen sie zu einem kleinen Unterstand, überwältigten einen schlafenden Offizier und wurden schließlich entdeckt. Benwick und ein Soldat traten mit dem Gefangenen sofort den Rückzug an, die vier anderen warfen die selbst gebastelten Granaten und versuchten, sich mit ihren Dolchen und Keulen einen Weg aus dem Graben zu bahnen. Zwei von ihnen schafften es nicht, die anderen kehrten unter dem wütenden Beschuss der deutschen Maschinengewehre mit leichteren Verletzungen zurück und wurden von unseren Jungs mit großem Jubel empfangen."

„Ein mordsmäßiger Spaß", sagte Holmes und schloss die Augen.

„Nicht wahr?", pflichtete ihm Carruthers bei, ohne die Ironie erkannt zu haben. „Die Nachricht von diesem waghalsigen Manöver machte schnell die Runde, und noch im selben Jahr erhielten die beiden Offiziere den Orden für hervorragende Dienste, während die vier anderen, zwei von ihnen posthum, mit einer Medaille für hervorragendes Benehmen ausgezeichnet wurden. Der Mythos vom ‚tollkühnen Benwick' war geboren und Benwick wurde schon kurz darauf zum Major ernannt. Er hat in den folgenden Jahren noch viele Auszeichnungen erhalten. Ein bemerkenswerter Offizier!"

„Mein Gott", stöhnte Holmes und nahm einen großen Schluck aus seinem Glas. „Ein verhinderter Ritter erstürmt einen lehmigen Graben auf einem zertretenen Feld mitten in Flandern und wird dafür auch noch zum Helden ausgerufen – barbarisch! Ich kenne einige Offiziere, die unter der Ausführung der Befehle der Generalität gelitten haben, weil sie die Folgen direkt vor Augen hatten. Aber Benwick scheint damit keine Probleme gehabt zu haben. Was ist aus ihm geworden?"

„Nun", sagte Carruthers, dem Holmes' Bemerkungen sichtlich unangenehm waren, „seinen Abgang kann man tatsächlich nur als unehrenhaft beschreiben. Major Benwick sollte 1919 mit dem Titel eines Commanders des Ritterordens des Britischen Empires ausgezeichnet werden und – lehnte ab. Es war ein Skandal, der seine ruhmreiche Militärlaufbahn jäh beendete und ihn viele Freunde kostete."

„Immerhin eine folgerichtige Ablehnung", sagte Stableford in Gedanken.

„Wie meinen?", fragte Carruthers überrascht.

„Die Ernennung zum Commander war nicht der erträumte Ritterschlag vom König. Und er berechtigte ihn nicht zur Führung des Titels ‚Sir'. Nach allem, was wir gerade von Ihnen gehört haben, kam die Ernennung zum Commander für den nach Ritterehren dürstenden Krieger wohl kaum infrage. Ich könnte mir auch vorstellen, dass er gerade diesen Orden für besonders inakzeptabel hielt. War es nicht der Ritterorden des Britischen Empires, der die Ritterwürde als Erster sowohl an Männer als auch an Frauen verlieh? Das passte doch wahrscheinlich ganz und gar nicht in seine Vorstellung vom klassischen Helden des Mittelalters. Stellen Sie sich nur vor, wie Benwick, der kampferprobte Recke, als Commander einer höher gestellten Dame des gleichen Ordens gegenübertreten müsste! Wissen Sie übrigens, was er heute macht?"

„Nein. Ich habe gehört, dass seine Frau gestorben ist und ihm ein beachtliches Vermögen hinterlassen hat. Aber das ist Jahre her. Ihre beiden Söhne müssen mittlerweile junge Männer sein. Sie würden nie erraten, wie sie heißen."

„Lancelot und Gavin", sagte Holmes wie aus der Pistole geschossen.

Carruthers sah ihn ungläubig an. „Beim Zeus, Sir Percy! Sie kennen Major Benwick?"

„Nein, aber Mr Stableford und ich werden demnächst seinen Bruder kennenlernen. Nach allem, was wir aus dessen Brief erfahren haben, lebt der gute Major mit seiner – ich nehme an zweiten – Frau Jennifer auf einer Burg in den schottischen Highlands. Alasdair Benwick mag kein Ritter geworden sein, aber man kann wohl nicht abstreiten, dass er seinem Lebenstraum beachtlich nahegekommen ist, wenn auch auf Umwegen. Mich würde allerdings interessieren, wie er dann doch noch seinen Titel erhalten hat. Sein Bruder nannte ihn, wenn ich mich recht erinnere, ‚Sir Alasdair', nicht wahr, Stableford?"

Der nickte.

„Bemerkenswert!", staunte Carruthers und begann eine andere Geschichte zu erzählen.

Am späten Nachmittag verabschiedeten sich Holmes und Stableford. Holmes verstaute ihre Golftaschen im Kofferraum seines dunkelgrünen Bentley 8 und kurz darauf fuhren sie auf der Hampstead Lane in Richtung Highgate.

„Stört es Sie, wenn ich das Fenster öffne?", fragte Holmes, als sie in die Fortress Road Richtung London einbogen. „Ich brauche frische Luft, um den beißenden Geruch dieses barbarischen Heldenepos loszuwerden. Was halten Sie übrigens von Carruthers' Geschichte?"

„Ich denke, dass Sie und Lady Penelope beruflich in der nächsten Woche voll auf Ihre Kosten kommen werden."

Holmes lachte. „Sie halten Alasdair Benwick für verrückt?"

„Ich würde das zumindest nicht ausschließen wollen. Aber wie dem auch sei: Ich bin froh, auf dieser Reise einen Psychiater und eine Psychoanalytikerin an meiner Seite zu haben, denn wahrscheinlich entpuppt sich Brigadun als eine Art mittelalterliches Wolkenkuckucksheim, ein Ort, an dem Alasdair Benwick ungestört seine Utopie von den Rittern der Tafelrunde ausleben kann. Natürlich nur, falls er dazu noch in der Lage ist."

„Wie meinen Sie das?"

„Nun, nach allem, was wir heute über seinen Charakter erfahren haben, könnte ich mir auch vorstellen, dass er Benwick Castle am Morgen des 13. August nie verlassen hat. Stellen Sie sich diesen fanatischen Burschen ohne Offiziersuniform als Gutsherrn vor und Sie haben einen Despoten, wie er im Buche steht. Klingt das nicht auch für Sie ein wenig nach Verrat, Intrigen und – Königsmord?"

Holmes überlegte. „Nun gut, nehmen wir einmal an, dass Benwick ermordet wurde. Warum hat man uns dann eingeladen? Wieso Staub aufwirbeln, wenn sogar die Polizei mit der Erklärung einer spontan verlängerten Reise zufrieden ist und keinen Grund zum Handeln sieht?"

„Weil Intrigen praktisch nie geradlinig verlaufen. Wir bewegen uns hier natürlich auf dem Feld ungestützter Theorie und das Ganze hat tatsächlich etwas von der Suche nach einem Handlungsschema für einen Detektivroman. Aber stellen Sie sich vor, dass A verschwindet und B nicht an die Erklärung der ausgedehnten Reise glaubt. Vielleicht ahnt B sogar, wer als Täter infrage kommt, hat aber keine Beweise dafür. Er wendet sich an die Polizei, die jedoch keinen Handlungsbedarf sieht. Also versucht er über einen Umweg, Licht ins Dunkel zu bringen: Er bittet Stanford Blake um Hilfe und hofft, dass wir dem Mörder auf die Spur kommen."

„Damit könnten wir Adrian Benwick von der Liste der Verdächtigen streichen, nicht wahr?"

„Nicht unbedingt, mein Lieber. Denn nehmen wir jetzt einmal an, dass A von B ermordet wurde und B den Verdacht mit kunstvoll ausgelegten Hinweisen und einem trickreich ausgearbeiteten Alibi auf C, einen anderen Bewohner von Brigadun, lenken will. Vielleicht geht es um eine Erbschaftsfolge und C steht B ebenfalls im Weg. Da die Polizei nicht ermittelt, holt B uns an den Tatort und gibt uns mehr oder weniger versteckte Hinweise auf C, den wir überführen sollen. Man könnte diese Theorien endlos fortführen."

„Der zweite Fall wäre dann also eine Art Doppelmord, wobei B die Hinrichtung von C einer irregeleiteten Justiz überlässt. Ein teuflischer Plan!", bemerkte Holmes. „Bei Ihrer kriminellen Fantasie bin ich froh, Sie als Freund zu haben. Aber wenn Alasdair Benwick unser Duncan ist, wer ist dann Macbeth in Ihrer schottischen Gleichung?"

„Das, mein lieber Holmes, müssten wir in Erfahrung bringen."

KAPITEL 6
Auf nach Schottland!

Am 15. September trafen sich die Stablefords, Holmes und Lady Penelope um kurz vor zehn auf dem Bahnsteig Nr. 13 der Euston Station. Zwischen den eher mondänen Fahrgästen, die bereits die dunkelroten Wagen des Royal-Scot-Expresszuges bestiegen, wirkte die kleine Gruppe ein wenig deplatziert.

Es war ein nasskalter Mittwochmorgen. Harriet und Lady Penelope trugen Wollröcke, dicke Strickpullover und robuste Brogues, die beiden Männer in die Jahre gekommene Tweedjacken und Plus-fours. Jeder hatte einen Rucksack geschultert und Holmes stützte sich auf einen langen Hirtenstab, den er als Wanderstock verwenden wollte und der bei den Mitreisenden einiges Aufsehen erregte. Die beiden Koffer, auf die die Damen bestanden hatten, waren aufgegeben, und endlich kam auch Mr Montgomerie in Sicht. Er war ein rundlicher kleiner Herr um die sechzig, der die vier Wartenden herzlich begrüßte und sich schließlich an Stableford wandte.

„Nun, Professor, ich hoffe, Sie finden Inspiration auf dieser Reise und bringen uns eine schöne Idee für Stanford Blakes zweites Abenteuer mit, nicht wahr?"

„Ich werde mein Bestes tun, Mr Montgomerie", antwortete Stableford freundlich.

„Da bin ich mir sicher! Halten Sie sich einfach an den Rat, den der König aus ‚Alice im Wunderland' dem weißen Kaninchen gibt: ‚Beginne mit dem Anfang, fahre fort, und wenn du am Ende angekommen bist, höre auf!' Die einfachen Geschichten sind oft die besten und die Öffentlichkeit wartet nicht ewig auf ihre lieb gewonnenen Romanhelden. Aber das muss ich Ihnen als Literaturprofessor ja nicht sagen, nicht wahr?"

„Und doch haben Sie es gerade getan!", stellte Stableford fest und musste lachen. „Haben Sie uns denn auch Mr Benwicks zweiten Brief mitgebracht?"

„Selbstverständlich! Aber immer eines nach dem anderen. In diesem Umschlag finden Sie die Fahrkarten und das Hotelanschreiben für Ihre Übernachtungen in Glasgow." Mr Montgomerie reichte Stableford ein Kuvert und fuhr dann fort: „Laut meinem Bradshaw geht Ihr Regionalzug in die Highlands morgen um 11.59 Uhr von einer Station namens Craigendoran Junction. Gegen halb drei müssten Sie dann Ihr Ziel, Gorton Halt, erreichen. Denken Sie bitte daran, dass es sich bei dieser Station um eine Bedarfshaltestelle handelt! Sie müssen dem Oberschaffner beizeiten Bescheid geben, damit der Zug dort auch wirklich hält."

„Ja, Mutter", flüsterte Holmes mit einem unterdrückten Lachen.

„Wie meinen?", schreckte Mr Montgomerie aus seinem Monolog auf. Ihm schien jegliche Form von Sarkasmus unbekannt zu sein. „Nun, wo war ich stehen geblieben? Ach ja! Hier ist ein weiterer Umschlag mit dem zweiten Brief von Mr Benwick und der Karte samt Wegbeschreibung, die er mitgeschickt hat. Das mit der Karte ist übrigens eine merkwürdige Sache. Sie ist von Hand gezeichnet, sehr detailreich und liebevoll ausgearbeitet, aber doch eher eine Skizze. Man erkennt einige Höhenlinien und Brigadun: die Burg, die Cottages und sogar die Bahnen des Golfplatzes."

„Und inwiefern ist diese Karte merkwürdig?", unterbrach ihn Lady Penelope.

„Nun, sie machte mich neugierig, und tatsächlich fand

ich in unserem Verlagsarchiv ein Ordnance-Survey-Kartenblatt dieser Region von 1914, doch – wie soll ich sagen? – Brigadun ist dort nicht als Ortschaft eingezeichnet. Gebäude sind zwar vermerkt, allerdings als Ruinen ..."

In diesem Moment gab die Lok ein ohrenbetäubendes Signal, das Mr Montgomeries Ausführungen übertönte. Der Zug setzte sich mit lautem Ächzen langsam in Bewegung. Holmes sprang als Erster auf und half dann Harriet und Lady Penelope in den Wagen.

Stableford folgte ihnen, die beiden Umschläge in der Hand. Auf dem Türabsatz drehte er sich noch einmal zu Mr Montgomerie um und rief: „Als Ruinen wovon?"

Doch die Antwort wurde von dem Geräusch der kreischenden Bremsen eines einfahrenden Zuges verschluckt.

Stableford schloss die Wagentür mit zitternden Händen und folgte den anderen. Als Ruinen wovon? Seine Gedanken drehten sich im Kreis. Einer Kirche? Eines Klosters? Eines Dorfes? Dann dachte er auf einmal: Germelshausen! Sein Herz schlug ihm bis zum Hals und er spürte ein Kribbeln in den Fingerspitzen. Nachdenklich blieb er am ersten Fenster im Gang stehen, öffnete es und blickte auf die vorbeiziehenden grauen Häuserwände. Den kalten Wind, der ihm ins Gesicht blies, bemerkte er kaum.

Germelshausen war der Name eines Dorfes, das mit einem Fluch belegt war, nur alle hundert Jahre für einen Tag in der Welt der Lebenden erschien und von einem Wanderer zufällig entdeckt worden war.

„Im Herbst des Jahres 184– wanderte ein junger, lebensfrischer Bursch, den Tornister auf dem Rücken, den Stab in der Hand, langsam und behaglich den breiten Fahrweg entlang ...", erinnerte sich Stableford. Seine Großmutter hatte ihm die Geschichte immer wieder vorlesen müssen.

Aber wie kam er jetzt darauf und was beunruhigte ihn? Waren es die ständigen Bezüge auf Figuren der Artussage, die in ihm den Eindruck erweckten, auf dem Weg zu einem Ort aus längst vergangenen Zeiten zu sein? Oder war es die Erinnerung an Peters Peter, die Geisterstadt in Cornwall, in deren Nähe er seinen „ersten Fall" aufgeklärt hatte? Durch ein einziges verlorenes Wort war aus dem verlängerten Wanderwochenende eine geheimnisvolle Reise ins Ungewisse geworden.

Als Stableford endlich das Abteil erreichte, in dem seine Begleiter bereits ihre Rucksäcke in den Gepäcknetzen verstaut hatten, spürte er, wie sich seine eben noch angespannten Gesichtszüge in ein breites Grinsen verwandelt hatten. Das Abenteuer hatte begonnen: Stanford Blake war auf dem Weg zu seinem „zweiten Fall".

Die knapp acht Stunden, die der Royal Scot nach Glasgow unterwegs war, vergingen wie im Fluge. Lady Penelope erzählte von ihrem Studium in Paris und ihrer Analyse bei dem berühmten ungarischen Psychoanalytiker Sándor Ferenczi. Sie hatte auch einmal Siegmund Freud getroffen und erwähnte dessen Begeisterung für die Romane von Agatha Christie und Dorothy Sayers.

Holmes bemerkte daraufhin, dass er eher auf Anthony Berkeley oder J. J. Connington getippt hätte, da deren Detektivromane von sexuellen Anspielungen nur so wimmeln würden. Als er sich anschickte, die Libido in Stablefords Roman zu ergründen, hatte Harriet aber schon geschickt das Thema gewechselt: Auf ihre Frage nach Geschwistern erzählte Lady Penelope von ihrem Bruder Edward, der als Ingenieur am Bau der gerade eröffneten Golden-Gate-Brücke in San Francisco beteiligt gewesen war. Über Edwards Erlebnisse in Chinatown kamen sie, den losen Assoziationsketten des Plauderns folgend, auf die Invasion der Japaner in China und schließlich auf den Spanischen Bürgerkrieg zu sprechen. Daraufhin ergründete Holmes eines seiner Lieblingsthemen, nämlich das Für und Wider eines radikalen Pazifismus.

Zum Lunch, bei dem zwei Flaschen Claret getrunken wurden, begaben sie sich in den Speisewagen. Danach spielten sie Bridge, bis Harriet und Holmes einen Rubber gewonnen hatten, und schließlich bis kurz vor der Ankunft in Glasgow Bugger the Cows!, ein Spiel, das sich Stableford als Kind ausgedacht hatte. Dabei ging es darum, die vorbeiziehende Landschaft nach Tieren abzusuchen. Wer zuerst eins entdeckte, bekam je nach Art eine bestimmte Punktzahl. Erblickte man als Erster eine Kuh, wobei eine Herde als ein Tier zählte, konnte man seine Punkte verdoppeln, während die der anderen komplett erloschen.

Aufgrund von Beschwerden der Mitreisenden in angrenzenden Abteilen über lautes Lachen und das Rufen von unflätigen Tier- und Schimpfnamen wurden sie zwei Mal vom Schaffner ermahnt. Als dieser schließlich zum dritten Mal ihr Abteil betrat, um sie darauf hinzuweisen, dass der Zug in wenigen Minuten planmäßig um 17.55 Uhr die Central Station in Glasgow erreichen werde, war ihm eine gewisse Erleichterung ins Gesicht geschrieben.

Brigadun war kein Thema auf dieser ersten Etappe ihrer Reise und der Umschlag mit Adrian Benwicks zweitem Brief und der Karte blieb auf Holmes' Wunsch verschlossen. Sein Vorschlag, sich dessen Inhalt erst kurz vor dem Erreichen ihres Zielbahnhofs – „quasi als Horsd'œuvre oder besser Entrée zum ersten Gang nach Brigadun" – zu Gemüte zu führen, war auf allgemeine Zustimmung getroffen.

In Glasgow bezogen sie ihre Zimmer im Hamsley, eben dem Hotel, in dem auch Alasdair Benwick für gewöhnlich verkehrte, wenn er geschäftlich in der Stadt zu tun hatte. Nachdem sie sich frisch gemacht hatten, führte Holmes sie in die Glasgower Dependance seines Londoner Clubs. Dort dinierten sie vorzüglich und tranken dann bis spät in die Nacht an der Bar Shrapnels, einen Cocktail, der Holmes' morbidem Humor entsprach, hatte doch eine Schrapnell-Granate im Krieg sein Bein zerfetzt.

„Dieses Getränk ist die Essenz meiner Schlachtfelderfahrungen", erklärte er, um seine Aussprache bemüht, als sie sich gegen drei Uhr morgens auf den Weg zu ihrem Hotel machten. „Ein Teil Orangen-Gin aus den Depots unserer Versorgungsgräben, ein Teil Calvados aus den Flachmännern unserer Verbündeten, ein Spritzer französischer Wermut für die l'art de survivre und – Boom! – ein Spritzer Zitronensaft, der diese verdammte Mischung auf der Zunge zur Explosion bringt. Fantastisch!"

Als Stableford kurze Zeit später neben Harriet im Bett lag, graute es ihm vor dem nächsten Morgen. Er starrte an die Decke und versuchte vergeblich herauszufinden, ob sich das Bett im Zimmer oder das Zimmer um das Bett drehte. Es war ein Problem, vor dem wohl selbst Stanford Blake kapituliert hätte.

KAPITEL 7
Gorton Halt

Harriet war elend zumute. Ihr Kopf schmerzte, ihr war schwindelig und ihr Mund fühlte sich an, als ob er mit Watte gefüllt wäre. Sie konnte sich nicht erinnern, jemals einen schlimmeren Kater gehabt zu haben. Selbst als sie mit ihren Schwestern einmal zu viel vom selbst gemachten Löwenzahnwein ihres Vaters getrunken hatte, war es ihr am darauf folgenden Morgen nicht halb so schlecht gegangen wie heute.

Ebenso wie John, Percy und Lady Penelope hatte Harriet auf das Frühstück verzichtet. Dennoch hatten sie nur mit Mühe den Regionalzug der London and North Eastern Railway erreicht, der nun pünktlich um 11.59 Uhr die Station Craigendoran Junction verließ.

Zum Glück haben wir ein Abteil ganz für uns, dachte Harriet müde und musterte die aschfahlen Gesichter ihrer Mitreisenden.

John saß ihr gegenüber und schlief. Beneidenswert! Percy und Lady Penelope versuchten anscheinend, voreinander Haltung zu bewahren, und plauderten – von tiefen Seufzern und Gähnattacken unterbrochen – über das Wetter und andere Belanglosigkeiten. Doch noch bevor der Zug die erste Station erreicht hatte, waren auch sie eingeschlafen.

Die Hoffnung, ihr Ziel pünktlich zu erreichen, schwand bereits in Crianlarich. Allerdings bekam nur Harriet den einstündigen Halt mit, den ein auf den Gleisen liegen gebliebener Lastwagen verursachte. Auch während des nächsten unvorhergesehenen Stopps in Tyndrum wegen Problemen an der Weichenanlage schliefen ihre

Begleiter. Erst beim dritten nicht eingeplanten Halt in der Nähe von Bridge of Orchy erwachten sie. Alle vier waren nun einigermaßen ausgeruht und lehnten sich weit aus dem Fenster ihres Abteils, um die Schafherde zu bestaunen, die dem Zug trotzig die Weiterfahrt verwehrte.

John sah auf seine Armbanduhr. „Kurz nach drei", staunte er und rieb sich die geröteten Augen. „Hätten wir nicht um halb drei Gorton Halt erreichen sollen?"

„Vielleicht hatte der Lokführer auch den einen oder anderen Drink gestern Nacht", bemerkte Percy müde. „Jedenfalls sollten wir jedem Schaf einzeln die Hufe schütteln, denn planmäßig wären wir längst in Fort William angekommen und hätten unser Ziel verschlafen."

Als der Schaffner ihr Abteil betrat, um sie über die Ursache der erneuten Verzögerung zu informieren, teilte ihm John ihren Wunsch mit, in Gorton Halt auszusteigen.

„Gorton?", fragte der Mann ungläubig. „Was wollen Sie denn in dieser gottverlassenen Gegend?"

„Wir werden von dort nach Brigadun wandern", antwortete Harriet.

„Ah", sagte der Schaffner. „Wanderer. Das Wandern ist ja in den letzten Jahren groß in Mode gekommen, nicht wahr? Aber von einer Farm namens Brigadun habe ich noch nie gehört. Oder ist es eine dieser neuen Jugendherbergen? Die sprießen ja wie Pilze aus dem Boden." Er beäugte die vier nachdenklich.

Tatsächlich sehen wir nicht wie die üblichen Wanderer aus, dachte Harriet. Sie waren älter als die „jungen Leute", die in kurzen Hosen und bunten Hemden mit dem Zug in die Highlands zum Wandern kamen. Das hatte sie zumindest gelesen.

„Voraussichtlich werden wir Gorton gegen halb vier erreichen", fuhr der Schaffner mit einem Blick auf seine Taschenuhr fort. „Sie haben dann noch etwa drei Stunden bis Sonnenuntergang. Falls Sie nicht schnell genug vorankommen, sollten Sie sich übrigens an den Schienen orientieren", fügte er hinzu. „Je nach eingeschlagener Richtung führen sie Sie sicher nach Rannoch oder Bridge of Orchy."

„Ein guter Rat", bedankte sich Harriet.

Als der Schaffner sich zum Gehen wandte, bat ihn Lady Penelope, die beiden Koffer der kleinen Reisegruppe in Rannoch dem Stationsvorsteher zu übergeben. Das wollte er gern tun. Er quittierte den Erhalt der Aufgabebilletts und verließ das Abteil in Richtung des Gepäckwagens.

„Wäre es jetzt nicht an der Zeit, Mr Benwicks Brief zu lesen und die Karte zu studieren?", fragte Percy und biss lustlos in einen Apfel, den er aus seinem Rucksack geholt hatte.

„Unbedingt!", antwortete John und öffnete den Umschlag, den er tags zuvor von Mr Montgomerie erhalten hatte. Während die anderen die Sandwiches auspackten, die Harriet an der Bahnstation von Craigendoran Junction gekauft hatte, entfaltete er den Brief und las ihn laut vor.

Harriet war überrascht, denn er war im Gegensatz zum ersten Schreiben äußerst knapp gehalten. Adrian Benwick bedankte sich überschwänglich für die Zusage Stanford Blakes und versicherte ihm, dass alles für ihren Aufenthalt vorbereitet sei. Er entschuldigte sich dafür, dass sie niemand von Gorton abholen könne, und begründete diesen Umstand mit den Forschungen, die alle Bewohner Brigaduns voll in Beschlag nehmen würden. Von seinem Bruder Sir Alasdair fehle weiterhin jede Spur. Er zähle die

Tage bis zu ihrer Ankunft und verblieb einmal mehr „Ihr ergebener Adrian Benwick".

Inzwischen hatte sich der Zug wieder in Bewegung gesetzt. Die vier Reisenden begannen, die weitaus aufschlussreichere Karte zu studieren. Es handelte sich tatsächlich um eine Skizze, die nur einige markante Punkte und Höhenlinien der weiteren Umgebung zeigte, den Ort selbst aber sehr detailreich wiedergab.

Benwick Castle befand sich auf dem Rücken eines Hügels und Percy zeigte sich sofort von den gigantischen Ausmaßen des Gebäudekomplexes irritiert. Westlich der Burg erkannte man einen kleinen Teich und die drei Bahnen des Golfplatzes, östlich waren Steinkreise am Hang eingezeichnet, die wie Überreste einer vorzeitlichen Siedlung aussahen. Der breite Weg, der von Süden auf die Burg zu führte, war von sieben Cottages gesäumt, verlor sich weiter südlich aber einfach im Moor. Am Fuße des Hügels lag im Westen Loch Laidon, während man weiter östlich die Bahngleise erkennen konnte. Gorton Halt war nicht auf der Karte zu finden, ein Umstand, der Harriet zunächst beunruhigte, den sie jedoch bei der Betrachtung der seitenlangen Wegbeschreibung bald vergaß.

Als der Zug in Gorton zum Halten kam, schulterten die vier Wanderer voller Zuversicht ihre Rucksäcke und traten auf den völlig verlassenen Bahnsteig. Ein leichter Nieselregen empfing sie und über den rötlich-braunen Hügeln, die zu beiden Seiten der Gleise anstiegen, hingen drohend dunkle Wolken.

„Geben Sie mir mal Ihren Kompass!", verlangte Percy von John.

„Haben Sie denn keinen dabei?", erwiderte der überrascht.

„Leider nein, ich hatte mich auf Sie verlassen. Dann

muss es eben ohne gehen. Umwege erhöhen die Ortskenntnis, wie meine Großmutter immer sagte. Sehen wir mal, was Mr Benwick schreibt."

„Willkommen! Willkommen!", las John vor. „Nehmen Sie nun bitte Ihren Kompass zur Hand und richten Sie sich in Richtung Nordosten aus! Zur Rechten sehen Sie jetzt Meall Buidhe, die höchste Erhebung in unserer Gegend, zur Linken die grauen Felsen von Creag Ghortain, die das erste Zwischenziel Ihrer Wanderung sein werden. Rechnen Sie mit etwa zweieinhalb Stunden für den gesamten Weg. Wohlan! Folgen Sie den Gleisen bis zum verlassenen Stellwerk, in dem der alte McDonald mit seiner Frau lebte. Man erzählt sich, dass Mrs McDonald einmal in der Woche, an ihrem Waschtag, beim Lokführer Scones und Tee gegen heißes Kesselwasser eintauschte …"

„Ist das sein Ernst?", fragte Lady Penelope irritiert und schüttelte den Kopf. „Eine mit Anekdoten gespickte Wegbeschreibung zu einem Ort, den niemand kennt?"

Harriet lachte, verspürte aber erneut eine gewisse Beunruhigung. War es tatsächlich eine gute Idee gewesen, der merkwürdigen Einladung eines völlig Fremden in die Highlands zu folgen? Was erwartete sie am Ziel ihrer Wanderung? War Mr Benwick einfach nur ein harmloser Exzentriker oder gingen sie geradewegs einem Irren in die Falle, einem Highland-Fu-Manchu oder vielleicht einem Erzbösewicht wie Sappers Carl Peterson?

Sie holte tief Luft und schob ihre dunklen Zweifel beiseite. Vielleicht waren es ja nur die Nachwirkungen ihres Katers, die sie solchen Unfug denken ließen.

KAPITEL 8
Die Wanderung

Es ist sein Ernst, dachte Stableford amüsiert, nachdem sie etwa zwanzig Minuten unterwegs waren. Und er musste zugeben, dass sich Mr Benwicks literarisch ausgeschmückte Schilderung des Weges als überaus kurzweilig erwies.

Bald überquerten sie einen Bach auf Trittsteinen, die einst ein Riese namens Bodach nach einem Hirten geworfen haben sollte. Dann folgten sie einem schmalen Pfad, der sie im Zickzack steil bergauf führte. Dabei passierten sie eine Reihe aufgeschichteter Steinhaufen, die Benwick als Gräber frühzeitlicher Stammesfürsten beschrieb. Schließlich erreichten sie unterhalb der Felsen von Creag Ghortain einen kleinen Wasserfall, der ihnen als Pellinore's Spring vorgestellt wurde. Hier sollte Sir Pellinore, ein Ritter der Tafelrunde, während seiner Jagd nach dem fabelhaften Questentier gerastet haben.

„Was ist denn ein Questentier?", fragte Lady Penelope.

„Nun", antwortete Stableford, „das ist ein Fabelwesen aus dem Umfeld der Artussagen, ein Ungeheuer, dessen Zweck darin besteht, gejagt, aber nie gefangen zu werden. Sir Pellinore hat es sein Leben lang verfolgt, ohne je mit ihm gekämpft zu haben. Die Quests, also die Abenteuer, die ein anständiger Ritter zu bestehen hat, gaben ihm seinen Namen. Das Questentier ist sozusagen ein Sinnbild der Suche nach Âventiuren, in denen sich der Held als würdiger Ritter beweisen kann."

„Und da habe ich mich immer gefragt, wozu ein Literaturstudium gut ist", sagte Holmes und lachte. „Wie sieht dieses Ungeheuer denn aus?"

„Soweit ich mich erinnere, ist es ein typisches Fabelwesen – so wie der Greif oder der Pegasos", antwortete Stableford gut gelaunt. „Eben eine Mischung aus verschiedenen Tieren. Die Eigenart des Questentiers ist jedoch ein lautes Bellen, das es von sich gibt, wenn es an einer Quelle wie dieser hier seinen Durst stillt. Aber wir sollten nun weitergehen."

Und so setzten sie ihren Weg fort. Die kleinen Geschichten über die sagenhafte Gegend, durch die sie wanderten, ließen sie die Anstrengungen des Aufstiegs fast völlig vergessen. Nach gut eineinhalb Stunden hatten sie den Rücken des Hügels erklommen und erblickten im nächsten Tal den schwarzen Wasserspiegel des gewaltigen Loch Laidon. In der vollkommenen Stille, die sie umgab, ertönte plötzlich ein tiefes, gurgelndes Bellen, das sie erstarren ließ.

„Was war das?", fragte Harriet ängstlich.

„Das Questentier?", erwiderte Holmes. Er wollte wohl amüsiert klingen, doch ihm war anzumerken, dass er um Fassung rang.

Stableford schwieg und horchte wie bezaubert in die Stille hinein. Kann es wahr sein?, fragte er sich.

Auch Lady Penelope lauschte, den Kopf leicht zur Seite geneigt. Eine Locke ihres dunkelbraunen Haars fiel ihr in die Stirn.

In dieser Haltung ist sie der Archetyp einer Jägerin, dachte Stableford.

Das Bellen wiederholte sich, allerdings gedämpfter und weniger gurgelnd.

„Ein Hirsch?", fragte Lady Penelope leise. „Es ist ein ungewöhnliches Röhren, aber es kann eigentlich nur der Brunftruf eines Platzhirsches sein. Merkwürdig, wir Hattons sind seit Generationen leidenschaftliche Jäger und mein Vater hat mich schon als kleines Mädchen auf seine Jagdausflüge mitgenommen, doch ein Röhren dieser Art habe ich noch nie gehört. Es muss ein kapitales Tier sein. Aber sicherlich wird uns Mr Benwick auch hier weiterhelfen können. Ich nehme an, dass die Jagd auf einer Burg in den Highlands ein ständiges Thema ist."

„Gewiss, Hattie", bemerkte Holmes ungeduldig. „Aber wir sollten unsere Wanderung jetzt schleunigst fortsetzen. Wenn wir dem Schaffner glauben können, wird es in gut einer Stunde dunkel sein. Ich will ja nicht als Angsthase dastehen, aber ich möchte weder dem Questentier noch dem Hund der Baskervilles mitten im Moor bei Mondschein begegnen."

Die anderen gaben ihm recht und sie setzten sich wieder in Bewegung. Vor ihnen erstreckte sich eine nasse Hochebene mit grünbraun gefleckten Torfmoosen und Wollgräsern. Kantige Granitblöcke und kleine Kolonien von purpur blühender Besenheide waren die einzigen Abwechslungen darin. Zunächst folgten sie einem nur schwer erkennbaren Pfad, der sie auf träge nachfedernden Moosmatten um kleine schwarze Tümpel herum Richtung Norden führte.

Nach etwa einer Stunde sahen sie zu ihrer Linken zwei hohe Felsspitzen, die Mr Benwick in seiner Wegbeschreibung als Arthur's Seat bezeichnete. Es folgte ein langer Exkurs, in dem er einräumte, dass sich dieser Name nach Dr Goodyear vielleicht nur lautmalerisch aus dem gälischen Àrd-na-Said entwickelt hatte, was übersetzt so viel wie „Gipfel der Pfeile" bedeutete. Mr Benwicks Wortwahl war jedoch zu entnehmen, dass er Dr Goodyears Deutung mit einer gewissen Skepsis gegenüberstand.

Harriet machte einen kurzen Abstecher auf den Felsen. Nach ihrer Rückkehr verkündete sie fröhlich, dass sie in der Ferne eine dunkle, massige Form mit einem kleinen Kirchturm ausgemacht hatte.

Holmes war sichtlich erleichtert. Er rief: „Auf nach Brigadun!", und sprach von der wohligen Aussicht auf einen Whisky vor einem wärmenden Feuer. Offenbar war er von dieser Idee so beflügelt, dass er der kleinen Expedition, seinen Stab wie ein Tambourmajor schwingend, mit ausladenden Schritten vorauseilte.

KAPITEL 9
Wolkenkuckucksheim

Sie kamen wohl eine Meile voran und Brigadun war noch nicht in Sicht, da sprang auf einmal ein Junge von vielleicht zehn Jahren hinter einem Felsen hervor und versperrte ihnen den Weg. Er trug einen dunklen Anzug, eine graue Schiebermütze, unter der seine braunen Locken wild hervorschauten, und – zu Stablefords Überraschung – ein mächtiges Holzschwert, das er etwas umständlich erhob.

„Wer seid Ihr?", fragte der Junge unsicher. „Haltet ein und nennt mir Eure Namen!"

Stableford schaltete am schnellsten. „Mein Name ist Sir Stanford und dieser edle Ritter hier ist unter dem Namen Sir Perceval wohlbekannt. Wir geleiten unsere Damen, Lady Harriet und Lady Penelope, und sind auf der Suche nach dem sagenumwobenen Benwick Castle. Dürfen wir nun Euren Namen erfahren, werter Ritter?"

„Gally", antwortete der Junge schnell, sichtlich von Sir Perceval und seinem Hirtenstab beeindruckt. „Sir Galahad, meine ich. Ich bin auf der Suche nach einem Abenteuer und fordere Euch zum Kampf."

„Jetzt seid Ihr gefragt", sagte Stableford zu Holmes, der schon dabei war, seinen Rucksack abzunehmen. „Willkommen in Sir Alasdairs Wolkenkuckucksheim!"

„Wie alt seid Ihr, Sir Galahad, dass Ihr so keck einen Ritter auf der Gralssuche herausfordert?", fragte Holmes amüsiert.

Gally sah ihn ratlos an. Die Situation schien ihn zu überfordern. In seiner Fantasie hatte er wohl schon unzählige Abenteuer bestanden, aber die Konfrontation mit echten, erwachsenen Rittern war sicher etwas völlig Neues für ihn.

Lady Penelope spürte offenbar sein Unbehagen. „Wie heißt Eure Mutter, Sir Galahad?“, fragte sie leichthin und befreite ihn damit aus seiner hilflosen Lage.

„Mom!“, antwortete Gally erleichtert und lachte. „Manchmal auch Mommy, wenn es mir schlecht geht. Vor zwei Jahren ging es mir sehr schlecht. Ich wäre fast gestorben, hat sie gesagt.“

„Was hattest du denn?“, fragte Harriet mitfühlend.

„Etwas Schlimmes. Mom hat geweint, aber sie weint manchmal auch nur so.“ Und damit war das Thema für Gally offenbar erledigt. Er wandte sich wieder Holmes zu. „Wir kämpfen, bis einer von uns beiden aufgibt oder sein Schwert verliert. Dann bringe ich Euch zur Burg. Sir Peter hat Kekse gebacken. Ich mag Butterkekse am liebsten. Die mit Ingwer mag ich weniger. Mögen Sie Kekse?“

Holmes bejahte die Frage mit ernster Miene, zückte seinen Hirtenstab und ging in Positur. Sie kämpften. Lady Penelope bemerkte, dass das Gegeneinanderschlagen der hölzernen Waffen wie das Aufeinandertreffen zweier Geweihe im Brunftkampf der Rothirsche klang. Daraufhin erwiderte Stableford, dass sich die ritterliche Auseinandersetzung um ein Burgfräulein tatsächlich nur wenig vom Kampf zweier Zwölfender um die Position des Platzhirsches unterschied.

Als Gallys Attacken schwächer und schwächer wurden, senkte Holmes seinen Stab. „Es ist gut, Sir Galahad, ich gebe auf. Ihr habt mich ehrenhaft im Kampf besiegt und Euch als würdiger Ritter erwiesen. Ich schlage vor, Ihr führt uns nun zur Burg. Es dämmert schon und wir sollten Benwick Castle vor Einbruch der Dunkelheit erreichen, haben wir doch auf unserem Weg hierher ein gar unheimliches Brüllen gehört. Möglicherweise ein Drache?"

Gally lachte. „Drachen gibt es doch gar nicht! Hier lebt nur das Questentier, aber gesehen hat es noch keiner, obwohl wir immer danach Ausschau halten müssen."

„Das Questentier der Artussage, das Sir Pellinore sein Leben lang verfolgte?", fragte Stableford erstaunt.

„Genau. Aus seinem Leib kommt ein Bellen wie von dreißig Hunden in voller Hetze. Es hat den Kopf einer Schlange, einen Körper wie eine gefleckte Katze, das Hinterteil eines Löwen und Beine und Hufe eines Hirsches. Adrian hat versprochen, dass er mit mir in den Zoo nach London fährt und mir die einzelnen Tiere zeigt, damit ich das Questentier erkenne, wenn ich es sehe. Aber Sir Alasdair hat gesagt, dass man den alten Büchern nicht trauen kann und es auch ganz anders aussehen könnte. So wie ein Wal oder eine Schlange, die im Wasser lebt. Gehört haben wir es schon ganz oft. Darum beobachten wir auch den See und seine Ufer."

„Grundgütiger!", sagte Stableford leise zu Holmes. „Es ist tatsächlich das Irrenhaus, das ich Ihnen in Aussicht gestellt habe."

„Das sagt Mom auch immer", rief Gally, der die Bemerkung offenbar gehört hatte, fröhlich. „Wir müssen aus diesem Irrenhaus verschwinden! Dabei wohnen wir in einem Cottage."

„Jetzt muss nur noch die Herrin vom See auftauchen und unsere Reise in die Märchenwelt ist perfekt", bemerkte Holmes.

Gally starrte ihn entsetzt an. „Woher wisst Ihr das, Sir Perceval?", fragte er erschrocken.

„Woher weiß ich was?"

„Dass ich die Herrin vom See gesehen habe? Ich habe es niemandem erzählt, nicht einmal Adrian."

„Nun, sie gehört doch in Eure Welt, Sir Galahad", antwortete Holmes vorsichtig. „Und wer auf der Suche nach dem Questentier ist, kann dabei wohl durchaus der Herrin vom See begegnen, nicht wahr? Erhielt König Artus nicht sein Schwert von dieser mächtigen Wasserfee?"

„Es war unheimlich", flüsterte Gally und griff ganz unritterlich nach Holmes' Hand.

Sie liefen los und waren noch nicht lange gegangen, als Brigadun in Sicht kam. Schon bald hatten sie die ersten Cottages erreicht. Mittlerweile war es dunkel geworden und die Umrisse von Benwick Castle waren nur noch schemenhaft zu erkennen: ein trutziges Gebäude, das sich zur Rechten weit hinzog und zur Linken wohl durch eine Art Scheune ergänzt wurde.

Stableford erkannte nun auch den „Kirchturm", von dem Harriet gesprochen hatte, und begann zu lachen. „Diese Geschichte würde mir selbst der verzweifelte Mr Montgomerie um die Ohren hauen", brachte er schließlich heraus. „Der angebliche Kirchturm ist ein Schornstein. Und die Burg ist keine Burg, sondern eine Whisky-Brennerei!" Er wandte sich an Harriet: „Das pagodenförmige Dach des Abzugs, das du aus der Ferne für eine Kirchturmspitze gehalten hast, reguliert das Darrfeuer, über dem das Malz getrocknet wird. Erinnerst du dich an Professor Heym? Ich hatte ihn dir bei deinem ersten Besuch im Lazarus College vorgestellt."

„Sicher", antwortete Harriet.

„Er ist ein wahrer Whisky-Connaisseur und hat mir einmal den ganzen Herstellungsprozess erklärt. Es war ein sehr langer Abend. Der Brennofen hat auch einen bestimmten Namen, aber ich komme gerade nicht darauf ..."

„Man nennt ihn Kiln", sagte eine freundliche Stimme aus der Dunkelheit hinter ihnen. Sie war so sanft, dass Stableford nicht einmal erschrak.

Ein Feuerzeug wurde entzündet und im nächsten Augenblick erhellte eine kleine Sturmlaterne vollends ihren Besitzer, einen mittelgroßen korpulenten Herrn mit Vollbart. Er trug einen Filzhut mit breiter Krempe und ein langes Wollcape über seinem Tweedanzug und mochte um die fünfzig sein. Stableford stellte mit Erleichterung fest, dass das Mitführen von Schwertern wohl den jüngeren Bewohnern von Brigadun vorbehalten war.

„Gestatten Sie, dass ich mich vorstelle", sagte der Mann. „Mein Name ist Adrian Benwick und ich begrüße Sie aufs Herzlichste in Brigadun." Er verbeugte sich tief und trat näher. „Bitte entschuldigen Sie meinen überfallartigen Auftritt, aber ich machte mir Sorgen, dass Sie uns nicht vor Einbruch der Dunkelheit erreichen würden, und hielt nach Ihnen Ausschau."

„Woher wussten Sie denn, dass wir heute kommen würden?", fragte Stableford.

„Mr Montgomerie hat uns von Ihrer Ankunft am heutigen Tag in Kenntnis gesetzt. Da ich Sie zu spät bemerkte und mich mein Leiden doch mehr behindert, als ich es mir wünsche, brauchte ich einige Zeit, um Sie einzuholen. Sie haben übrigens ganz recht – Mr Blake, wie ich annehme. Benwick Castle war einmal eine Whisky-Brennerei. Allerdings glaubt mein Bruder, dass diese wiederum auf den Ruinen einer Burg erbaut wurde, und unsere archäologischen Grabungen am östlichen Hang scheinen durchaus dafür zu sprechen."

„Einen Whisky könnte ich jetzt vertragen", warf Holmes hoffnungsfroh ein.

„Sie müssen Dr Haynes sein", meinte Mr Benwick. „Nun, mit Whisky können wir bis zum Sankt-Nimmerleinstag dienen. Die Brennerei wurde 1892 aufgegeben und die vollen Lager müssen schnell in Vergessenheit geraten sein. Dieser Ort hier liegt so abgeschieden, dass es über die Jahre nie zu Plünderungen gekommen ist, und die wenigen Einheimischen, die in der Nähe über das Moor verstreut leben, halten die Brennerei aufgrund eines schrecklichen Todesfalls bis heute für verflucht und bleiben ihr fern. Tatsächlich haben wir so gut wie keinen Kontakt zu unseren Nachbarn."

Stableford lächelte verständnisvoll, dann stellte er Harriet als Mrs Blake und Lady Penelope vor.

Mr Benwick begrüßte sie freundlich und bat sie alle, ihm zu folgen. „Meine Laterne wird uns sicher den letzten Rest des Weges weisen, und du, Gally, machst dich lieber sofort zu deiner Mutter auf. Sie wird schon in Sorge sein."

Gally zögerte einen Moment, wohl in Gedanken bei Sir Peters Keksen. Doch dann verabschiedete er sich höflich und rannte in Richtung eines Cottages zu ihrer Rechten, hinter dessen kleinen Fenstern ein matter Lichtschein zu erkennen war.

Sie selbst folgten Mr Benwicks gebeugter Gestalt und standen bald vor der Tür des zweistöckigen Haupthauses, das wie der Rest der Anlage aus grauen, nur grob behauenen Granitsteinen erbaut war. Stableford versuchte, das verwitterte Schild über dem Eingang zu lesen, und entzifferte den Namen der Brennerei schließlich als „LÀIR-Y-LOGH". Plötzlich erklangen aus einem halb geöffneten Fenster in der Nähe des Eingangs das Lachen einer jungen Frau und die ersten Takte von Larry Clintons „The Dipsy Doodle“:

> *„The dipsy doodle is the thing to beware*
> *The dipsy doodle will get in your hair …“*

„Die jungen Leute“, bemerkte Mr Benwick nicht unfreundlich, bevor er den massiven Türklopfer in Form eines Löwenkopfes bediente. „Wir haben hier draußen nicht viel Abwechslung und das Grammophon spielt praktisch jeden Abend, seit mein Bruder verschwunden ist. Alasdair billigt es nicht, aber Sie wissen ja selbst, was die Mäuse tun, wenn die Katze aus dem Haus ist.“

Die Tür öffnete sich und ein großer, hagerer Mann um die fünfzig mit schütterem, nach hinten gekämmtem Haar trat ihnen entgegen.

„Hallo, Sir Peter“, begrüßte ihn Mr Benwick. „Unsere Gäste sind wohlbehalten angekommen.“ Dann wandte er sich an seine Begleiter: „Ich darf Ihnen Mr Rodgers vorstellen, der das Amt des Kämmerers in unserem kleinen Hofstaat innehat. Er wird Ihnen Ihre Zimmer zeigen und sich auch sonst um Ihr Wohl kümmern, soweit das hier draußen in unserer Macht steht. Wir leben hier praktisch völlig isoliert. Die fehlende Elektrifizierung mag für Sie ungewohnt sein, dennoch werden Sie auf die meisten Annehmlichkeiten des modernen Lebens nicht verzichten müssen. Ich schlage vor, dass wir uns um neun im Drawing Room zu einem kleinen Aperitif treffen. Das Dinner wird heute um halb zehn serviert. Einen Whisky zum Aufwärmen finden Sie natürlich schon jetzt auf Ihren Zimmern.“

„My Lords, my Ladies: Herzlich willkommen auf Benwick Castle!“, begrüßte sie Rodgers förmlich und führte sie in die Halle, die bis auf einen großen Wandteppich gegenüber der Treppe und einen altmodischen Deckenleuchter leer war.

Die unruhig flackernden Wachskerzen ließen die Szene, die auf dem Gobelin dargestellt war, unheimlich lebendig erscheinen: An einer Quelle inmitten eines Waldes stand das Questentier und senkte seinen Schlangenhals, um zu trinken. In der Ferne erkannte man auf einem Pferd einen Ritter in voller Rüstung, dem der Blick auf das Fabelwesen durch Bäume und bunt blühende Sträucher verwehrt war.

Sir Pellinore, dachte Stableford und war tief beeindruckt. Als er sich umwandte, um Mr Benwick nach der Herkunft dieses Wandschmuckes zu fragen, verschwand dieser gerade hinter einer Tür rechts neben der breiten Treppe.

Rodgers wartete an deren Absatz und führte die Wanderer dann ohne ein weiteres Wort hinauf in ihre Zimmer.

KAPITEL 10
Die Tafelrunde

„Bist du bereit, dem Hofstaat Sir Alasdairs gegenüberzutreten?“, fragte Stableford, nachdem er auf seine Uhr geschaut hatte. „Es ist kurz vor neun und wir sollten unsere psychiatrische Abteilung nicht warten lassen.“

„Sicher“, antwortete Harriet, während sie einen letzten prüfenden Blick in den Spiegel warf. „Es ist zu dumm, dass unsere Koffer noch in Rannoch stehen. Ich hoffe nur, dass man uns unsere Wandergarderobe nicht übel nehmen wird.“

„Du siehst ganz bezaubernd aus, Mrs Blake. Und selbst unser König trägt auf dem Lande Tweed.“

Holmes und Lady Penelope erwarteten sie bereits in der Halle. Gemeinsam folgten sie der Musik und betraten schließlich den Drawing Room. Zwei junge Männer in Tweedanzügen, die an einem kleinen Tisch am Fenster standen und sich über einen Stapel Schellackplatten gebeugt hatten, schauten auf. Mr Benwick erhob sich mühsam von einem Sessel am Kamin und stellte sie als Alasdairs Söhne Sir Lancelot und Sir Gavin vor. Lancelot war Mitte zwanzig, hochgewachsen, hatte braunes Haar und blaue Augen. Er begrüßte sie freundlich, während sich sein jüngerer Bruder Gavin nur zu einem missmutigen „Hallo“ durchringen konnte und jeden Augenkontakt vermied. Er war einen Kopf kleiner als Lancelot, ihm aber ansonsten wie aus dem Gesicht geschnitten.

Nachdem Rodgers sie mit Getränken versorgt hatte, öffnete sich die Tür zur Halle abermals und eine schlanke Frau Anfang dreißig betrat den Raum. Sie war als Einzige in Abendgarderobe erschienen. Eine leichte Röte legte sich auf ihre blassen Wangen und ihre großen braunen Augen blickten Hilfe suchend zu Lancelot.

Er trat sofort an ihre Seite. „Hi Jen", sagte er. „Ich darf dir unsere Gäste vorstellen: Mr und Mrs Blake, Dr Haynes und seine Begleitung Lady Penelope." Dann wandte er sich an die Gäste: „Lady Jennifer Benwick."

„Es freut mich, Ihre Bekanntschaft zu machen", sagte die junge Frau leise. „Bitte verzeihen Sie mir meinen aufgeputzten Auftritt! Ich habe nicht daran gedacht, dass Sie in Ihren Rucksäcken wohl kaum Platz für Abendkleider haben. Soll ich mich schnell umziehen gehen?", fragte sie und sah Mr Benwick unsicher an.

Lady Penelope kam ihr zu Hilfe. „Ich bitte Sie, Lady Jennifer! Sie müssen heute Abend die Reize der Weiblichkeit für uns drei hochhalten. In der Bahnstation von Rannoch liegen unsere Koffer zur Abholung bereit. Morgen werden Harriet und ich Ihrem Beispiel folgen. Ihr Kleid ist übrigens wunderschön."

„Ein Geschenk von Sir Alasdair", erwiderte Jennifer Benwick und wandte sich dann an Stableford, der noch darüber nachdachte, ob „von meinem Mann" in diesem Zusammenhang nicht die passendere Formulierung gewesen wäre. „Ich hoffe, Sie können uns dabei helfen, ihn ausfindig zu machen, Mr Blake. Mit jedem Tag fällt es uns schwerer, die Geschicke von Brigadun in seinem Sinne weiterzuführen."

„Wir werden unser Bestes tun, Mylady", beteuerte Stableford.

Während des folgenden höflichen Small Talks beteiligte sich Holmes, sonst ein Meister darin, kaum an den Gesprächen der anderen. Stableford beobachtete, wie er ein ums andere Mal um Mr Benwick herumschlich und ihren Gastgeber dabei mit ernsten Blicken musterte. War ihm etwas entgangen?

Um Punkt halb zehn erschien Rodgers und verkündete, dass das Dinner angerichtet sei. Mr Benwick bat sie alle in den Speisesaal. Sie durchquerten gerade die Halle, als Holmes Stableford und Harriet zur Seite nahm.

„Zügeln Sie heute Abend Ihren Appetit!", flüsterte er angespannt. „Und vermeiden Sie alle Speisen und Getränke, die zunächst allein Adrian Benwick angeboten werden. Lachen Sie nicht, es ist mein Ernst! Unser guter Gastgeber weist alle Symptome einer chronischen Arsenvergiftung auf. Ich erkläre Ihnen das später, aber beherzigen Sie um Gottes willen meine Worte!"

Harriet war schlagartig blass geworden. Stableford sah zu Lady Penelope hinüber: Ihre angespannten Gesichtszüge verrieten, dass auch sie bereits von Holmes gewarnt worden war.

Sie folgten den anderen und betraten den Speisesaal, wo sie ein hünenhafter Herr um die sechzig begrüßte und sich ihnen als Dr Goodyear vorstellte. Er trug einen Kneifer und hatte offenbar versucht, seine unbändigen grauen Locken zu einem Seitenscheitel zu kämmen. Sie wippten wie die Mähne eines Pferdes, als er ihnen herzlich die Hände schüttelte.

„Besuch aus der Gegenwart, ausgezeichnet! Spielen Sie Golf?"

„Wollen wir uns nicht erst einmal setzen, Sir Paul?", fragte Mr Benwick.

„Ach, lassen Sie doch diesen Blödsinn, solange Ihr Bruder nicht hier ist!", fuhr ihn Dr Goodyear überraschend scharf an. „Sir Poppycock hier, Lady Whatnot da – Alasdairs Marotten in allen Ehren, aber sollten wir mit dieser Farce zur Belustigung Ihres Bruders nicht wenigstens aussetzen, wenn wir Gäste haben? Schauen Sie sich hier doch einmal um! Eine runde Tafel mit neun schweren Stühlen und einem Thron, Fantasie-Wappen der selbst ernannten Ritter von Brigadun und gekreuzte Langschwerter an den Wänden! Klappen Sie verdammt noch mal Ihr Märchen-Visier hoch, ‚Sir' Adrian – wir schreiben das Jahr 1937!"

„Dr Goodyear mag keinen Whisky vertragen und gelegentlich seine Manieren vergessen, aber er hat recht", mischte sich Gavin ein. „Ich weiß, dass du während Vaters Abwesenheit alles in geordneten Bahnen halten willst, Onkel Adrian, aber lassen wir die Schwerter doch für einige Zeit sinken. Wir sind keine Ritter ..."

„... und ich bin keine Lady", warf Jennifer Benwick naiv ein.

Stableford war sich sicher, dass nur Lady Penelopes strenger Blick einen zynischen Kommentar ihres Begleiters verhinderte.

Einmal mehr war es Lancelot, der Jennifer Benwick zu Hilfe kam. „Für mich wirst du immer eine Lady sein, Jen", bemerkte er fast trotzig, „unabhängig von dem fragwürdigen Titel meines Vaters! Sie müssen wissen", wandte er sich an die Gäste, „dass er von einer fixen Idee getrieben wird. Er sieht sich selbst als eine Art König in legitimer Nachfolge der Gralsritterschaft und gründete bald nach unserer Ankunft hier in Brigadun einen Hofstaat."

Holmes räusperte sich.

Lancelot wandte sich nun direkt an ihn: „Sie müssen sich das Lachen nicht verkneifen, Dr Haynes." Er seufzte. „Es muss für einen Außenstehenden wirklich komisch sein. Wir haben einen Kämmerer, einen Marschall und ich selbst musste nach meiner Rückkehr aus Edinburgh vor zwei Jahren das Amt des Seneschalls von meinem Onkel übernehmen. Die Männer von Brigadun wurden von meinem Vater zu Rittern geschlagen und die Frauen führen den Titel einer Lady. Das Ganze ist natürlich höchst albern, aber wer das Geld hat, hat das Sagen, und wir haben uns hier alle mit diesem Affentheater arrangiert."

„Lancelot!", rief Mr Benwick empört. „Es ziemt sich nicht, so über seinen Vater zu sprechen. Ich sehe ein, dass dieser Lebensstil auf unsere Gäste befremdlich wirken muss, aber das gibt dir nicht das Recht, Alasdairs geistige Integrität infrage zu stellen. Doch nun wollen wir endlich essen", sagte er in ruhigerem Ton. „Bitte setzen Sie sich doch!"

Sie nahmen an der runden Tafel Platz und Rodgers servierte die Suppe, die von den vier Neuankömmlingen nach Holmes' Warnung verständlicherweise kaum angerührt wurde. Beim Hauptgang, einem vorzüglichen Hirschbraten, der mit Kartoffelbrei, Pastinakengemüse, einer Wildbeerensoße und reichlich Claret gereicht wurde, fragte Stableford Mr Benwick, wie sie denn eigentlich nach Brigadun gekommen waren.

„Nun", begann Mr Benwick, „in gewisser Weise trägt Sir Paul – bitte entschuldigen Sie, Dr Goodyear – die Schuld daran. Er ist Historiker und erforscht als Privatgelehrter seit Jahrzehnten den Wahrheitsgehalt der Legenden um König Artus. Mein Bruder zeigte sich schon als Kind von den Abenteuern der Ritter der Tafelrunde tief beeindruckt – eine Leidenschaft, die sein Leben bis heute bestimmt. Er hat unzählige Orte besucht, die mit der Artuslegende in Zusammenhang gebracht werden."

„Sie meinen etwa Tintagel oder St Michael's Mount in Cornwall?", fragte Holmes interessiert.

„Genau! Und natürlich auch die Abtei von Glastonbury

in Somerset. Aber das sind nur die bekanntesten Wallfahrtsorte für Artuspilger. Ich kann Ihnen versichern, dass es Hunderte, wenn nicht Tausende Orte gibt, die sich durch Legenden oder die bloße Namensgebung auf dieses sagenhafte Kapitel unserer Geschichte beziehen. Doch zurück zu Ihrer Frage, Mr Blake: Irgendwann fiel Alasdair Dr Goodyears Buch ‚Arthur, King of Scotland' in die Hände, und von da an suchte er hier in Schottland nach dem wahren Camelot."

„Tatsächlich gibt es viele Belege für die Annahme, dass der historische Artus ein schottischer Clanführer war", ergänzte Dr Goodyear begeistert. „Tantallon und Edinburgh kommen als Orte des sagenhaften Camelot in Betracht. Es gibt eine alte Grabstätte, die mit Artus in Verbindung steht, Dutzende Hügel, Quellen, ja selbst Berge tragen hier seinen Namen. Und bedenken Sie den Gehalt der Legenden selbst! Sir Lancelot etwa war der Sohn des Königs von Lothian, die Brüder Sir Gareth und Sir Gawain stammten von den Orkney-Inseln und Artus' Gemahlin Guinevere wird in einigen Legenden mit der Stadt Perth in Verbindung gebracht."

„Und Brigadun?", fragte Harriet neugierig.

Dr Goodyear erwiderte nichts darauf, also ergriff Mr Benwick erneut das Wort.

„Hier gehen die Meinungen auseinander. Einen direkten Beleg in den Artuslegenden gibt es nicht. Der Name Brigadun ist wohl keltischen Ursprungs und setzt sich aus den Worten ‚briga' für Stadt und ‚dùn' für Fort zusammen. Wir haben ihn, wenn Sie so wollen, für unser kleines Reich adoptiert. Ursprünglich war es die Bezeichnung der Einheimischen für die vorzeitliche Siedlung am Osthang unserer Burg, die Ihnen Dr Goodyear sicherlich gern zeigen wird."

„Aber wie kamen Sie nun hierher?", griff Stableford seine ursprüngliche Frage erneut auf.

„Nun, nach dem Tod seiner ersten Frau hatte mein Bruder finanzielle Mittel zur Verfügung, die es ihm erlaubten, aktiv mit der Suche nach dem ‚wahren Camelot' in Schottland zu beginnen. Auf seinen Streifzügen durch die Highlands entdeckte er eines Tages am Osthang der Brennerei, in der wir gerade dinieren, die besagten Überreste einer alten Siedlung. Er fand nicht mehr als eine flache Mauer und ein paar Steinkreise, aber irgendetwas muss ihn an diesem Ort bezaubert haben, denn er erkundigte sich nach dem Eigentümer des Landes und kaufte die Brennerei samt den damals für die Arbeiter erbauten Cottages sofort nach seiner Rückkehr nach London, und zwar ohne jede Preisverhandlung. Das ist jetzt vierzehn Jahre her. Nach nur einem Jahr waren das Haus und die Cottages hergerichtet und wir zogen nach Brigadun."

„Und mit ‚wir' meinen Sie Ihre Familie?", fragte Stableford verwundert. Er musste an Gally denken, der noch keine dreizehn Jahre alt war. Wie passte der Junge in diese Geschichte?

„Wenn ich ‚wir' sage, dann meine ich unsere Familie und Alasdairs treueste Gefährten, mit denen er im Großen Krieg gekämpft hat", erklärte Mr Benwick bereitwillig. „Viele unserer heimgekehrten Helden hatten es ja damals nicht leicht, wieder Arbeit zu finden. Alasdair lud sie ein, hier mit uns ohne Existenzsorgen zu leben. Kurze Zeit später begannen die Ausgrabungsarbeiten. Wir fanden zahlreiche Artefakte aus verschiedenen Epochen und mein Bruder war bald davon überzeugt, dass er Camelot gefunden hatte. Vor zwei Jahren lud er dann Dr Goodyear ein, die Leitung der Ausgrabung zu übernehmen. Der Doktor kam, sah und blieb, obwohl er nach nur wenigen

Wochen konstatierte, dass es sich um eine bronzezeitliche Siedlung handelte, die viel zu alt war, um in einem sinnvollen Zusammenhang mit der Artuslegende stehen zu können. Es kam zu einem fürchterlichen Streit, gefolgt von einer überraschenden Versöhnung, und seitdem lebt der gute Doktor hier mit uns im Moor."

„Ich würde es nicht Streit nennen", mischte sich Dr Goodyear ein. „Es war eine etwas hitzig geführte fachliche Auseinandersetzung, in deren Verlauf ich Ihrem Bruder zugestand, durchaus gute Argumente für seine Überzeugung gefunden zu haben. Um aber Ihre ursprüngliche Frage zu beantworten, Mrs Blake, so möchte ich sagen, dass Brigadun noch nicht ausreichend erforscht ist und die Entscheidung, ob es sich hier um einen weiteren Beleg für Artus' schottische Herkunft handelt, noch aussteht."

„Hört, hört!", rief Gavin und erhob sein Glas. „Mein Vater wäre über diese warmen Worte wohl überrascht und dennoch hocherfreut. Lassen Sie uns auf abwesende Freunde trinken, Dr Goodyear!"

Nachdem Rodgers den Blaubeerkuchen mit Clotted Cream serviert hatte, erkundigte sich Stableford nach dem letzten Stand der Dinge im Falle des verschwundenen Burgherrn. Mr Benwick hatte nichts Neues zu berichten. Die Anzeigen, die sie in den Kummerkasten-Kolumnen der größten Zeitungen des Landes geschaltet hatten, waren unbeantwortet geblieben und sein Bruder hatte in der Zwischenzeit weder mit seinen Verwandten noch seinen Anwälten in Glasgow Kontakt aufgenommen.

„Und das Rad, mit dem er nach Rannoch gefahren ist?", fragte Stableford.

„Ist verschwunden", antwortete Gavin wie aus der Pistole geschossen. „Das ist tatsächlich eine merkwürdige Sache. Wir hatten anfangs gar nicht daran gedacht. Immerhin verging ja fast eine Woche, bis sich Lance auf den Weg nach Glasgow machte. Als ich das Rad dann vom Bahnhof in Rannoch abholen wollte, weil wir es für die wöchentlichen Besorgungen brauchen, war es nicht da. Gestohlen, nehme ich an."

„Das ist eine mögliche Erklärung", bemerkte Stableford nachdenklich.

Da nun offenbar alles zu diesem Thema gesagt war, fragte Mr Benwick, ob Stableford und Holmes nicht Lust hätten, am Morgen mit ihm eine Partie Golf zu spielen. Sie stimmten zu und Holmes bemerkte, dass er bei all den mittelalterlichen Geschichten froh sei, nicht tjosten zu müssen. Danach hob ihr Gastgeber die Tafel auf. Er und Dr Goodyear wollten sich auf ihre Zimmer zurückziehen und die vier Wanderer teilten diese Absicht, denn die frische Luft und der Wein hatten sie müde gemacht. Gavin verabschiedete sich in der Halle, um, wie er sagte, noch einen „schnellen Abstecher" zu den Ponsonbys zu machen. Und so betraten Jennifer Benwick und Lancelot den Drawing Room allein.

Das kommt ihnen sicherlich nicht ungelegen, dachte Stableford und folgte Harriet die Treppe hinauf.

KAPITEL II
Kriegsrat

Harriet und John waren noch keine fünf Minuten auf ihrem Zimmer, da klopfte es an der Tür.

„Ja, bitte?", rief John verwundert.

Lady Penelope betrat den Raum, gefolgt von Percy, der eine geschliffene Whisky-Karaffe und zwei Gläser in den Händen hielt.

„Zimmerkontrolle!", rief er fröhlich. „Ich dachte, wir sollten noch kurz Kriegsrat halten, und habe Hattie auf meinem Weg zu Ihnen gleich mitgebracht. Der Whisky ist übrigens trinkbar." Er stellte die Karaffe auf einem Tischchen neben dem Kamin ab und blickte für einen Moment ins Feuer. Als er sich wieder umdrehte, war jedes Zeichen von Heiterkeit aus seinem Gesicht verschwunden. „Außerdem müssen wir über Adrian Benwick sprechen", sagte er ernst. „Ich hatte es Ihnen gegenüber ja schon angedeutet: Unser Gastgeber leidet, wenn ich mich nicht täusche, an einer schleichenden Arsenvergiftung. Ich bin weiß Gott kein Experte auf diesem Gebiet, aber die Symptome, die er zeigt, könnte kein Lehrbuch besser beschreiben. Seine Haut ist glatt und sein Teint klar und rosig. Arsen simuliert das blühende Leben, wären da nicht die kleinen Flecken und Hautschuppen um seine Augen und im Nacken."

„Also wirklich, Percy!", unterbrach ihn Lady Penelope. „War das Dinner nicht schon merkwürdig genug? Mir scheint, dass du förmlich nach Symptomen für deine Diagnose suchst, um unseren Aufenthalt noch ein wenig unheimlicher zu gestalten."

„Nichts liegt mir ferner, Hattie! Aber als ich im Drawing

Room neben ihm stand, bemerkte ich sofort einen leichten Knoblauchgeruch. Das ist ein typisches Symptom."

„Vielleicht hatte er etwas zum Lunch, das Knoblauch enthielt", warf Lady Penelope ein.

„Diese Möglichkeit zog ich natürlich auch in Betracht", erwiderte Percy. „Doch als ich ihn näher betrachtete, fielen mir die vielen Haare auf seinem Kragen auf. Haarausfall ist ein weiteres typisches Symptom. Ich hatte die Gelegenheit, kurz mit ihm zu sprechen, und erkundigte mich als Arzt über das Leiden, das er uns gegenüber angedeutet hatte. Er berichtete mir daraufhin von einer andauernden Müdigkeit, die sich mit kurzen Phasen panischer Ruhelosigkeit abwechselt."

„Also bitte, Percy", unterbrach ihn Lady Penelope unsanft. „Der Mann ist in großer Sorge um seinen Bruder. Könnte er nicht einfach an einer akuten Schlaflosigkeit leiden?"

„Sicher, Hattie. Doch er sprach auch von einem Brennen in Händen und Füßen und immer wieder auftretenden Taubheitsgefühlen in verschiedenen Körperteilen. Seit etwa zwei Jahren schlägt er sich darüber hinaus mit einem Magenproblem herum, das in den letzten Monaten noch schlimmer geworden ist. Er wird von einer praktisch kaum noch abklingenden Übelkeit geplagt. Natürlich konnte ich ihn so kurz vor dem Dinner schlecht nach seinem Stuhlgang befragen, aber all diese Symptome reichen, um eine für uns nicht eben angenehme Diagnose zu stellen."

„Wieso für uns?", fragte Harriet. Sie hatte im Verlaufe der Ausführungen zu John hinübergeschaut und sein besorgter Gesichtsausdruck beunruhigte sie.

„Nun, wir haben das ja schon einmal erlebt, nicht wahr?", sagte Percy.

„Du meinst in Peters Peter?"

„Genau. Ein Giftmischer im Haus ist für alle gefährlich!"

„Wenn er sich denn noch im Haus befindet", bemerkte John nachdenklich.

„Ah!", machte Percy, goss sich einen Whisky ein und trank einen großen Schluck. „Die kleinen grauen Zellen nehmen ihre Arbeit auf. Sie denken, dass wir das Rätsel um Alasdair Benwicks Verschwinden damit vielleicht schon aufgeklärt haben? Ich für meinen Teil glaube, dass er tatsächlich auf der Flucht ist. Er hat versucht, seinen Bruder langsam zu vergiften, sich bei der finalen Dosierung oder der Beimischung des Giftes vertan und sitzt jetzt irgendwo zwischen Glasgow und London und wundert sich, nichts von Adrians Ableben in den Zeitungen zu finden." Er schenkte sich nach. „Möchte sonst noch jemand einen Schluck?"

Die anderen lehnten dankend ab.

Nach einer Weile fragte John: „Gibt es noch ein weiteres Gift mit einer ähnlichen Wirkung?"

„Wie ich schon andeutete, mein lieber Freund, ist die Toxikologie nicht eben gerade mein Steckenpferd", erwiderte Percy. „Eigentlich habe ich nur damit zu tun, wenn ich mit Ihnen auf Reisen bin, was mir – nebenbei bemerkt – zu denken geben sollte. Aber um Ihre Frage zu beantworten: Es gibt tatsächlich ein Gift, das ähnliche Symptome wie Arsen hervorruft: Antimon. In der Medizin findet es als Antimonium tartaricum Verwendung. Sie kennen es vielleicht unter dem Namen Brechweinstein, der auch sehr treffend seine Aufgabe beschreibt. Ich habe von Fällen gehört, bei denen eine langsame Vergiftung mit diesem Salz zu einem qualvollen Tod geführt hat, und die Symptome wurden, wie bei Arsenvergiftungen, fälschlicherweise oft als akute Gastritis diagnostiziert. Wenn ich jedoch an die rosigen Bäckchen unseres Gastgebers denke, würde ich mich eindeutig für Arsen aussprechen."

Eine Weile war es still im Raum.

„Du sagtest, seine Beschwerden begannen vor etwa zwei Jahren?", fragte Harriet schließlich.

Percy nickte.

„Das ist doch genau die Zeit, in der Dr Goodyear in Brigadun eintraf", fuhr Harriet fort. „Die beiden scheinen nicht gerade die besten Freunde zu sein. Und sprach nicht auch Lancelot Benwick davon, dass er vor zwei Jahren aus Edinburgh zurückkam?"

„Ödipus", sagte Lady Penelope halblaut.

„Wie bitte?", fragte Percy.

„Harriet sagte ‚Lancelot' und ich erwiderte ‚Ödipus'. Er ist für mich der Hauptverdächtige, was das Verschwinden seines Vaters angeht, auch wenn ich die Symptome unseres Gastgebers hier nicht einordnen kann. Lancelot weicht seiner Mutter, die zwar zugegebenermaßen nur seine Stiefmutter ist, nicht von der Seite und wir alle wissen, was der Sohn des Königs von Theben mit seinem Vater getan hat."

„Also wirklich, Hattie", sagte Percy und lachte. „Wir haben die Familie gerade erst kennengelernt und du verdächtigst bereits ein Mitglied des Quasi-Inzests und Vatermordes. Alle Achtung! Ich ziehe meinen imaginären Hut. Nehmen Sie sich ein Beispiel an ihr, Stableford! Eine kühne These aus der Mottenkiste der Psychoanalyse – und die Idee für Blakes zweites Abenteuer steht."

„Wenn dies ein Detektivroman wäre, würde ich ihn jetzt aus der Hand legen und vermutlich nie wieder aufschlagen", bemerkte John säuerlich. „Das ist doch kein

Mörderspiel zum Zeitvertreib! Hier geht es um echte Menschen. All diese haltlosen Verdächtigungen führen zu nichts. Wie Ihr Namensvetter Holmes sagt, ist es ein kapitaler Fehler, Theorien zu entwickeln, bevor man alle Fakten und Hinweise beisammenhat. Das beeinflusst das Urteilsvermögen. Ich hätte jetzt übrigens doch gern einen Whisky."

Percy lächelte, goss ein zweites Glas ein und reichte es John.

Der bedankte sich, trank einen Schluck und fuhr fort: „Sie, Holmes, glauben, dass Alasdair Benwick auf der Flucht ist, weil er versucht hat, seinen Bruder zu vergiften. Aber warum hätte er das tun sollen? Wir wissen es nicht. Selbst wenn wir annehmen, dass er glaubte, Adrian das Gift so verabreichen zu können, dass ihm seine ursprüngliche Reiseabsicht ein Alibi verschafft hätte, und dass er nun in der Falle sitzt, weil er die Rückkehr für zu gefährlich hält, fehlt uns doch die Hauptsache: das Motiv. Nebenbei bemerkt hätte er, um sich ein Alibi zu verschaffen, das Hotel in Glasgow aufsuchen müssen. Genau das hat er aber nicht getan."

Percy runzelte die Stirn, sagte aber nichts.

John wandte sich nun Harriet zu. „Du, meine Liebe, bringst Dr Goodyear ins Spiel. Und ich muss zugeben, dass die zeitliche Nähe zwischen seiner Ankunft in Brigadun und dem Auftreten von Adrian Benwicks Vergiftungserscheinungen bemerkenswert ist. Aber auch hier fehlt das Motiv. Tatsächlich scheint mir sein Verhältnis zu Alasdair Benwick weitaus interessanter zu sein. Was hält den Doktor hier, wenn er doch angeblich nicht an die Camelot-Theorie glaubt? Suchte ich ein Motiv, würde ich wohl dieser Frage nachgehen."

Harriet spürte, wie sich ihre Wangen röteten. Vielleicht

war sie mit ihrer Äußerung doch etwas vorschnell gewesen.

John blickte in die Runde, doch da offenbar niemand etwas zu bemerken hatte, fuhr er fort: „Und Ihr Ödipus, Lady Penelope? Ja, ganz offensichtlich hat Lancelot ein Auge auf seine Stiefmutter geworfen, und natürlich stände ihm sein Vater im Weg. Ich gebe zu, dass auch diese Konstellation durchaus ihren Reiz hat, und nicht wenige sehen in der Geschichte von Ödipus den archaischen Prototyp des modernen Detektivromans. Aber wäre es nicht viel leichter und auch sicherer für die beiden, gemeinsam fortzulaufen? Ich befürchte, dass Sie die Sphinx, die vor den Toren Thebens lauert, für diese Lösung des Rätsels verschlingen würde."

Noch bevor Lady Penelope irgendwie reagieren konnte, sagte Percy kampfeslustig: „Sie sind ein Spielverderber! Aber so einfach kommen Sie uns nicht davon. Nachdem Sie unsere – möglicherweise etwas voreilig errichteten – Beweisgebäude zum Einsturz gebracht haben, möchte ich Sie nun bitten, aus den herumliegenden Teilen ein Gerüst zu bauen, das selbst dem Sturm Ihres Skeptizismus standhält."

„Nun gut", sagte John und zündete seine Pfeife an. „Lassen Sie uns versuchen, ein Fundament zu legen. Was die Fakten angeht, so haben wir heute nur eines erfahren: Adrian Benwick ist kein eingebildeter Kranker, sondern leidet mit an Sicherheit grenzender Wahrscheinlichkeit an einer schleichenden Arsenvergiftung."

„Und wir wissen, dass das Rad, mit dem Sir Alasdair nach Rannoch gefahren ist, gestohlen wurde", warf Lady Penelope hoffnungsvoll ein.

„Nicht wirklich", widersprach John. „Wir haben gehört, dass das Rad, mit dem Alasdair Benwick nach Rannoch gefahren sein soll, verschwunden ist. Wir können wie Gavin daraus schließen, dass es in Rannoch gestohlen wurde, oder aber annehmen, dass es nie dort abgestellt wurde, weil Alasdair Benwick den Bahnhof gar nicht erreicht hat. Doch für beide Annahmen fehlen uns die Beweise."

Percy seufzte.

John fuhr unbeirrt fort: „Kommen wir also zu Alasdair Benwicks Verschwinden, denn wir sollten nicht vergessen, dass das der eigentliche Grund unseres Besuchs in Brigadun ist. Adrians Leiden ist zwar äußerst merkwürdig, aber der Schlüssel zu diesem Rätsel scheint mir doch sein Bruder zu sein. Nach allem, was wir von Colonel Carruthers und aus den Gesprächen heute Abend erfahren haben, ist Alasdair Benwick ein mehr als außergewöhnlicher Mann, der sich einem Ideal real verpflichtet fühlt, das aus der mittelalterlichen Bearbeitung und Glorifizierung alter Legenden entstanden, also fiktiv ist."

„Das klingt fast komisch", bemerkte Harriet. „Wie die Beschreibung eines modernen Don Quijote."

„Durchaus. Doch das Komische scheint mir wie das Schöne bei Rilke hier nur ‚des Schrecklichen Anfang' zu sein", erwiderte John düster. „Bereits im Krieg versuchte Alasdair Benwick, sich durch besondere Tapferkeit und Tollkühnheit seinem König als Ritter zu empfehlen. Nach allem, was wir aus der Erzählung des Colonels wissen, können wir zumindest vermuten, dass Alasdair Benwick bei dem Versuch, sein Ziel zu verwirklichen, auch über Leichen ging. Folglich nehme ich an, dass er bei seinen Soldaten nicht unbedingt beliebt war. Ich frage mich nun, wie seine ‚treuesten Gefährten' zu ihm stehen, die mit ihm hierhergezogen sind. Aber wie dem auch sei: Er ist ein Kriegsheld und muss die in Aussicht gestellte Ernennung zum Commander des Ritterordens des Britischen Empires doch als Demütigung empfunden haben."

„Weil der echte Ritterschlag ausblieb?", fragte Lady Penelope.

„Ganz genau. Also machte er sich selbst zum Ritter: Als seine erste Frau starb, erbte er ein beträchtliches Vermögen, das ihm diese ‚Spielerei' erlaubte. Er lernte Jennifer kennen und bekam ein Buch in die Hand, das ihn nach Schottland und über Umwege schließlich nach Brigadun führte. Habe ich etwas vergessen?"

„Ich denke nicht", erwiderte Percy. „Das Fundament steht. Aber haben Sie denn auch schon eine Idee, wie das Verschwinden des Hausherrn erklärt werden könnte?"

„Nein", antwortete John. „Allerdings bin ich auf etwas gestoßen, das nicht weniger interessant und tatsächlich etwas unheimlich ist. Denken Sie nur an das ganze höfische Gebaren und die Schwerter an den Wänden des Speisesaals! Das ist doch mehr als merkwürdig, nicht wahr? Wir können wohl konstatieren, dass sich Alasdair Benwicks Realitätsverlust hier in Brigadun schlagartig beschleunigt haben muss. Ich frage mich nun: Warum? Natürlich sind die Rahmenbedingungen dafür ideal. Seine zweite Frau trägt den modernisierten Namen der legendären Gattin König Artus', seine Söhne aus erster Ehe heißen wie Ritter der Tafelrunde und er findet eine Siedlung, von der er annimmt, dass es sich um die Überreste Camelots handelt. Aber erklärt das schon die Gründung eines Hofstaats? Mir scheint, es fehlt noch der kleine Funke, der ihn dazu brachte, sein eigenes Reich auszurufen, in dem er quasi als Gegenkönig zu George V regiert."

„Hat er etwa auch die Herrin vom See gesehen und hat sie ihm sogar wie einst König Artus das Wunderschwert

Excalibur gereicht?", fragte Percy mit einem ironischen Unterton.

„Mehr als das, mein lieber Holmes, mehr als das!", behauptete John geheimnisvoll. „Aber da Sie gerade auf unseren kleinen Freund, Sir Galahad, anspielen, möchte ich Sie auf etwas aufmerksam machen, das mich seit heute Abend beschäftigt: Wie kommt es, dass er völlig furchtlos von Seeungeheuern und dem Questentier spricht, bei der Erwähnung der Herrin vom See aber vor Angst erstarrt?"

„Weil er sie wirklich gesehen hat?", warf Lady Penelope mit hörbarem Unbehagen ein.

„Nun, weil er etwas gesehen hat. Was es auch war – sie ist für ihn real und es wäre interessant herauszufinden, wann und wo er ihr begegnet ist."

„Gut, gut, aber was war denn nun der Funke, der Alasdair Benwick in den Wahnsinn getrieben hat?", fragte Percy ungeduldig.

John ging zu seinem Rucksack und holte ein Notizbuch hervor. „Erinnern Sie sich, wie Adrian Benwick erzählte, dass sein Bruder die Brennerei ‚praktisch sofort nach seiner Rückkehr nach London' kaufte?" Er begann etwas aufzuschreiben.

Harriet spürte, wie sich ihre Nackenhaare aufstellten. Percys Erwähnung von Alasdair Benwicks Wahnsinn hatte ihr einmal mehr vor Augen geführt, wie ausgeliefert sie den Bewohnern von Brigadun in dieser gottverlassenen Gegend waren. Sie lehnte sich an ihren Mann und auch Lady Penelope und Percy machten einen Schritt auf ihn zu, um zu sehen, was er aufgeschrieben hatte.

John zeigte ihnen das Blatt, auf dem „LÀIR-Y-LOGH" stand. „Im Drawing Room fragte ich unseren Gastgeber nach der Bedeutung des Namens der Brennerei", sagte er.

„Mr Benwick erzählte mir, dass LÀIR-Y-LOGH direkt aus dem Altgälischen übersetzt etwa ‚Die Stute im See' heißen würde."

„Das ist aber nicht besonders passend", bemerkte Percy und betrachtete sein Glas.

„Das sagte ich auch, woraufhin er mir erklärte, dass der Name wohl auf ein schottisches Fabelwesen, das Each Uisge, zurückgeht. Diese Wassergeister lauern Menschen in der Gestalt eines Pferdes an Seen auf, locken sie auf ihren Rücken, um sie dann in der Mitte des Gewässers in die Tiefe zu ziehen und zu verspeisen."

„Das macht es nicht wirklich besser."

„Nein, mein lieber Holmes. Aber jetzt stellen Sie sich Alasdair Benwick vor, wie er das erste Mal nach Brigadun kommt: Er schleicht um die verlassene Anlage und findet die alten Steinmauern. Vielleicht ist es Herbst und er hört, so wie wir heute, das ungewöhnliche Röhren eines Hirsches. Oder ist es doch das Bellen des Questentiers, das ihm den Weg nach Camelot weist? Dann steht er vor der verschlossenen Tür des Haupthauses und liest den Namen der Brennerei, der noch heute über dem Eingang steht. Er ist von all den mythischen Eindrücken völlig benommen und sieht überall Âventiuren – Rätsel, wenn Sie so wollen –, die er auf seinem Weg zur Ritterschaft lösen muss. Denken Sie an Adrian Benwicks Worte: ‚Irgendetwas muss ihn an diesem Ort bezaubert haben.'"

„Nun spannen Sie uns doch nicht länger auf die Folter!", rief Percy. „Was war es?"

„Nun, es war der Name der Brennerei – und ich meine nicht die Übersetzung. Dieser Namen barg, denke ich, den Funken, der Alasdair Benwicks Verstand verbrannt hat. Sehen Sie selbst!" John nahm seinen Bleistift, schrieb die Buchstaben in einer neuen Reihenfolge auf und sagte:

„Aus LÀIR-Y-LOGH entstand vor seinen fiebrigen Augen HOLY GRAIL, der Heilige Gral."

Harriet blickte auf und sah in die fassungslosen Gesichter von Percy und Lady Penelope. Sie unterdrückte ein Lachen, denn sie spürte, dass es sich hysterisch anhören würde.

„Die Suche unseres Ritters hatte ein Ende", fuhr John ruhig fort. „Für ihn stand fest: Er hatte Camelot entdeckt und damit das Geheimnis um Brigadun gelöst. Vielleicht glaubte er, hier tatsächlich den Kelch mit dem Blute Christi, den Joseph von Arimathäa einst mit nach Britannien gebracht haben soll, zu finden, denn in seinem Wahn wird Brigadun zu Camelot und Camelot zur Gralsburg. Dieser Ort wollte von ihm gefunden werden und hatte sich ihm allein in diesem Anagramm offenbart."

„Ich habe Gänsehaut", flüsterte Harriet.

„Und zu Recht", bemerkte John und nahm ihre Hand. „Wir sind auf der Suche nach Alasdair Benwick in die mystische Suche nach dem Heiligen Gral geraten. Wenn du so willst, haben wir die Wirklichkeit transzendiert. Vielleicht ist deine Gänsehaut ein frühes Symptom dieser Grenzüberschreitung, gleichsam eine körperliche Warnung des Verstandes, wenn wir an der Pforte des unheimlichen Übertritts stehen und regungslos verharren. Alasdair Benwick hat sie durchschritten und wurde mit Wahnsinn geschlagen."

„Ausgezeichnet, mein lieber Stableford!", sagte Percy beeindruckt. „Ich hoffe nur, dass ich heute Nacht überhaupt ein Auge zutun kann. Ihr philosophischer Exkurs in die Psychosomatik hat mich an alte Spukgeschichten aus meiner Kindheit erinnert. Aber wie gehen wir denn jetzt weiter vor? Immerhin sind wir bisher weder dem Aufenthaltsort Alasdair Benwicks noch der Ursache für den alarmierenden Gesundheitszustand seines Bruders auf die Spur gekommen."

„Nun, wir gehen schlafen und spielen morgen früh eine Partie Golf mit unserem Gastgeber. Dabei sollten wir ihn ganz behutsam von Ihrer Diagnose in Kenntnis setzen. Danach beginnen wir mit unseren Befragungen. Es ist allerdings von elementarer Wichtigkeit, dass wir uns nicht von der Märchenwelt, die uns zu umgeben scheint, einfangen lassen. Die Fantasie ist ein guter Knecht, aber ein schlechter Herr. Da ich nicht glaube, dass Alasdair Benwick seit einem Monat das Questentier verfolgt wie einst Sir Pellinore, und es für die Theorie der spontan ausgedehnten Reise keine echten Anhaltspunkte gibt, neige ich zu der Vermutung, dass er hier in Brigadun einem ganz realen Verbrechen zum Opfer gefallen ist. Das erscheint mir nach allem, was wir bisher über seinen Charakter gehört haben, sogar recht plausibel."

„Und wie stellst du dir die Befragungen vor?", wollte Harriet wissen. „Wir können die Menschen hier doch nicht einfach nach ihren Alibis fragen."

„Warum denn nicht?", entgegnete John überrascht. „Mr Benwick hat uns schließlich nur aus einem Grund eingeladen: um den Verbleib seines Bruders aufzuklären. Und da uns dafür nur wenig Zeit bleibt, schlage ich vor, dass wir uns für die Befragungen der Bewohner aufteilen, um uns möglichst schnell ein ganz reales Bild von ihnen und ihren Beziehungen zueinander machen zu können", erklärte er. „Morgen Abend sollten wir wissen, wer warum hier ist und wer genau wo war, als Alasdair Benwick die Burg am Morgen des 13. August verließ. Harriet, vielleicht könntest du gemeinsam mit Lady Penelope zunächst Jennifer und Lancelot Benwick übernehmen?"

„Aber sicher, Sherlock", antwortete Harriet. „Wir werden die beiden beim Frühstück abpassen und ihnen mit unserem geballten weiblichen Charme ihre tiefsten Geheimnisse entlocken."

„Dann gehöre ich jetzt wohl offiziell zu eurem Club?", fragte Lady Penelope und strahlte. „Ich fühle mich geschmeichelt und werde mein Bestes geben. Allerdings würde ich mich freuen, wenn wir die förmliche Anrede fallen lassen könnten."

„Auf Penelope!", sagte John und erhob sein Glas. „Die Vierte im Bunde unseres Detection Club!"

KAPITEL 12
Zweisamkeit

Nachdem sich Penelope und Percy verabschiedet hatten, ließ sich Harriet auf das altmodische Himmelbett fallen. „Glaubst du, dass etwas an dieser Geschichte um Camelot und den Heiligen Gral wahr sein könnte?"

„Ich weiß es nicht, Harriet", antwortete John müde und setzte sich zu ihr. „Aber ich gestehe, dass mich diese metaphysische Entwicklung unseres Abenteuers nervös macht. Hass, Gier und Eifersucht sind menschliche Emotionen, die sich in der Regel aus dem sozialen Umfeld ergeben. Erforscht man dieses, kann man dem Täter und seinem Motiv auf die Spur kommen. Ideelle Motive sind weitaus schwieriger zu fassen. Sie verstecken sich in den Köpfen der Menschen und haben keinen zwingenden Bezug zu ihren Lebensläufen und Verhaltensmustern. Wenn Alasdair Benwicks Verschwinden mit seiner Suche nach dem Gral zu tun hat, werden wir es schwer haben."

„Zum Glück gibt es noch andere menschliche Emotionen", sagte Harriet und löschte das Licht der Petroleumlampe, die auf dem Nachttisch stand.

Die Glut des Kaminfeuers tauchte das Zimmer in ein warmes Rot.

„Aber eines würde ich gern noch wissen."

„Ja, Harriet?"

„Wie bist du darauf gekommen, dass man den Namen der Brennerei als Anagramm lesen kann?"

„Versprich mir erst, es nicht weiterzuerzählen."

„Versprochen! Aber warum?"

„Weil es meine Reputation als ‚Meisterdetektiv' zerstören könnte.“ John seufzte. „Es war das Lied, das wir hörten, als wir vor der Tür standen.“

„The Dipsy Doodle?“ Harriet musste lachen.

„Ja“, sagte John und begann leise zu singen:

„The dipsy doodle is the thing to beware
The dipsy doodle will get in your hair
And if it gets you, it couldn't be worse
The things you say will come out in reverse
Like ‚You love I and me love you!‘
That's the way the dipsy doodle works.“

„Ich verstehe“, sagte Harriet. „Die Dinge, die du sagst, kommen verkehrt herum heraus.“

„Genau. Während wir das Grammophon durch das offene Fenster hörten, betrachtete ich den Namen der Brennerei und die Buchstaben sprangen vor meinen Augen wie von selbst in ihre neue Bedeutung. Seit Mr Montgomeries fragwürdigen Versuchen, meinen Namen zu anagrammieren, bin ich für dieses Buchstabenspiel offenbar sehr empfänglich.“

„Armer Sherlock!“ Harriet zog John an sich und küsste ihn zärtlich. „Dann hab ich dich jetzt wohl in der Hand …“

KAPITEL 13
Dubh Lochan

Am Freitagmorgen gegen acht Uhr trafen sich Stableford und Holmes wie verabredet mit Adrian Benwick in der Halle von Benwick Castle. Kurz zuvor hatten sie sich von Harriet und Penelope verabschiedet, die noch im Speisesaal frühstückten und dort auf Jennifer und Lancelot warteten.

„Wie geht es Ihnen?“, fragte Holmes ihren Gastgeber, der ihnen mit schweren Schritten entgegengekommen war.

„Nicht besonders“, antwortete er. „Am Morgen ist es immer am schlimmsten. Man könnte fast an die alte Spukgeschichte glauben, die sich um das Zimmer rankt, das ich hier bewohne. Ich werde sie Ihnen bei Gelegenheit einmal erzählen. Aber jetzt kommen Sie! Ich bin gespannt, was Sie von unserem kleinen Golfplatz halten. Außerdem hat die Erfahrung gezeigt, dass eine Runde Golf und die frische Luft unserer Highlands wahre Wunder für meine Gesundheit bewirken.“

Sie machten sich auf zur Scheune und betraten sie wenig später durch ein großes Tor. In der Mitte des hohen Raumes stand ein ziemlich neuer, wenn auch stark lädierter und verstaubter Ford V8 und daneben, an einen Stützbalken gelehnt, ein Raleigh-Transportrad.

„Genau so sah das Fahrrad aus, das uns gestohlen wurde“, sagte Mr Benwick unvermittelt. Wahrscheinlich hatte er Stablefords erstaunten Blick bemerkt. „Gavin hat sofort ein neues besorgt, denn mit dem Wagen gelangt man nur sehr mühsam nach Rannoch. Am Uferweg des Loch Laidon gab es an einigen Stellen Erdrutsche.“ Während er sprach, inspizierte er umständlich ein paar Golftaschen, die hinter dem Wagen standen. „Gavin hat übrigens versprochen, die Koffer der Damen heute Vormittag vom Bahnhof abzuholen."

„Oh, vielen Dank! Das ist sehr freundlich von ihm", bemerkte Stableford.

„Er macht das gern! Der Junge ist froh, wenn er hier mal rauskommt", erwiderte Mr Benwick. „Gehe ich recht in der Annahme, dass Sie Linkshänder sind, Dr Haynes?"

Holmes nickte.

„Dann kommen für Sie nur Lady Jennifers Schläger in Betracht. Sie sind wohl ein Stück zu kurz, aber …"

„Es wird schon gehen", fiel ihm Holmes freundlich ins Wort. „Für drei Löcher werde ich mit den Schlägern Ihrer Ladyschaft durchaus zurechtkommen."

„Nun gut. Und für Sie, Mr Blake, würde ich Gavins Tasche empfehlen. Ich selbst spiele ja noch mit den guten alten Hickoryschlägern, aber Gavin schwört auf Stahlschäfte."

Nachdem sie alle mit Schlägern versorgt waren, verließen sie die Scheune und folgten einem Pfad, der leicht abwärts und scheinbar direkt zum Ufer des Loch Laidon führte. Nach etwa fünfzig Yards passierten sie ein Cottage und nach weiteren fünfzig verließen sie den Weg und stiegen einen kleinen Hügel zu ihrer Rechten hinauf. Oben empfing sie Gally am Abschlag des ersten Lochs mit einem überschwänglichen „Guten Morgen!".

Stableford blickte sich um. Hinter ihnen lag die gewaltige Anlage der alten Brennerei, deren Trakte sich weit hinter dem Haupthaus bis zu einem steilen Abhang im Norden hinzogen. Er erkannte den pagodenförmigen Abzug des Kiln und etwas weiter einen verglasten Aufbau, der wie ein kleines Gewächshaus auf dem Dach des

Trockenbodens saß – zumindest vermutete er das. Als er sich gerade zur Doppelreihe der Cottages umwenden wollte, bemerkte er aus dem Augenwinkel ein Blitzen – und tatsächlich: Hinter den Glasscheiben des Aufbaus bewegte sich etwas.

„Mr Benwick, welche Funktion hat der Glasaufbau auf dem Dach dort hinten?"

„Ah, Sie meinen den Ventilationsturm. Vermutlich haben Sie gesehen, wie sich eine Luke geöffnet hat, nicht wahr? Bravo, Mr Blake, Ihnen entgeht wirklich nichts! Der Turm dient uns heute als Observatorium. Allerdings beobachten wir nicht die Sterne, sondern den See und seine Ufer. Wenn ich mich nicht täusche, müsste Sir James – ich meine Mr Ponsonby – gerade dort oben sein."

„Was sucht er denn?", fragte Holmes interessiert.

„Er sucht den See nach Anomalien und das Ufer nach Spuren ab."

„Von dort oben?", staunte Holmes.

„Nun, es sind große Spuren, nach denen er Ausschau hält", antwortete Mr Benwick ausweichend. Das Gespräch schien ihm unangenehm zu werden.

Stableford betrachtete das Cottage, das sie kurz zuvor passiert hatten. Es musste das der Ponsonbys sein, denn er erinnerte sich jetzt an Adrian Benwicks Brief. Tatsächlich war es das einzige, von dem aus man das Tor der Scheune sehen konnte, auf das Mrs Ponsonby Alasdair Benwick am Tag seines Verschwindens hatte zugehen sehen. Aber hatte er die Scheune auch mit dem Fahrrad und seiner Golftasche wieder verlassen?

„Mr Blake?", riss ihn Mr Benwick aus seinen Gedanken. „Wollen wir beginnen? Ich schlage ein Zählspiel vor. Wenn es Ihnen nichts ausmacht, wird mir Gally als Caddie assistieren. Das Tragen der Tasche fällt mir von

Mal zu Mal schwerer. Gally kann uns allen eine große Hilfe sein, denn er findet praktisch jeden Ball und Sie werden schnell bemerken, dass das bei unseren Fairways voller Heidekraut und langer Gräser Gold wert ist."

Stableford nickte nur und auch Holmes schien einverstanden zu sein.

„Die erste Bahn ist ein relativ kurzes Par-3", fuhr Mr Benwick fort. „Wie Sie sehen, geht es ziemlich steil hinab. Das sollten Sie bei der Wahl Ihres Schlägers beachten. Und seien Sie vorsichtig: Hinter dem Felsen, gleich rechts vor dem Grün, liegt der Dubh Lochan, den Sie von hier oben nicht sehen können. Dubh Lochan bedeutet ‚Schwarzer See'. Wir nennen ihn so wegen seines dunklen Wassers. Ein wildromantischer Ort, aber auch das nasse Grab unzähliger Golfbälle. Erweisen Sie uns die Ehre des ersten Abschlags, Mr Blake?"

„Gern", sagte Stableford, griff nach dem Niblick in Gavins Tasche und legte sich einen Silver King auf einem Grasbüschel zurecht. Er richtete sich auf das Fairway links vom Grünrand aus und schlug den Ball tot an die Fahne.

„Ein ausgezeichneter Schlag, Mr Blake!", rief Mr Benwick erfreut. „Ich wusste, dass Ihr Spiel nicht so schlecht sein kann, wie Sie es in Ihrem Roman beschrieben haben."

Holmes hatte weniger Glück. Sein Gratex Plus landete kurz vor dem Grün auf einem Stein und sprang von dort in hohem Bogen über das Ziel hinaus in einen breiten Teppich von Besenheide. Mr Benwick ging mit seinem ersten Abschlag kein Risiko ein und pitchte seinen Dunlop Warwick knapp vor das Grün, sodass das Wasser auch bei einem Fehlschlag nicht ins Spiel gekommen wäre. Sie liefen den Hügel hinunter und Mr Benwick setzte seinen Warwick mit dem zweiten Schlag sicher auf das Grün.

Nachdem sie einige Minuten lang Holmes' Ball gesucht hatten, fand Gally inmitten der Heide einen nagelneuen North British. Er war sichtlich überrascht, denn diese Marke spielte nur Sir Alasdair, wie er umständlich erklärte. Adrian Benwick berichtete, dass sein Bruder ein ausgezeichneter Golfer sei und, auch dank Gally, auf seinem Hausplatz praktisch nie einen Ball verliere. Dennoch schien er der Entdeckung des North British keine große Bedeutung beizumessen. Er erzählte, dass sich zuweilen auch Lancelot und Gavin aus der Tasche ihres Vaters bedienten.

Nach weiteren fünf Minuten hatte Gally endlich Holmes' Ball gefunden. Die Lage war ziemlich aussichtslos, aber Holmes, nicht gewillt, schon am ersten Loch einen Ball für unspielbar zu erklären, bestand auf dem Schlag. Er hackte unkontrolliert in den Boden und beförderte seinen Gratex Plus direkt an den Rand des kleinen Sees.

Als die drei Golfer das Grün betraten, verstand Stableford sofort, was Mr Benwick mit „wildromantisch" gemeint hatte. Der Dubh Lochan hatte nur einen Durchmesser von etwa zwanzig Yards, schien aber sehr tief zu sein, auch wenn nahe dem Ufer einige Felsbrocken dicht unter der Wasseroberfläche sichtbar waren. Er war tatsächlich schwarz. Unterhalb des Felsens, den ihnen Mr Benwick vom Abschlag aus gezeigt hatte, plätscherte ein Wasserfall und erzeugte kleine symmetrische Wellen auf dem dunklen Spiegel. Die Brennerei und das Cottage der Ponsonbys waren hinter dem Hang, den sie hinabgestiegen waren, verschwunden. Es war ein reizvoller Ort.

Als Holmes am Ufer angekommen war, bemerkte er, dass er einen falschen Schläger gegriffen hatte. Er bat Gally, der bei den Taschen stehen geblieben war, ihm sein Sandeisen zu bringen. Doch Gally weigerte sich.

„Was hast du denn?", fragte Mr Benwick. „Dr Haynes hat dich um das Sandeisen aus Lady Jennifers Tasche gebeten."

„Da ist kein Sandeisen", behauptete Gally, den Tränen nah.

„Ist schon gut", sagte Holmes und ging zu seiner Tasche zurück.

Gally rührte sich nicht vom Fleck.

„Du bist ja kreidebleich", bemerkte Holmes, als er bei ihm angekommen war. „Ist dir nicht wohl?"

„Bitte gehen Sie nicht so dicht ans Wasser, Sir Pervecal", flüsterte der Junge aufgeregt.

„Keine Sorge, Sir Galahad! Der Ball liegt nicht so schlecht, und sollte ich während des Schwungs doch das Gleichgewicht verlieren – ich kann schwimmen."

„Gehen Sie nicht ans Wasser!", wiederholte Gally immer wieder.

„Also gut", versuchte Holmes ihn zu beruhigen. „Wenn du mir sagst, warum ich nicht ans Wasser gehen soll, werde ich es nicht tun."

Gally starrte ihn mit großen Augen an, er schien mit sich zu kämpfen. „Weil dort die Herrin vom See wohnt!", schrie er plötzlich und rannte dann den Hang hinauf.

Holmes und Stableford sahen sich entgeistert an.

„Machen Sie sich keine Sorgen!", versuchte Mr Benwick sie zu beruhigen. „Gally ist ein guter Junge, aber – wie soll ich sagen? – sehr jung für sein Alter. Alasdair hält ihn für zurückgeblieben. Es gab zwar tatsächlich Komplikationen bei seiner Geburt, doch ich frage mich, ob sein kindliches Wesen nicht auch dadurch zu erklären ist, dass er hier draußen ohne gleichaltrige Spielgefährten aufwächst. Er hat bisher praktisch keine Erfahrungen mit der realen Welt machen können. Wie soll er hier, an diesem sagenumwobenen Ort, lernen, zwischen Fantasie und Wirklichkeit zu unterscheiden?"

„Aber seine Angst schien doch von ganz realer Natur zu sein", warf Stableford ein. „Haben Sie eine Ahnung, wen er mit der Herrin vom See meinen könnte?"

„Leider nein. Es wird Ihnen nicht entgangen sein, dass die Legenden um König Artus hier in Brigadun eine große Rolle spielen. Aber ich kann Ihnen wirklich nicht sagen, warum sich Gally vor einer Fee fürchtet."

Holmes war inzwischen zurück zum Ufer des Sees gegangen. Er blickte über das Wasser und hob dann seinen Ball auf.

„Ich habe es ihm versprochen", sagte er nachdenklich. „Und ein Ehrenwort unter Rittern sollte man nicht brechen, nicht wahr? Bitte setzen Sie Ihr Spiel ohne mich fort, ich werde zum Haus zurückgehen." Er nahm seine Tasche und stieg langsam den Hügel hinauf.

KAPITEL 14
Major Nesbit

Stablefords Birdie am ersten Loch war der Auftakt zu der wohl besten Runde, die er je gespielt hatte. Es mochte daran gelegen haben, dass er in seiner Rolle als Mr Blake die typischen Fehler Stablefords vermied. Natürlich kam ihm auch entgegen, dass der Platz lediglich aus drei kurzen Löchern bestand. Aber der eigentliche Grund war wohl der, dass er über andere Dinge als Golf nachdachte und seine Schläge ohne theoretische Grübelei und ohne jede Emotion rein mechanisch absolvierte.

Auf der zweiten Bahn, einem Par-3, das parallel zum Ufer des Loch Laidon hinter dem Dubh Lochan verlief, beschäftigte ihn Holmes' chevalereske Geste. Er überlegte, ob nicht genau dieses galante Verhalten der Ritter von Brigadun ihre Ermittlungen vielleicht erschweren würde. War das höfische Gebaren nicht an sich eine in soziale Formen gegossene Lüge artiger Natur? Er schrieb sich eine Drei auf und ging zum nächsten Abschlag.

Dort erklärte ihm Mr Benwick die letzte Bahn, ein Par-4 Dogleg, das um den See herumführte und am dritten Grün unterhalb des ersten Tees endete. Noch bevor er abschlug, fragte sich Stableford, ob Dr Goodyears plötzlicher Sinneswandel, doch in Brigadun zu bleiben, vielleicht etwas mit dem rätselhaften Namen der Brennerei zu tun haben könnte. War es möglich, dass ihn Alasdair Benwick in sein Geheimnis eingeweiht hatte, um ihn als Leiter der Ausgrabungen zu behalten? Waren sie beide vielleicht wirklich auf der Jagd nach dem Heiligen Gral gewesen und lag darin etwa ein Motiv? Ein Mord unter närrischen Schatzgräbern? Ohne

Probeschwung schlug Stableford seinen Ball quer über den Teich.

„Ein Meisterschlag!“, stellte Mr Benwick bewundernd fest.

Und tatsächlich: Als sie das Grün des dritten Lochs betraten, lag der Silver King nicht einmal ein Yard von der Fahne entfernt. Stableford lochte ihn mit einem Putt ein und hatte das Zählspiel mit dem ersten Eagle seines Lebens und sieben zu elf Schlägen gewonnen.

Auf dem Weg zurück zum Haus kam ihnen ein rundlicher Herr in einem moosgrünen Tweedanzug entgegen. Er war etwa Mitte fünfzig und führte einen weißen West Highland Terrier an einer langen Leine. Mr Benwick sprach ihn als Sir Charles an, woraufhin er verächtlich grunzte und sich Stableford selbst als Major Nesbit vorstellte. Über den Grund von Mr Blakes Anwesenheit war er offenbar unterrichtet und er lud ihn und ausdrücklich auch „Socket“ zum Nachmittagstee in sein Cottage ein. Als ihn Mr Benwick darauf hinwies, dass Miss Pimms mittlerweile Mrs Blake hieß, konnte er eine gewisse Enttäuschung nicht verbergen. Er wünschte den beiden Männern aber dennoch einen guten Tag und ging seines Weges.

„War Major Nesbit nicht als Lieutenant an der Seite Ihres Bruders am Grabenüberfall im Winter 1915 beteiligt?“, fragte Stableford nachdenklich.

„Mein lieber Mr Blake“, antwortete Adrian Benwick, „Sie verblüffen mich immer wieder aufs Neue! Tatsächlich war Sir Charles damals der zweithöchste Offizier in Alasdairs Überfallkommando. Er ist einer der treuen Gefährten, von denen ich Ihnen gestern Abend erzählte. Zwar wirkt er ein wenig ungehobelt, ist aber ein grundsolider Gentleman der alten Schule. Er lebt übrigens mit seiner Hündin Bella im letzten Cottage dort drüben."

Mittlerweile waren sie an der Scheune angelangt und Stableford bot sich an, ihre Taschen zurückzustellen. Während Mr Benwick vor dem halb geschlossenen Tor wartete, trat Stableford an das Heck des Ford V8. Er holte tief Luft und öffnete die Klappe des Kofferraums – er war leer. Dann ging er zum Fahrrad, untersuchte die Reifen und testete das Spiel der Kette. Obwohl er die Beschaffenheit des Weges nach Rannoch nicht kannte, war eines klar: Dieses Rad war definitiv nicht neu. Er säuberte seine öligen Finger mit seinem Taschentuch und trat auf den Vorplatz hinaus.

Mr Benwick sah ihn mit einem merkwürdigen Lächeln an. „Nun, Mr Blake, haben Sie bereits eine Fährte aufgenommen?"

„Dafür ist es noch zu früh", begann Stableford vorsichtig. „Aber um in Ihrem Bild zu bleiben, möchte ich sagen, dass die Jagd in vollem Gange ist. Die Baustopfer sind bereits unterwegs, um die Fuchslöcher der Umgebung zu verschließen. So kann der Fuchs sich nicht mehr verstecken und muss uns über kurz oder lang vor die Flinte laufen."

Mr Benwick wurde bleich. „Sie meinen doch nicht meinen Bruder, wenn Sie vom Fuchs sprechen?"

„Nein."

„Dann glauben Sie, dass er tot ist?"

„Ich kann es nicht ausschließen", antwortete Stableford ernst. „Es ist möglich, dass Ihr Bruder Opfer eines Verbrechens geworden ist, und ich versichere Ihnen, alles in meiner Macht Stehende zu tun, um den Täter zu überführen. Vielleicht irre ich mich und wir sollten die Hoffnung noch nicht aufgeben. Aber realistisch betrachtet gibt es doch bis heute gar keine Spur, die uns zu Ihrem Bruder nach Glasgow, Edinburgh oder London führen könnte. Sie verliert sich nicht erst in Rannoch, wie Sie in Ihrem Brief schrieben, sondern beginnt und endet – hier. Tatsächlich hat ihn niemand in Rannoch gesehen und Männer mit Golftaschen sind in Schottland wohl auch auf Bahnhöfen nicht eben selten anzutreffen, nehme ich an. Selbst das Rad, mit dem er zum Bahnhof gefahren sein soll und von dem Ihr Neffe behauptet, dass es gestohlen wurde, steht – wenn mich nicht alles täuscht – frisch geputzt hier in der Scheune. Ich befürchte jedenfalls, dass Ihr Bruder Brigadun nie verlassen hat."

„Mein Gott!", sagte Mr Benwick fassungslos. „Ich habe es geahnt, aber ich wollte es nicht wahrhaben. Dass einer von uns … aus der Mitte unserer Gemeinschaft …"

„Lassen Sie uns ins Haus gehen! Wir müssen uns ernsthaft unterhalten."

KAPITEL 15
Adrian Benwick erzählt

Sie hatten gerade die Halle betreten, da öffnete sich die Tür des Drawing Room und eine schlanke Frau mit zornigen graugrünen Augen stürmte ihnen entgegen. „Was habt ihr mit Gally gemacht?", schrie sie. „Er ist völlig außer sich und behauptet, dass Sir Perceval in Lebensgefahr sei, weil er die Herrin vom See erzürnt hat. Ich habe ihn beruhigen können, aber ich sage es dir jetzt zum letzten Mal, Adrian: Hör auf, dem Jungen diese fürchterlichen Märchen zu erzählen!"

Während sie sprach, musterte Stableford die Frau. Sie war etwa Mitte dreißig, aschblond und sehr zierlich, fast knabenhaft. Dieser Eindruck wurde durch ihre Frisur, ein Pagenschnitt, noch verstärkt. Sie trug einen engen blassgrünen Pullover und eine weite Tweedhose.

„So hör doch, Emily!", versuchte Mr Benwick sie zu beruhigen. „Ich weiß nicht, woher Gally die Geschichte von der Herrin vom See hat, aber Sir Perceval gibt es wirklich! Dr Perceval Haynes kam zusammen mit Mr Blake, den ich dir gerne vorstellen würde: Mr Blake – Mrs Emily Carstairs."

„Miss Carstairs", korrigierte sie und funkelte Mr Benwick angriffslustig an. „Es tut mir leid, dass wir uns auf diese Weise kennenlernen, Mr Blake. Ihre Frau ist übrigens furchtbar nett. Sie hat mir im Salon Gesellschaft geleistet, während ich auf Adrian wartete. Ich muss jetzt wieder zu meinem Jungen. Bree ist bei ihm. Kommst du uns nachher besuchen, Adrian? Und bring doch Kekse mit!" Sie lächelte den beiden Männern kurz zu und verließ hastig das Haus.

Stableford und Mr Benwick betraten den Drawing Room, begrüßten Harriet und setzten sich zu ihr an den Kamin.

„Also gut, Mr Benwick", begann Stableford. „Wir sollten die Zeit nutzen und uns offen unterhalten. Wollen wir damit beginnen, dass Sie uns einmal in Kürze alle Bewohner von Brigadun vorstellen?"

„Selbstverständlich. Lady Jennifer und meine beiden Neffen, Sir Lancelot und Sir Gavin, haben Sie ja bereits kennengelernt. Gleiches gilt für Dr Goodyear und natürlich für den guten Sir Peter."

„Der außerhalb dieser nirgends verzeichneten Ortschaft Peter Rodgers heißt, nehme ich an."

„Ähm ... Richtig. Rodgers diente als einfacher Soldat unter Alasdair und gehörte zu seinem Grabenüberfallkommando. Er lebt im von hier aus ersten der drei Cottages am östlichen Hang. Mrs – ich meine Miss – Carstairs ist, wie Sie sicher bemerkt haben, Gallys Mutter und bewohnt das nächste Haus. Auch ihre Anwesenheit in Brigadun erklärt sich in gewisser Weise aus Alasdairs militärischer Vergangenheit. Ihr Vater, Sergeant Carstairs, fiel im Winter 1915 bei dem Überfall, dem mein Bruder seine steile Offizierskarriere verdankte. Carstairs war Witwer und Emily lebte nach seinem Tod bei ihrer Tante. Sie arbeitete als Lehrerin, gab ihre Stellung aber bald wieder auf, um ihre Tante zu pflegen. Nachdem diese gestorben war, fiel es Emily schwer, erneut eine feste Anstellung zu finden, und so lud Alasdair sie 1924 ein, hier eine kleine private Schule zu führen, die Lance, Gavin und die kleine Bree besuchten."

„Und Gally?", fragte Harriet.

„Gally wurde ein Jahr später, also 1925, geboren."

Stableford blickte zu Harriet hinüber. Auch sie schien

darauf zu warten, dass ihnen Mr Benwick etwas über Gallys Vater erzählen würde. Doch er machte keine Anstalten, mehr preiszugeben. Nach einer kurzen Pause fuhr er fort.

„Das letzte Cottage in der Reihe bewohnt Sir Charles – Major Nesbit – mit seiner Hündin Bella. Über seine Vergangenheit hatten wir ja schon gesprochen, Mr Blake. Auch der Major war ein Mitglied des Überfallkommandos", erklärte er Harriet, „und folgte 1924 der Einladung meines Bruders, hier in Brigadun zu leben."

„Ich verstehe", sagte Harriet knapp.

„Von den drei Cottages am Westhang ist nur das erste bewohnt. Dort leben die Ponsonbys, eine ganz reizende Familie. Sir James war, wie sollte es anders sein, ebenfalls Mitglied des besagten Kommandos. Damals war er ein einfacher Soldat, später diente er als Corporal in Alasdairs Einheit. Er lebt hier mit seiner Frau Elizabeth und ihrer Tochter Bree." Mr Benwick zögerte einen Moment und rang sichtlich um Fassung. „Bree und Gavin wollen heiraten", sagte er endlich. „Bitte verzeihen Sie, aber es ist schmerzlich für mich, darüber zu sprechen. Nicht, weil ich mit der Verbindung nicht einverstanden wäre. Im Gegenteil! Ich freue mich, dass sie ihr Glück unter diesen doch sehr isolierten und eher widrigen Bedingungen gefunden haben. Das Ganze erinnert mich nur an den letzten Abend, an dem mein Bruder unter uns weilte. Es war der Vorabend seines Verschwindens, an dem die beiden kurz vor dem Dinner hier in dieses Zimmer stürmten und uns mit der Nachricht überraschten."

„Und wie wurde sie aufgenommen?", fragte Stableford ernst.

„Mit großer Freude! Lady Jennifer war überglücklich, ein Fest ausrichten zu können. Alasdair und Lancelot gratulierten dem Paar in ehrlicher Zuneigung, bis … nun, bis Gavin davon sprach, Brigadun nach der Hochzeit zusammen mit seiner Braut verlassen zu wollen. Mein Bruder war außer sich. Er verließ tobend den Raum und zog es vor, allein auf seinem Zimmer zu speisen. Nach dem Dinner klopfte ich mehrmals an seine Tür, um ihm Trost zu spenden. Aber er öffnete nicht, und ich habe ihn seitdem nicht wieder gesehen."

„Wissen Sie, ob Gavin an diesem Abend noch einmal mit seinem Vater gesprochen hat?", wollte Stableford wissen.

„Außer Lady Jennifer hat ihn niemand mehr zu Gesicht bekommen", antwortete Mr Benwick. „Sie verabschiedete ihn am nächsten Morgen und erzählte mir, dass er das Thema nicht ansprach, überraschend gut gelaunt war und sich sogar auf seine Reise nach Glasgow freute."

„Das ist eigenartig", entgegnete Stableford. „Meine nächste Frage betrifft das Verhältnis zwischen Lady Jennifer und ihrem Mann. Können Sie uns erzählen, wie sich die beiden kennengelernt haben und was Alasdairs erster Frau zugestoßen ist?"

„Sie hieß Henrietta", sagte Mr Benwick leise. „Henrietta Gordon-Fox. Sie war die Tochter von Colonel Gordon-Fox, dem ehrenwerten Lord Edward. Alasdair lernte sie bei einem Offiziersball kennen. Sie heirateten 1902 und bezogen eine Villa in London. Ich lebte damals mit ihnen und teilte so ihr Glück und ihr Unglück: die Geburt ihrer beiden Söhne, aber auch Henriettas viel zu frühes Ende im Jahr 1922. Alasdair hat mir nie erzählt, woran sie gestorben ist, doch es war ein langer und qualvoller Tod. Es hat eine gewisse Ironie, dass Jennifer Henrietta in den letzten Wochen bis zu ihrem Tod pflegte. Sie kam als blutjunge Schwester ins Haus und Alasdair wachte oft nächtelang mit ihr gemeinsam am Bett seiner Frau. Dass sie sich dabei näherkamen, ist vielleicht verständlich, und es steht mir nicht zu, sie zu verurteilen. Aber als Alasdair Jennifer nur achtzehn Monate nach Henriettas Tod heiratete, war das Gerede groß."

„Man zeigte sich moralisch empört?", fragte Stableford vorsichtig.

„Schlimmer! Man vermutete ein Verbrechen. Sie wissen ja, wie schnell Gerüchte entstehen, und die große Erbschaft machte es leicht, in dieser Beziehung mehr als ein unmoralisches Verhalten zu sehen. Im Gegensatz zu meinem Bruder habe ich noch heute ein gutes Verhältnis zu Henriettas Familie. Selbst Jahre nach ihrem Tod bezeichnete ihre Mutter, Lady Edward, den Umstand, dass Alasdairs zweite Ehe kinderlos blieb, als ‚Henriettas dunkles Vermächtnis'."

„Ich danke Ihnen für Ihre Offenheit, Mr Benwick", sagte Stableford. „Meine letzte Frage für den Moment ist eher technischer Natur und sicherlich weniger schmerzhaft für Sie: Wie ist der Tagesablauf hier in Brigadun organisiert? Wir haben von einer Ausgrabungsstätte und einem Observatorium gehört. Aber wer macht was zu welcher Zeit?"

„Nun, die Arbeit erfolgt nach einem Plan, den mein Bruder gemeinsam mit Dr Goodyear erstellt hat. Von Montag bis Samstag arbeiten mindestens zwei Männer in zwei Schichten in der Siedlung am Osthang, während ein dritter im verglasten Ventilationsturm Ausschau hält. Die Tage und Aufgaben sind fest eingeteilt. Ich selbst habe beispielsweise jeden Montag- und Dienstagvormittag sowie Mittwoch- und Donnerstagnachmittag Dienst im Turm. An den Ausgrabungsarbeiten kann ich mich aus gesundheitlichen Gründen nicht mehr beteiligen. Rodgers bildet eine weitere Ausnahme, da er in Benwick Castle in gewisser Weise die Stellung eines Butlers einnimmt, etwa die von Lady Jennifer vorbereiteten Speisen serviert. Er sorgt auch für Ordnung im Drawing Room und im Speisesaal. Um unsere Zimmer kümmern wir uns allerdings selbst. Soweit ich mich erinnere, hilft Rodgers lediglich freitag- und samstagvormittags auf dem Grabungsfeld aus. In Alasdairs Zimmer finden Sie den Plan, falls er Sie interessiert."

„Wie gelange ich denn dorthin? Ich würde mich da tatsächlich gerne einmal umschauen."

„Sicher, Mr Blake. Das Zimmer liegt im Westflügel. Im ersten Stock gehen Sie nach links bis zum Ende des Flurs. Dort befinden sich zwei Türen – die rechte führt zu meinem Zimmer, die linke zu Alasdairs. Es ist nicht abgeschlossen, da sich Dr Goodyear für seine Studien den Zugang zu Alasdairs Büchern erbeten hat. Seit dem Verschwinden meines Bruders ist er praktisch jeden Abend dort anzutreffen. Wäre das dann erst einmal alles?"

Bevor Stableford etwas erwidern konnte, sagte Harriet: „Ich hätte noch eine Frage: Verraten Sie mir, wonach Sie vom verglasten Turm aus Ausschau halten?"

„Nun, Mrs Blake ..." Mr Benwick zögerte. „Nach Tieren oder genauer gesagt, nach einem Tier. Seinen Namen sprechen wir in Brigadun nicht aus, aber es kann durchaus sein, dass Sie es während Ihres Aufenthalts hier hören werden. Bitte entschuldigen Sie mich jetzt! Ich muss mich bis zum Lunch noch ein wenig ausruhen. Wir sehen uns dann um eins im Speisesaal."

„Einen Moment noch, Mr Benwick!", sagte Stableford mit Nachdruck. „Es gibt da etwas, worüber ich mit Ihnen sprechen muss. Ich möchte Sie nicht beunruhigen, aber Dr Haynes vermutet, dass Ihr Leiden auf den kontinuierlichen Kontakt mit einer durchaus geringen, doch nichtsdestotrotz hochgiftigen Substanz zurückzuführen ist. Genauer gesagt äußerte er mir gegenüber den Verdacht, dass Sie an einer schleichenden Arsenvergiftung leiden. Haben Sie jemals bemerkt, dass sich Ihr Zustand nach dem Genuss bestimmter Speisen oder Getränke merklich verschlechtert hat?"

Mr Benwick sah ihn erschrocken an. Dann schien er sich zu fangen und fragte mehr ungläubig als ängstlich: „Arsen?"

Stableford nickte.

„Also wirklich, Mr Blake! Meinen Sie nicht, dass Ihr Freund es mit seinem detektivischen Spürsinn etwas übertreibt? Ich esse und trinke nichts anderes als alle Mitglieder unserer Gemeinschaft. Bitte konzentrieren Sie sich bei Ihren Nachforschungen auf das Verschwinden meines Bruders! Ich versichere Ihnen, dass mein gesundheitlicher Zustand, so bedauernswert er auch sein mag, nichts mit einer schleichenden Arsenvergiftung zu tun hat."

„Nun gut, Mr Benwick. Ich bitte Sie lediglich darum, bei der Wahl Ihrer Speisen und Getränke vorsichtig zu sein. Haben Sie sich denn jemals von einem Arzt untersuchen lassen?"

„Nein", entgegnete Mr Benwick überraschend scharf. „Wir dulden keine Ärzte in Brigadun." Damit erhob er sich schwerfällig und verließ mit müden Schritten das Zimmer.

KAPITEL 16
Das Fass mit der Glocke

John sah Harriet ungläubig an. „Man mag es kaum für möglich halten", sagte er und begann seine Pfeife zu stopfen. „Wir bieten ihm eine Erklärung für seinen Zustand und er tut das einfach so ab!"

„Vielleicht ist ihm ja sehr daran gelegen, uns gänzlich von diesem Thema abzubringen", bemerkte Harriet nachdenklich.

„Wie meinst du das?"

„Nun, erinnerst du dich an Percys Theorie, dass Alasdair Benwick seinen Bruder langsam vergiftet hat, sich bei der finalen Dosis aber verschätzte und nun irgendwo festsitzt, weil er sich nicht zurück nach Brigadun traut?"

„Sicher."

„Könnte es nicht umgekehrt gewesen sein? Vielleicht hat ja Adrian seinen Bruder vergiftet und sich im Umgang mit dem Arsen über Monate selbst geschadet?"

„Ich verstehe. Unser gut gemeinter Hinweis wäre dann natürlich gefährlich für ihn. Es ist zwar nur eine weitere Theorie ohne Motiv, aber ich gebe zu, dass sie nicht weniger wahrscheinlich ist als Holmes' ursprüngliche Vermutung. Allerdings neige ich eher zu der Annahme, dass Adrian Benwick der Gedanke, von einem Mitglied seiner Gemeinschaft heimtückisch vergiftet zu werden, ehrlich empört. Aber wie dem auch sei: Was hältst du davon, die Zeit bis zum Lunch für einen Spaziergang zum Ausgrabungsfeld am Osthang zu nutzen? Ich bin sehr neugierig, was man dort zutage fördert."

Harriet willigte ein. Sie verließen das Haus, liefen etwa

einhundert Yards an der Brennerei entlang und stiegen dann vorsichtig den Hang hinab, bis sie eine oval angelegte, gut drei Fuß hohe Mauer erreichten. Nicht weit von ihnen gab es einen Durchgang. Auf der anderen Seite entdeckten sie eine mit Gras bewachsene, etwa vier Morgen große Fläche. Darauf befanden sich zwölf Steinkreise, die mit grob behauenen Platten ausgelegt waren, auf denen man kleine Keramikscherben und von Feuern geschwärzte Flecken ausmachen konnte. Augenscheinlich waren es Überreste von Hütten.

„Kommen Sie nur näher!“, rief ihnen plötzlich jemand zu.

Harriet schaute in die Richtung, aus der die Stimme gekommen war, und sah Dr Goodyear inmitten des größten Steinkreises im Zentrum der Anlage stehen. Sie gingen zu ihm hinüber.

„Willkommen in Sir Alasdairs Camelot!“, begrüßte sie der Doktor.

Harriet überlegte kurz, ob sie einen Anflug von Ironie in seiner Stimme gehört hatte. „Was machen Sie hier?“, fragte sie und setzte sich auf einen der Steine.

„Lancelot und ich erforschen gerade eine Art Lagerraum, den wir unterhalb des Steinfußbodens gefunden haben.“ Dr Goodyear deutete neben sich auf den Boden, wo ein großes Loch zu sehen war. „Er muss deutlich später ausgehoben worden sein, als das ursprüngliche Gebäude errichtet wurde, was zumindest dafür spricht, dass die Siedlung auch lange nach ihrer Gründung noch genutzt wurde.“

„Ich habe immer gedacht, Camelot sei eine Burg gewesen“, sagte John und entzündete seine Pfeife.

„Sicher, sicher. Aber zu jeder Burg gehörte auch eine kleine Siedlung in ihrer Nähe. Alasdair nimmt an, dass sich die Überreste der eigentlichen Burg unter dem Fundament der Brennerei befinden."

„Und was glauben Sie?", fragte Harriet.

Dr Goodyear zögerte. „Ich kann diese Annahme noch nicht bestätigen", sagte er schließlich. „Fest steht, dass es sich hier um eine ursprünglich bronzezeitliche Siedlung handelt. Alle bisher gefundenen Artefakte weisen darauf hin. Die Mauer, die die Hütten umgab, war nie wesentlich höher als jetzt. Aus meiner Sicht hatte sie lediglich die Funktion, die Nutztiere nachts vor Wölfen zu schützen. Es ist also durchaus nicht unwahrscheinlich, dass sich spätere Bewohner bei Gefahr in ein besser bewehrtes Gebäude geflüchtet haben."

„Wie eine Burg?"

„Ganz richtig."

In diesem Moment stieg Lancelot aus dem Loch im Boden. Er trug einen Korb, den er auf der Mauer abstellte. „Nichts als Dreck und Scherben", verkündete er missmutig, dann beugte er sich zusammen mit Dr Goodyear über den Korb.

Harriet und John verabschiedeten sich und gingen den Hügel langsam wieder hinauf. Gerade als sie auf dem Plateau angelangt waren, öffnete sich ein hohes Holztor am hinteren Ende der Brennerei und nacheinander kamen Penelope und Percy zum Vorschein.

„Hallo!", rief ihnen Percy zu. „Diese Anlage ist das reinste Paradies zum Versteckspielen. Hattie hat mich im Lagerraum bei einer spontanen Verkostung erwischt. Danach haben wir jeden Winkel erforscht: die Böttcherei, den Malzboden, den Feuerraum, die Mühle und natürlich die Brennerei mit den kupfernen Brennblasen. Mr Ponsonby haben wir übrigens auch schon kennengelernt. Ein netter Bursche, der es mit der Beobachtung des Sees wohl nicht ganz so genau nimmt. Er hatte es sich mit einer Thermosflasche und einem Buch im Ventilationsturm gemütlich gemacht. Es war ihm sichtlich peinlich, so überrascht zu werden, aber selbst in dieser Lage wollte er uns nicht sagen, wonach er eigentlich Ausschau halten müsste."

„Nach einem Tier, dessen Namen man hier in Brigadun nicht ausspricht", erklärte John nüchtern. „Haben Sie noch etwas anderes entdeckt?"

„Feirefiz", erwiderte Penelope fröhlich. „Mr Ponsonby erzählte uns, dass jede Brennerei eine Hauskatze besitzt, die die Mäuse auf dem Getreideboden jagt und als Maskottchen dient. Feirefiz ist schwarz-weiß gefleckt – wie der ritterliche Halbbruder Percevals. Er und Percy haben sich auch sofort gut verstanden und wir haben den Rest der Brennerei zu dritt erkundet."

„Es gab allerdings einen Raum, den mein kleiner Halbbruder partout nicht betreten wollte", fügte Percy hinzu. „Darin lagern Materialien für Umbau- und Renovierungsarbeiten: Gips, Tapetenreste und unzählige Farbeimer. Daneben fanden wir auch weitaus ältere Vorräte aus viktorianischer Zeit: Schmiermittel, verschimmelte Getreidesäcke und – ein Fass." Er machte eine dramatische Pause und fuhr dann leiser fort: „Ich hob aus bloßer Neugierde den Deckel an und wir erschraken nicht schlecht. Auf der Rückseite des Deckels war eine kleine Glocke angebracht, die durch die Bewegung läutete. Wollen Sie raten, was sich in dem Fass befindet?"

„Ein weißes Pulver, wahrscheinlich Arsen", antwortete John und klopfte seine Pfeife aus.

„Ihre unangenehme Angewohnheit, alles zu wissen, muss es Ihnen schwer machen, Freunde zu finden", sagte Percy beleidigt. „Ja, es ist Arsen. Zumindest steht das auf der Innenseite des Deckels."

„Es tut mir leid, wenn ich Ihren Spannungsbogen so abrupt zum Einsturz gebracht habe, mein lieber Freund, aber das Fass mit der Glocke am Deckel war einst weitverbreitet. Seine Erfindung verdankt es einem Unglück aus dem Jahr 1858. Ein Kollege eines Nachbarcollege hat mir davon erzählt. Er ist Chemiker und wie ich ein Liebhaber von Detektivromanen. Wir plaudern oft über die dort beschriebenen Giftmorde."

„Und bei dem besagten Unglück handelte es sich um Arsenvergiftungen, nehme ich an?", fragte Percy missmutig.

„Wollen Sie die Geschichte hören? Sie ist nicht eben fröhlich", meinte John.

„Bitte erzähl!", sagte Penelope.

„Nun gut: Ein Zuckerbäcker in Bradford streckte damals gelegentlich seine Bonbons mit Gips, da dieser billiger als Zucker war. Es war nicht seine Idee, sondern eine durchaus übliche Methode, um die Produktionskosten zu senken. Den Gips bezog er von einem Apotheker. Eines Tages, kurz vor Halloween, brauchte er Nachschub für seine Bonbonproduktion, doch der Apotheker war in seiner Mittagspause. Sein neuer Assistent war allerdings zu Diensten und verwechselte im Lager die Fässer. Statt Gips verkaufte er dem Zuckerbäcker Arsen. Die Pulver sind kaum zu unterscheiden. Der Bäcker vermischte das Arsen mit dem Zucker, wunderte sich zwar, dass die Bonbons brüchiger als sonst waren und auch länger zum Trocknen brauchten, verkaufte sie aber dennoch. Und so beklagte man allein in Bradford zwölf tote Kinder in einer Nacht. Das Fass mit der Glocke war ein hilfloser Versuch, solche Unglücksfälle in Zukunft zu vermeiden."

„Mein Gott!", stöhnte Harriet. „Und was geschah mit dem Zuckerbäcker?"

„Er wurde wie der Apotheker und dessen Assistent freigesprochen. Der Verkauf des Arsens galt als tragischer Unfall und die Absicht, Bonbons mit Gips zu strecken, stellte zur damaligen Zeit keinen Gesetzesverstoß dar."

„Aber warum befindet sich solch ein unheilvolles Fass in einer Brennerei?", fragte Penelope.

„Nun, ich denke wegen der vielen Nager, die das Getreide bedrohten", antwortete Percy. „Das Gift wurde hier sicherlich gegen Ratten und Mäuse verwendet. Unsere Vorväter gingen ja recht sorglos damit um. Aber was unseren Verdacht bezüglich Mr Benwick betrifft, könnten wir tatsächlich auf die Quelle des Giftmischers gestoßen sein, nicht wahr?"

„Sicher", sagte John. „Allerdings wundert es mich, dass sich der Täter nicht mehr Mühe gegeben hat, seine Quelle vor den Blicken Dritter zu verbergen. Auf jeden Fall werde ich Rodgers fragen, ob es im Haus einen verschließbaren Raum gibt, in dem wir das Fass später sicher unterbringen können."

„Eine gute Idee!", meinte Percy. „Aber lassen Sie uns jetzt zurück zum Haus gehen! Ich könnte vor dem Lunch noch einen Sherry vertragen."

Die anderen stimmten zu und wenig später betraten alle vier den Drawing Room.

KAPITEL 17
Lady Jennifer

„Hattet ihr heute Morgen eigentlich Gelegenheit, mit Jennifer und Lancelot ins Gespräch zu kommen?“, fragte John, als sie mit einem Glas Sherry vor dem Kamin saßen.

„Oh ja“, antwortete Penelope. „Macht es dir etwas aus, wenn ich mich an der Rekapitulation unserer Unterhaltung mit der Herrin des Hauses versuche, Harriet?“

„Ganz und gar nicht.“

„Also gut. Wir waren mit Jen, wie wir Jennifer auf ihren ausdrücklichen Wunsch hin nennen sollen, allein im Speisesaal und sie begann praktisch von selbst zu erzählen“, berichtete Penelope munter. „Es war irgendwie rührend, wie sie so aufrecht vor uns saß und nervös mit der Serviette auf ihrem Schoß spielte. Sie hatte sogar unsere Wanderkleidung kopiert und trug einen dicken Wollpullover und einen Rock aus grobem Tweed.“

Percy räusperte sich.

„Schon gut, mein Lieber, ich habe verstanden“, sagte Penelope. „Ich werde mich auf die wichtigen Dinge beschränken: Jen wurde 1905 in Wales geboren. Sie erzählte uns zunächst von ihrer Jugend, aber ich denke, dass wir diese Details ohne einen Verlust an Tiefe überspringen können. Später arbeitete sie als Krankenschwester in London, wo sie auch Alasdair Benwick kennenlernte. Wie dies geschah, wollte sie allerdings selbst auf Harriets dezente Nachfrage nicht preisgeben.“

„Interessant“, stellte John fest und sah Harriet an. Dann erzählte er den beiden anderen kurz, dass Jennifer Alasdair Benwicks erste Frau bis zu deren Tode gepflegt hatte. Schließlich bat er Penelope weiterzuerzählen.

Penelope trank einen Schluck Sherry und fuhr fort: „Alasdair Benwick machte Jen, wie sie es ausdrückte, den Hof, und tatsächlich schien mir dieser Ausdruck sehr passend zu sein, denn er schrieb ihr Gedichte, sprach zu ihr von der ‚hohen Minne' und nannte sie ‚meine Königin' und ‚ma petite Guinevere'. Diese ganz klassisch praktizierte ritterliche Unterwerfung unter ihren Willen kann allerdings nicht allzu lange platonisch geblieben sein. Sie heirateten und etwa zur selben Zeit kaufte Alasdair Benwick ‚die Burg', wie Jen die Brennerei zu nennen pflegt. Als sie hierher zogen, war sie neunzehn und er vierundvierzig. Dieser Altersunterschied wirkte sich auch auf die Beziehung zu ihren beiden Stiefsöhnen aus. Ich denke, dass sie nie mütterliche Gefühle für sie entwickelt hat. Vermutlich sah sie sie anfangs eher als jüngere Geschwister, denn vom Alter und ihrem kindlichen Wesen her war sie Lancelot und Gavin wohl näher als ihrem Mann."

„Hat sie etwas dazu gesagt, wieso sie keine eigenen Kinder hat?", wollte John wissen.

„Nein, aber sie deutete an, dass dies bald zu einer gewissen Distanz zwischen ihr und ihrem Mann führte. Auf unsere Frage, mit wem sie denn hier in Brigadun engere Kontakte pflege, errötete sie leicht und nannte dann schnell Mrs Ponsonby und Gavin. Dessen Verlobung mit Mrs Ponsonbys Tochter Bree beschrieb sie uns als ‚ein großes Glück' und ‚die schönste Nachricht seit Jahren'."

„Am Abend vor Alasdair Benwicks Verschwinden, als Gavin seine Verlobung mit Bree bekannt gab, sagte er auch, dass sie Brigadun nach ihrer Heirat verlassen wollen. Daraufhin soll es zu einem Eklat gekommen sein. Erwähnte sie etwas davon?", fragte John.

„Nein", erwiderte Penelope überrascht. „Allerdings würde ich ihr durchaus zutrauen, solche Vorkommnisse einfach zu verdrängen. Dieser psychische Abwehrmechanismus ist weitaus mächtiger, als viele annehmen. Der Umstand, dass sie hier draußen nicht unglücklich erscheint, ist wohl ebenfalls der Verdrängung geschuldet."

„Der Verdrängung und Lancelot Benwick, nehme ich an", meinte Percy.

„Sicher", räumte Penelope ein. „Lancelot hat fraglos einen großen Anteil an ihrer Aufgeräumtheit. Als wir das Gespräch auf ihn lenkten, blühte sie förmlich auf. Sie erklärte uns, dass er kurz nach ihrer Ankunft in Brigadun von ihrem Mann auf ein Internat in der Nähe von Glasgow geschickt wurde. Gegen den Willen seines Vaters kehrte er nach seinem Abschluss dort jedoch nicht zurück, sondern arbeitete als Sekretär bei einer Versicherung in Edinburgh."

„Daraus lässt sich wohl schließen, dass ihr Verhältnis nicht gerade das beste ist", bemerkte Percy.

„Richtig. Jen beschrieb die Beziehung der beiden als ‚schwierig', was aber sicherlich eine Beschönigung ist. Interessanterweise besuchte Lancelot seine Familie, während er in Edinburgh arbeitete, nicht einmal mehr zu den Feiertagen. Seine Rückkehr nach Brigadun vor zwei Jahren war also für alle eine große Überraschung. Zunächst wollte er nur ein paar Tage bleiben, doch daraus wurden Wochen, schließlich Monate. Tatsächlich hat er Brigadun seitdem nur wenige Male verlassen, und wenn, dann bloß für einzelne Tage."

„Wir sollten herausfinden, was seinen Sinneswandel verursacht hat", sagte John nachdenklich.

„Ich denke, dass ich seine überraschende Rückkehr

erklären kann", entgegnete Harriet. „Doch zunächst soll Penelope fortfahren."

„Ausgezeichnet!", sagte John. „Hat Jennifer denn sonst noch etwas über ihr Verhältnis zu Lancelot preisgegeben?"

Penelope lachte. „Das hat sie tatsächlich! Lancelot, ich zitiere, ‚ist ein großartiger Jäger', ‚ein himmlischer Tänzer', ‚ein Mann von Welt' und – hier mein Favorit zum Abschluss – ‚weiß einfach alles'. Der letzte Punkt wirft wohl eher ein entzauberndes Licht auf ihre Allgemeinbildung. Aber diese wenigen Aussagen, die ich mir gemerkt habe und hoffentlich bald wieder vergessen darf, spiegeln ihr Bild von Lancelot doch ziemlich deutlich wider. Er ist ihr Ritter in schimmernder Rüstung und ich denke, dass sie sofort mit ihm durchbrennen würde, gäbe er ihr auch nur das kleinste Zeichen zum Aufbruch."

„Wäre das nicht ein Motiv?", fragte Percy. „Ein Mord aus Leidenschaft?"

„Sie sind ja ein echter Romantiker", bemerkte John und lachte. „Aber wollen wir nicht zunächst feststellen, ob es überhaupt einen Mord gegeben hat, und falls ja, ob die Dame eine Gelegenheit zur Tat hatte?"

„Dazu komme ich jetzt", nahm Penelope ihren Bericht wieder auf. „Am Morgen des 13. August frühstückte Jen gemeinsam mit ihrem Mann. Sie war überrascht, ihn in bester Laune im Speisesaal anzutreffen. Während unseres Gesprächs verstand ich diese Überraschung nicht, inzwischen aber schon: Der von dir erwähnte Eklat am Vorabend wegen Gavins Absicht, Brigadun mit Bree zu verlassen, passt hier natürlich sehr gut ins Bild. Jedenfalls verabschiedete sie ihren Mann in der Halle und ging dann auf ihr Zimmer, wo sie einige Briefe schrieb und einen Rock ausbesserte. Ich konnte sie natürlich schlecht um ein

Alibi bitten, aber Harriet löste dieses Dilemma geschickt, indem sie Jen fragte, ob sie nach Alasdairs Abreise an dem Morgen noch irgendwen gesehen hatte. Jen überlegte – für meinen Geschmack etwas zu lange – und verneinte schließlich. Erst zum Lunch seien die Familie und Dr Goodyear wieder zusammengekommen."

„Weißt du, wo ihr Zimmer liegt?", fragte John.

„Die Treppe hinauf auf der rechten Seite. Sie hat es uns gezeigt. Das Zimmer einer Märchenprinzessin: Rokokomöbel, ein Himmelbett, viel Samt und Seide, Zeitschriften, aber keine Bücher. Ein Traum aus Purpur und weißer Spitze; meine kleine Nichte hätte ihre Freude daran. Von ihren beiden Fenstern überblickt man übrigens den Osthang. Wenn man sich hinauslehnt, kann man sogar das Ausgrabungsfeld sehen."

„Hat sie sonst noch etwas Erwähnenswertes erzählt?"

„Ach ja, am Rande bemerkte sie, dass es kurz nach Lancelots Rückkehr einige schwere Krankheitsfälle in Brigadun gab. Ihr Mann lag wochenlang mit einer akuten Gastritis im Bett und der kleine Galahad wäre fast gestorben. Er zeigte die gleichen Symptome, doch die Krankheit nahm bei ihm einen schwereren Verlauf. Als wir sie daraufhin nach Adrian Benwicks Leiden fragten, sagte sie, dass seine Beschwerden erst einige Zeit später auftraten."

Harriet war auf einmal hellwach. Wie hatte sie diesen Teil ihrer Unterhaltung mit Jen vergessen können? Erst jetzt wurde ihr klar, dass Alasdair Benwicks Beschwerden perfekt zu ihrer Theorie passten, über die sie mit John vor ihrem Ausflug zum Osthang gesprochen hatte. Was, wenn diese akute Gastritis in Wahrheit eine von Adrian Benwick verursachte Arsenvergiftung gewesen war? Und was, wenn er sich beim Umgang mit dem weißen Pulver selbst vergiftet hatte? Natürlich in einem viel geringeren Maße, was wiederum das spätere Auftreten seines Leidens erklären würde. Aber würde es das wirklich? Und selbst wenn – was konnte sein Motiv für diese Tat gewesen sein?

Harriet blickte auf und sah in Johns fragendes Gesicht. „Entschuldigung, hattest du etwas gesagt?"

„Ich hatte nur gefragt, wie euer Gespräch mit Jens Ritter in schimmernder Rüstung verlaufen ist."

„Oh", sagte Harriet und versuchte ihre Gedanken zu ordnen.

KAPITEL 18
Sir Lancelot

„Lancelot war nicht zum Frühstück erschienen", begann Harriet nach einer kurzen Pause. „Als sich Penelope bald nach unserer Unterredung mit Jen auf die Suche nach Percy machte, versuchte ich mein Glück im Drawing Room. Dort fand ich Lancelot dann auch prompt. Es muss so gegen halb zehn gewesen sein, als ich ihn dabei überraschte, wie er sich einen ziemlich großen Whisky eingoss."

„Eine interessante Interpretation des Scottish Breakfast", bemerkte Percy. „Recht deftig, aber sicherlich gut für den Kreislauf."

„Er schien es nötig zu haben, er wirkte besorgt und müde", erklärte Harriet. „Ich fragte ihn trotzdem, ob er kurz Zeit für mich hätte. Er sagte, dass er eigentlich zur Ausgrabungsstätte müsse. Dann setzte er sich aber in den Stuhl dort drüben am Fenster. Tatsächlich schien er es nicht besonders eilig zu haben. ‚Das ist wohl das Verhör, auf das uns mein Onkel vorbereitet hat', sagte er etwas feindselig. Ich fragte ihn daraufhin, ob es einer Vorbereitung bedurfte, und er lachte. Wir unterhielten uns zunächst über belanglose Dinge wie das Wetter und die Jagdsaison in den Highlands. Dann fragte ich ihn ziemlich unvermittelt nach dem Verhältnis zu seinem Vater und er antwortete mir so schonungslos offen, sodass ich es für einen Moment mit der Angst zu tun bekam."

„Würdest du ihn als wütend oder aufgebracht beschreiben?", fragte John.

„Nein", antwortete Harriet bestimmt. „Er sprach nur

sehr verächtlich von seinem Vater und bezeichnete ihn im Laufe unseres Gesprächs als ‚kleinbürgerlichen Despoten', ‚Captain Cutthroat' und ‚Highland Hitler'. Außerdem ließ er keinen Zweifel daran, dass es allein Alasdair Benwicks großzügigen finanziellen Zuwendungen geschuldet war, dass sich die Bewohner von Brigadun bis heute seinen fixen Ideen unterwerfen. Auf meine Frage, ob auch er nur deshalb bleiben würde, antwortete er sehr emotional: ‚Im Gegenteil', und erzählte mir dann ohne Umschweife den Grund für seine Anwesenheit im ‚Luftschloss' seines Vaters."

„Hört, hört!", rief Percy begeistert. „Das klingt ja wie eine Flucht nach vorn!"

„Das Wort ‚Flucht' trifft es ganz genau, Percy, allerdings in einem anderen Zusammenhang. Als Lancelot vor zwei Jahren nach Brigadun kam, war er auf der Flucht vor seinen Gläubigern. Er hatte in Edinburgh eine beachtliche Summe an Spielschulden angesammelt und sah sich mit gar nicht zimperlichen Geldeintreibern konfrontiert. Tatsächlich wollte er nur für ein paar Tage bleiben und hoffte, dass ihm sein Vater aus seiner finanziellen Misere helfen würde. Doch Alasdair Benwick verweigerte ihm diese Hilfe und bestand darauf, dass Lancelot sich das Geld auf dem Ausgrabungsfeld verdienen müsse."

„Ein später erzieherischer Ansatz?", fragte John.

„Es war wohl eher ein Schachzug seines Vaters, um Lancelot in Brigadun zu halten. Doch dieser Zug erwies sich bald als spielentscheidender Fehler. Zum einen zerstörte er das Verhältnis zwischen Vater und Sohn vollends, zum anderen verlor Alasdair Benwick dadurch seine wertvollste Spielfigur, die Dame seines Herzens. Lancelot macht keinen Hehl daraus, dass er in Jen verliebt ist und die Absicht hat, mit ihr die Brennerei zu verlassen, sobald das Schicksal seines Vaters geklärt ist."

„Hat er denn eine Vermutung geäußert, wo sich sein Vater aufhalten könnte?", wollte Penelope wissen.

„Nicht direkt. Ich fragte ihn, ob er sich vorstellen könne, dass sein Vater Brigadun auf unbestimmte Zeit und ohne Vorwarnung verlassen habe. Darauf antwortete er, dass es schon möglich sei, da er ja ‚seine Hiebwaffen' mitgenommen hat."

„Hiebwaffen?", fragte John überrascht.

„Er meinte seine Golfschläger, Sherlock! Auch Lancelot erwähnte übrigens die Krankheitsfälle von 1935, allerdings nur, weil sie den Um- und Ausbau der Zimmer in der oberen Etage verzögerten. Durch die fast zeitgleiche Ankunft von Lancelot und Dr Goodyear herrschte damals ein gewisser Platzmangel, und so wurden die Räume neu verteilt. Adrian und Alasdair Benwick bezogen Zimmer, die aufgrund einer alten Gespenstergeschichte bis dahin unbewohnt geblieben waren. Zu guter Letzt fragte ich Lancelot, wo er den Morgen des 13. August verbracht hat. ‚Auf dem Ausgrabungsfeld', antwortete er und fügte hinzu, dass Mr Rodgers dies bezeugen könne, da die beiden dort gemeinsam das Fundament eines Steinkreises freigelegt hätten."

„Er nannte dir also ungefragt jemanden, der sein Alibi bestätigen kann", stellte John nachdenklich fest. „Das ist interessant. Ich bin gespannt, was Mr Rodgers dazu sagt."

In diesem Moment betrat Rodgers den Raum und bat die vier zum Lunch in den Speisesaal.

KAPITEL 19
Bibelstunde

Der Lunch war eine kurze Angelegenheit. Nur Jennifer und Adrian Benwick waren erschienen und hatten sich bereits am kalten Buffet bedient, als Stableford und seine Begleiter den Speisesaal betraten. Die Speisen waren einfach, aber köstlich: kalter Braten, Käse, frisch gebackenes Brot, Mixed Pickles und Obst. Während Stableford, Harriet und Penelope das Mahl genossen und Holmes' warnende Blicke ignorierten, begnügte der sich mit einem Apfel, den er heimlich unter dem Tisch mit seiner Serviette abrieb und dann verspeiste. Gesprochen wurde kaum und bereits nach einer halben Stunde war das Ganze vorbei.

In der Halle trafen sie Gavin, der gerade die Treppe herunterkam. Er erwähnte nur kurz, dass er die Koffer aus Rannoch geholt und auf ihre Zimmer gebracht habe. Stableford fragte ihn, ob er einen Moment Zeit habe. Daraufhin antwortete Gavin, dass es ihm gerade nicht gut passen würde, da er zur Nachmittagsschicht in den Aussichtsturm müsse und schon spät dran sei.

Er weicht uns aus, dachte Stableford und blickte ihm nach. Ich hätte ihn zu gerne nach dem angeblichen Kauf des neuen Rades gefragt. Er sah auf seine Armbanduhr. „Wollen wir die Zeit bis zum verabredeten Nachmittagstee bei Major Nesbit für einen Besuch bei den Ponsonbys nutzen, Harriet?"

„Gerne", antwortete sie. „Und was habt ihr euch für den Nachmittag vorgenommen?", fragte sie Penelope und Holmes.

„Hattie und ich wollen die Ausgrabungen besuchen", erwiderte Holmes munter.

Penelope lachte. „Percy ist nämlich seit gestern Nacht auf der Suche nach dem Heiligen Gral. Wollen wir, Sir Perceval?“

Sie trennten sich vor der Tür des Haupthauses. Der Weg zum Cottage der Ponsonbys führte leicht abwärts, denn das Haus stand windgeschützt in einer natürlichen Mulde. Einen Vorgarten gab es nicht, aber man erkannte das Bemühen um eine Art Kultivierung des Moorbodens. Zu beiden Seiten des mit Steinplatten ausgelegten Weges war Besenheide gepflanzt worden und in zwei Beeten unter den kleinen Fenstern links und rechts vom Eingang wuchsen Heidelbeersträucher und gelb blühender Beinbrech.

Als sie das Cottage erreicht hatten, blickte Stableford zur Brennerei zurück und stellte fest, dass man vom Haus aus eine gute Sicht auf die Scheune hatte. Er wollte gerade an die dunkelrot lackierte Holztür klopfen, als diese von einer jungen Frau geöffnet wurde.

„Sie müssen Mr und Mrs Blake sein“, sagte sie herzlich. „Bitte kommen Sie herein! Ich werde gleich den Kessel aufsetzen.“

Stableford und Harriet betraten einen flachen Raum, der sehr behaglich als Wohnküche eingerichtet war, und die junge Dame stellte sich ihnen als Bree Ponsonby vor. Sie war Anfang zwanzig, mittelgroß, schlank und trug einen roten Pullover und einen dunkelgrünen Wollrock. Ihre aufgeweckten blauen Augen musterten die beiden neugierig.

„Ich habe Sie mir ganz anders vorgestellt, Mr Blake“, bemerkte sie, während sie den Teekessel mit Wasser füllte. „Bei dem Namen Stanford Blake musste ich immer an amerikanische Großstadtdetektive denken, wie sie in Gavins Groschenromanen vorkommen. Er klingt gefährlich und ein wenig kalt, wenn Sie mir diese Bemerkung erlauben. Aber Sie sehen ganz britisch und sehr nett aus, wenn ich das so sagen darf."

Stableford zuckte bei diesen Worten leicht zusammen und schickte einen leisen Fluch an Mr Montgomerie, dessen verlegerischer Plan – das musste er zähneknirschend anerkennen – aufgegangen war. „Das Kompliment gebe ich gerne zurück, Miss Ponsonby", sagte er freundlich. „Sind Ihre Eltern zu Hause?"

„Wollen wir der jungen Dame nicht erst einmal zu ihrer Verlobung gratulieren, John?", fragte Harriet. „Wir haben es von Mrs Benwick gehört. Wann ist die Hochzeit denn geplant?"

Brees Miene verdunkelte sich. „Ich danke Ihnen, Mrs Blake, aber dieses Thema verhagelt mir gerade gehörig die Laune. Als Sir Alasdair hörte, dass wir Brigadun nach unserer Heirat verlassen wollen, war er ganz außer sich und drohte Gavin mit ‚ernsten Konsequenzen'. Ich glaube, das waren seine Worte. Auch meine Mutter war von Anfang an gegen unsere Verbindung. Sie mag Sir Alasdair einfach nicht und hat ihre Ablehnung auf seine ganze Familie ausgeweitet. Allein Jen ist sie eine enge Freundin – ich nehme an, weil sie ihr leidtut. Ich hoffe, dass Jen ein gutes Wort für uns einlegen wird."

„Und wie steht Ihr Vater zu Gavin?", fragte Harriet.

„Oh, Papa ist in Ordnung. Ich glaube, dass er sich um Mama sorgt und mich fürchterlich vermissen wird, wenn ich fort bin. Aber wir wollen ja nicht weit wegziehen und ich werde sie oft besuchen." Bree sah aus dem Fenster. „Da kommen meine Eltern übrigens! Sie waren bei Lady Emily und Gally und haben ihn mit einem Kuchen überrascht, den Mama gestern Abend gebacken hat. Gally hat heute Morgen wohl etwas Schlimmes erlebt, er war völlig durcheinander."

In diesem Moment öffnete sich die Tür und eine Frau und ein Mann kamen herein.

„Hallo Mama, hallo Papa! Darf ich euch die Blakes vorstellen?", sagte Bree.

Falls die Ponsonbys überrascht waren, ließen sie es sich nicht anmerken. Sie begrüßten ihre Gäste freundlich. Mr Ponsonby war kräftig gebaut, Mrs Ponsonby war etwa Mitte vierzig und sah ihrer Tochter sehr ähnlich: Sie hatte fast die gleiche Statur, ebenfalls tiefblaue Augen und langes blondes Haar. Allerdings wirkte sie müde. Sie ging sofort zum Herd hinüber, um den Tee zuzubereiten.

„Darf ich Mrs Blake mein Brautkleid zeigen, Mama?", fragte Bree munter in das Schweigen hinein.

„Sicher, mein Engel", antwortete ihre Mutter matt und wandte sich dann an Harriet: „Bree besteht darauf, in meinem alten Kleid zu heiraten. Wir müssen noch ein paar Änderungen vornehmen, aber sie sieht ganz reizend darin aus." Sie lächelte Bree zu. „Geht doch schon vor! Ich komme nach, sobald der Tee fertig ist."

Bree nahm Harriet bei der Hand und verschwand mit ihr durch eine Tür ins Nebenzimmer. Nachdem Mrs Ponsonby zwei dampfende Tassen wortlos auf den Esstisch gestellt hatte, folgte sie den beiden. Die Männer blieben zurück. Sie setzten sich schweigend. Mr Ponsonby musterte Stableford mit seinen großen melancholischen Augen.

„Es wird immer schlimmer", begann er unvermittelt das Gespräch. „Seit Elizabeth von den Heiratsplänen unserer Tochter weiß, ist sie nur noch ein blasses Abbild der Frau, die ich über alles liebe."

Stableford räusperte sich und trank einen Schluck des viel zu heißen Tees, nur um nicht sofort etwas sagen zu müssen. Doch er hatte sich die Zunge umsonst verbrannt, denn Mr Ponsonby schien auf eine Reaktion zu warten.

„Liegt es am Bräutigam oder an dessen Vater?", brachte Stableford schließlich mit leicht heiserer Stimme hervor.

„Wie? Oh, ich verstehe. Bree hat es Ihnen schon erzählt. Nun, es liegt wohl eher am Vater. Gavin ist ein durchaus liebenswerter Bursche. Ein wenig wild und ungehobelt, aber das ist nicht seine Schuld. Er war zehn, als er hierherkam, und im Gegensatz zu seinem Bruder hat er Brigadun nie verlassen. Miss Carstairs, oder Lady Emily, wie man sie hier nennt, war ihm und auch Bree eine gute Lehrerin, aber seine Stiefmutter konnte ihm nie die Liebe und Wärme schenken, die er hier draußen so sehr gebraucht hätte. Und ist die Liebe nicht das A und O für uns Menschen? Hat Gott uns ihren Wert nicht dadurch bewiesen, dass er seinen Sohn für uns sterben ließ, als wir noch Sünder waren?"

„Äh, sicher", murmelte Stableford nach einer kurzen Pause, denn er spürte, dass sein Gegenüber erneut auf eine Bestätigung seiner exegetischen Bemerkung wartete.

„So sicher wie das Amen in der Kirche, Mr Blake", sagte Mr Ponsonby. „Jedenfalls ist Gavin ein ausgezeichneter Jäger und sehr geschickt mit seinen Händen. Ich glaube, dass er mit Brees Hilfe seinen Weg gehen wird. Sie ist gerade erst zweiundzwanzig geworden, aber sie weiß sehr genau, was sie will. Und wir werden sie unterstützen, wo wir können. Die beiden lieben sich, und das ist die Hauptsache. Alles andere fügt sich von selbst oder wird von Gott wunderbar gefügt. Glauben Sie an Gott, Mr Blake?"

Er versteckt sich hinter Bibelzitaten, überlegte Stableford. Ich werde seine im Glauben ruhende Selbstsicherheit nur erschüttern können, wenn ich ihn auf diesem Terrain überrasche. „Nun, Mr Ponsonby", sagte er schließlich, „ich glaube an Gerechtigkeit. Ob diese im Jenseits verankert ist und man sie als höhere Gerechtigkeit bezeichnen darf, vermag ich nicht zu beurteilen. Aber lassen Sie mich nach Ihrem Zitat aus dem Römerbrief auch meinen Standpunkt biblisch bestärken, und zwar mit dem sechsten Gebot nach unserer anglikanischen Zählweise: Du sollst nicht morden!"

Mr Ponsonby blickte auf. „Ich verstehe nicht ganz", sagte er, offenbar ehrlich überrascht.

„Ich bin hier, um das Verschwinden Alasdair Benwicks aufzuklären, und ich möchte ganz offen zu Ihnen sein: Es besteht die Möglichkeit, dass er in Brigadun ermordet wurde. Wollen Sie mich bei meiner Suche nach der Wahrheit unterstützen?"

„Das will ich", antwortete Mr Ponsonby fest.

„Dann erzählen Sie mir bitte zunächst, wie Sie mit Ihrer Familie hierhergekommen sind."

„Wir folgten dem Ruf Major Benwicks", sagte Mr Ponsonby mit tiefer, fast pastoraler Stimme. „Ich nehme an, dass auch Sie im Großen Krieg gekämpft haben, Mr Blake?"

Stableford schloss die Augen. Er spürte die starke Präsenz seines Gegenübers und wusste instinktiv, dass der andere ihn aufmerksam beobachtete. Der Ton, in dem Mr Ponsonby die letzte Frage gestellt hatte, hatte in ihm das Bedürfnis geweckt, ehrlich zu antworten. Langsam öffnete er die Augen wieder, vermied es aber, Mr Ponsonby anzusehen.

„Nun, ich war nur kurze Zeit an der Front, denn ich geriet praktisch beim ersten Gefecht in Gefangenschaft. Nur wenige aus meiner Einheit überlebten und ich wurde …“ Er stockte.

Was war in ihn gefahren, sich einem Wildfremden derart zu öffnen? Lag es an Mr Ponsonbys priesterlichem Gebaren? Hatte er für einen Moment das Gefühl gehabt, beichten zu müssen? Vielleicht. Aber der eigentliche Grund war ein anderer. Stableford spürte, dass sie etwas Unausgesprochenes verband, etwas, das mehr war als der typische Austausch von Regimentsnamen und Heldengeschichten zwischen zwei heimgekehrten Soldaten. Eine tiefe Traurigkeit lag über Mr Ponsonby – ein Gefühl, das Stableford nur zu gut kannte. Es war die Einsamkeit, die entstand, wenn man das Erlebte, Durchlittene nicht teilen konnte.

„Eine frühe Gefangenschaft? Dann gratuliere ich Ihnen“, sagte Mr Ponsonby. „Ich selbst kämpfte als einfacher Soldat unter Benwick auf den Schlachtfeldern von Ypern. Es waren die schrecklichsten Jahre meines Lebens. Ich wurde fast wahnsinnig. Es war so schlimm, dass ich sogar die schwere Verwundung, die ich 1917 erlitt und die es mir erlaubte, die Front auf immer zu verlassen, als Segen empfand.“

„Was ist passiert?“, fragte Stableford. Er war sich nun sicher, dass sie ähnlich traumatische, wenn auch völlig verschiedene Schicksale teilten.

„Bei einem Grabenüberfall, durch den Benwick zumindest in Armeekreisen berühmt wurde, verlor ich meinen besten Freund und darüber hinaus den Glauben an die Menschheit. Ich habe einen schlafenden Soldaten erstochen, Mr Blake, einfach so. Er träumte vielleicht gerade von seinem Mädchen.“

Und ich habe mich als … Stableford erschauderte. Hatte er das laut ausgesprochen?

„Ist Ihnen nicht gut?", fragte Mr Ponsonby. „Wir haben wohl alle Schreckliches erlebt. Aber verstehen Sie mich nicht falsch. Ich war von unserer Sache überzeugt und der deutsche Soldat hätte vielleicht das Gleiche mit mir getan. Trotzdem war es meine persönliche Katastrophe, denn der Krieg hatte aus mir einen Barbaren gemacht und so habe ich meine Unschuld für immer verloren. Ich denke jeden Tag daran, jeden Tag …"

Jeden Tag, wiederholte Stableford in Gedanken und sagte dann: „Es tut mir leid!"

„Es muss Ihnen nicht leidtun. Sie können ja nichts dafür. Jedenfalls war ich froh, nicht mehr an die Front zurückkehren zu müssen. Nachdem ich aus dem Lazarett entlassen wurde, machte ich Elizabeth ohne jede Erwartung einen Antrag, und sie hat Ja gesagt. Sie war meine Rettung in dieser dunklen Zeit und ich wache jeden Morgen mit der Angst auf, dass unser gemeinsames Leben nur der wundervolle Traum eines schwer verwundeten Patienten im Delirium war. Aber Sie fragten ja eigentlich, wie wir nach Brigadun gekommen sind, nicht wahr?"

Stableford nickte.

„Wir hatten es schwer nach dem Krieg. Die Versprechungen, die man uns heimgekehrten ‚Helden' gemacht hatte, erwiesen sich bald als leer. Und was war ein Held ohne Uniform? Ein Arbeitsloser! Ich habe uns mit Gelegenheitsjobs durchgebracht, und wenn es keine gab, verkaufte ich Streichhölzer auf der Straße. Dann kam das Jahr 1924 und Alasdair Benwick lud uns ein, hier in Brigadun mit ihm zu leben. Nach unserer Zusage richtete er dieses Cottage für uns her und seit unserem Umzug zahlt er uns einen guten Lohn für die Arbeit, die wir hier verrichten."

„Es muss trotzdem eine schwere Entscheidung für Sie gewesen sein, nicht wahr? Ich kann mir vorstellen, dass das Leben in Brigadun auch für eine Familie sehr einsam sein kann."

„Da haben Sie ganz recht. Elizabeth wollte anfangs nicht herziehen. Das lag jedoch weniger an der Abgeschiedenheit dieses Ortes. Sie gab Benwick als hohem Offizier eine Mitschuld an dem Elend, das der Krieg uns eingebracht hatte. Aber nachdem ich ihr immer wieder auseinandergesetzt hatte, dass wir der Not nur so entkommen könnten und es auch Bree schuldig wären, damit sie in guten Verhältnissen aufwachsen kann, willigte sie schließlich ein."

„Und wie gestaltet sich Ihr Leben hier?", fragte Stableford.

Mr Ponsonby, der während seines Berichts auf die Hände in seinem Schoß geschaut hatte, hob jetzt den Kopf. Mit seinen großen Augen versuchte er, Stablefords Blick einen Moment lang zu halten. Dann ließ er den Kopf wieder sinken. Stableford sah nun ebenfalls auf Mr Ponsonbys Hände und bemerkte erst jetzt, dass ihm ein Finger an der linken und zwei an der rechten Hand fehlten.

„Das Leben hier läuft sehr geregelt ab", antwortete Mr Ponsonby schließlich. „Zweimal wöchentlich arbeite ich auf dem Ausgrabungsfeld und viermal habe ich eine Schicht in unserem Observatorium. Heute Morgen habe ich Sie von dort aus auf dem Golfplatz gesehen. Die Arbeit mag Ihnen sinnlos erscheinen und bis auf Major Benwick und Dr Goodyear glaubt hier wohl niemand an Camelot oder das wundersame Tier, nach dem wir Ausschau halten, aber wir werden anständig bezahlt, und das erlaubt uns ein gutes Leben. Wenn Bree mit Gavin Brigadun verlässt, können wir ihr eine stattliche Summe als Startkapital mitgeben."

„Mr Adrian Benwick erzählte mir, dass die Schichten nach einem festen Plan verlaufen", sagte Stableford. „Demzufolge müssten Sie auch am Morgen des 13. August, also des Tages, an dem sein Bruder verschwand, im Aussichtsturm gewesen sein."

„Das ist richtig", bestätigte Mr Ponsonby. „Es war ein Freitag und ich hatte Dienst."

„Haben Sie ihn auf dem Rad in Richtung Rannoch fahren sehen? Ich nehme an, dass Sie ihn auf der Straße am Ufer des Loch Laidon hätten ausmachen können."

„Nein, Mr Blake, ich habe ihn nicht gesehen. Allerdings muss ich gestehen, dass ich meine Pflicht im Observatorium nur sehr sporadisch erfülle. Ich nutze die Zeit meist dazu, die Heilige Schrift zu studieren. Ihr Freund, Dr Haynes, hat mich heute Vormittag dabei überrascht."

„Haben Sie an jenem Morgen jemand anderen gesehen?"

„Nur Gally. Er schlich mit seinem Bogen an der Mauer der Brennerei entlang."

„Mit seinem Bogen?", fragte Stableford verwundert.

„Ja. Adrian hat ihm zu seinem zwölften Geburtstag einen Bogen und einen Köcher mit Pfeilen geschenkt. Am Tor der Böttcherei haben sie eine Scheibe aufgehängt und ich nehme an, dass er auf dem Weg dorthin war, um zu üben. Adrian kümmert sich rührend um den Jungen und ist auch Miss Carstairs eine große Hilfe."

Stableford zögerte kurz, entschied sich dann aber dafür, direkt zu fragen: „Ist er Gallys Vater?"

„Wir nehmen es an. Gally wurde hier geboren und Miss

Carstairs muss den Jungen hier empfangen haben, wenn Sie verstehen. Adrians fürsorgliches Verhalten lässt kaum eine andere Möglichkeit zu, aber die beiden haben ihre Verbindung nie öffentlich gemacht."

„Dann habe ich noch eine letzte Frage, Mr Ponsonby", sagte Stableford nachdenklich. „Mrs Benwick erzählte von Krankheitsfällen, die auftraten, als Lancelot und Dr Goodyear vor zwei Jahren nach Brigadun kamen. Können Sie mir dazu etwas sagen?"

„Ich erinnere mich, ja. Damals war ich oft im Herrenhaus, da wir die obere Etage ausbauten. Major Benwick lag wochenlang im Bett und klagte über Magenkrämpfe, meine ich. Und den kleinen Gally hatte es noch schlimmer erwischt. Er war dem Tode nah. Wir haben jeden Abend für ihn gebetet. Dr Goodyear meinte, dass sie eine Lebensmittelvergiftung hätten. Aber Benwick wollte partout keinen Arzt bestellen, und so blieb die Ursache ungeklärt."

„Und das Leiden seines Bruders?"

„Das begann später. Er war zum Zeitpunkt der Umbauten auch gar nicht hier, sondern hielt sich einige Wochen in London auf und besuchte unter anderem die Mutter von Major Benwicks erster Frau. Ich kann mich noch daran erinnern, weil sich die beiden Brüder deswegen heftig stritten. Major Benwick empfand diesen Besuch als Verrat."

Eine merkwürdige Reaktion, dachte Stableford, dann sagte er: „Ich danke Ihnen, Mr Ponsonby. Wollen wir jetzt einmal nach den Damen schauen?"

KAPITEL 20
Zauberei

Sie klopften an die Tür, durch die Bree mit Harriet verschwunden war, und traten ein. Es war das Schlafzimmer der Ponsonbys. Harriet saß mit Mrs Ponsonby auf der Bettkante. Vor ihnen stand Bree in einem weißen Kleid.

„Und wenn wir stattdessen hier ein paar Zentimeter abnehmen?", fragte sie. „Oh, Mr Blake, kommen Sie nur näher! Wir beratschlagen gerade, wie wir Mamas Kleid ein wenig moderner machen können."

Stableford lächelte ihr zu und schaute sich im Zimmer um. Neben dem Fenster stand ein Schrank, dessen Türen geöffnet waren. Darin hingen Mrs Ponsonbys Kleider und zwei Herrenjacken, eine schwarze und eine ziemlich abgetragene erdfarbene. Ein zweiter, geschlossener Schrank befand sich an der gegenüberliegenden Wand. Auf einer kleinen Kommode neben der Tür standen einige Fotografien in Silberrahmen, hauptsächlich Porträts von Familienmitgliedern: Bree als Baby, als Kleinkind ... Es gab auch ein Hochzeitsbild der Ponsonbys, er in Uniform, sie in einem schlichten weißen Kleid, darunter stand: ‚London, 14. Mai 1917'. Eine weitere Fotografie zeigte sechs Männer in Uniform, die vor einem Unterstand posierten.

Mr Ponsonby, der wohl Stablefords Blick gefolgt war, nahm das Bild in die Hand und reichte es ihm. „Das sind die Männer, die an Benwicks Grabenüberfall beteiligt waren", sagte er düster. „Die Aufnahme wurde am Nachmittag vor dem Angriff gemacht. Die meisten von ihnen haben Sie hier wohl schon kennengelernt. Es grenzt an ein Wunder, dass vier der sechs den Krieg überlebt haben. Der mit der Pfeife, hier links, ist übrigens Major Benwick."

Stableford betrachtete schweigend das Bild. Alasdair Benwick blickte ihm aus der Vergangenheit voller Tatendrang entgegen. Er hatte starke Ähnlichkeit mit seinem Bruder, doch es war etwas anderes, das Stablefords Aufmerksamkeit fesselte.

„Haben Ihre Ermittlungen schon etwas ergeben?"

Stableford zuckte zusammen. Die Frage kam von Mrs Ponsonby; sie stand jetzt neben ihm. Er hatte ihr Näherkommen nicht bemerkt. Vorsichtig stellte er die Fotografie auf die Kommode zurück und drehte sich langsam zu Mrs Ponsonby um.

„Es ist ein langer Prozess", antwortete er. „Und er ist viel unspektakulärer, als viele denken. Ich rate nicht drauflos, sondern beobachte, sammle Hinweise, versuche, diese in eine Beziehung zueinander zu setzen, und ziehe dann meine Schlüsse."

„Das klingt nach einem Puzzlespiel", bemerkte Bree leichthin.

„Nun ja, wenn Sie so wollen, sammle ich tatsächlich viele kleine Puzzleteile und schiebe sie mal hier- und mal dorthin, bis sie ineinander zu greifen scheinen und im Idealfall ein Bild der Tat und des Täters ergeben. Wie ich schon sagte, ist es ein langwieriger Prozess, aber letztendlich führt er doch meistens zum Ziel."

„Sie sprechen von der Tat und dem Täter. Glauben Sie, dass Alasdair Benwick hier einem Verbrechen zum Opfer gefallen ist?"

„Ja, Mrs Ponsonby. Ich halte es zumindest für möglich."

„Dann fürchte ich, dass Sie mit Ihrer Herangehensweise in diesem speziellen Fall scheitern werden", sagte Mrs Ponsonby bestimmt.

„Was führt Sie zu dieser Annahme?"

„Nun, Ihre Puzzlespiel-Analogie meint doch das Sammeln von physischen Hinweisen, nicht wahr?"

„Ganz richtig."

„Also zum Beispiel Fußspuren, Fingerabdrücke und dergleichen?"

„Genau. Dazu kommt die Frage nach dem Motiv und natürlich nach den Alibis möglicher Tatverdächtiger."

„Dann schließt Ihre Herangehensweise, wenn ich Sie richtig verstanden habe, das Übernatürliche aus?"

„Ich verstehe nicht ganz", sagte Stableford irritiert.

„Wenn Alasdair Benwick hier tatsächlich den Tod gefunden hat, so glaube ich an eine übernatürliche Ursache, Mr Blake. Kennen Sie die Geschichte von dem Fluch, der über den Zimmern liegt, die die beiden Brüder im Herrenhaus bewohnen?"

„Elizabeth!", unterbrach sie Mr Ponsonby entsetzt. „Wie kannst du unseren Gästen mit diesem heidnischen Aberglauben kommen?"

„Ach, du!", zischte seine Frau ärgerlich zurück. „Ich spreche nur aus, was viele hier denken. Es würde mich nicht wundern, wenn ihn der Teufel geholt hätte!"

„Ich gebe zu", sagte Stableford zögernd, „dass dieser abgeschiedene Ort eine übernatürliche Erklärung gleichsam einfordert. Dennoch werde ich weiterhin nach einer weltlichen Lösung des Rätsels um Alasdair Benwicks Verschwinden suchen. Allerdings gebe ich Ihnen insoweit recht, dass sich nicht alles mit einer simplen Puzzleteil-Technik erklären lässt."

„Weil Sie das Wirken einer übernatürlichen Macht doch in Betracht ziehen?"

„Nein. Die Jagd nach Gespenstern ist nicht mein Metier. Ich dachte eher an die Zauberei, Mrs Ponsonby."

„Also wirklich!", empörte sich ihr Mann aufs Neue.

„Ich dulde in meinem Haus keine gottlosen Gespräche, Mr Blake!"

„Da haben Sie mich falsch verstanden. Ich meinte Zaubertricks, Mr Ponsonby. Sie sind mit der akribischen Suche nach physischen Hinweisen oder ‚Puzzleteilen', wenn Sie so wollen, nicht unbedingt zu durchschauen, denn ihr Wesen besteht darin, dass stets ein Puzzleteil versteckt gehalten wird. So wirkt das Ganze wie Magie und ist doch nur eine geschickte Täuschung. Vielen geheimnisvoll wirkenden Kriminalfällen kommt man auf die Spur, wenn man sie als Taschenspielertricks betrachtet und sich nicht so sehr auf einzelne Hinweise, sondern vielmehr auf größere Zusammenhänge konzentriert."

„Dann glauben Sie, dass man Sir Alasdair weggezaubert hat?", fragte Bree ungläubig.

„Ich gebe zu, dass es lächerlich klingt, aber in gewisser Weise glaube ich genau das, Miss Ponsonby. Sein spurloses Verschwinden hat ja durchaus etwas Magisches. Allerdings bin ich mir sicher, dass sich dieser zauberhafte Effekt durch das Auffinden des einen sorgsam versteckten Puzzleteils in Luft auflösen wird."

„Ich befürchte, ich kann Ihnen nicht folgen", sagte Mr Ponsonby.

„Dann will ich Ihnen ein Beispiel geben. Es ist ein Trick, den ich von einem Magier namens Nelms gelernt habe. Passen Sie auf!" Stableford zog eine Packung Streichhölzer aus seiner Sakkotasche und reichte sie Mrs Ponsonby, die immer noch neben ihm stand. „Bitte geben Sie mir ein Streichholz und wählen Sie selbst eins aus!"

Das tat Mrs Ponsonby.

„Nun bringen Sie Ihr Streichholz auf der Kommode zum Stehen, das hölzerne Ende nach unten!"

Sie versuchte es einige Male und gab dann auf. „Es ist unmöglich."

„Sind Sie sicher? Schauen Sie!" Stableford zeigte allen das Streichholz, das ihm Mrs Ponsonby gegeben hatte, setzte es auf die Kommode und nahm dann seine Hand weg.

Es blieb aufrecht stehen.

„Und hier der Beweis, dass es nicht manipuliert wurde", fuhr Stableford fort und blies gegen das Streichholz, das prompt umfiel. „Sie können es gerne untersuchen."

Mrs Ponsonby nahm das kleine Stückchen Holz, betrachtete es und fuhr mit dem Finger über das Ende. Dann versuchte sie erneut, es zum Stehen zu bringen, wieder vergeblich.

„Wie haben Sie das gemacht?", fragte Bree neugierig.

„Zunächst darf ich Ihnen versichern, dass ich nicht über übernatürliche Kräfte verfüge. Was haben Sie denn beobachtet?"

Bree überlegte. „Meine Mutter gab Ihnen ein Streichholz, nahm selbst eins aus der Schachtel und versuchte es zum Stehen zu bringen, doch ohne Erfolg. Sie schafften es beim ersten Versuch. Mama untersuchte Ihr Hölzchen und versuchte ihr Glück abermals. Auch diesmal klappte es nicht."

„Ausgezeichnet, Miss Ponsonby! Damit haben Sie alle ‚Puzzleteile' genannt, die offen sichtbar waren. Und dennoch können Sie das Rätsel nicht lösen, nicht wahr? Was Sie nämlich nicht gesehen haben, war Folgendes: Während Sie Ihre Mutter bei den vergeblichen Bemühungen, ihr Streichholz zum Stehen zu bringen, beobachteten, habe ich das hölzerne Ende meines Streichholzes angefeuchtet. Nur ganz leicht, sodass es nicht sichtbar und längst getrocknet war, als Ihre Mutter das Holz untersuchte. Ein winziger Speicheltropfen macht den ganzen Unterschied bei diesem Balanceakt aus, er war das ‚Puzzleteil', von dem Sie nichts wissen konnten."

„Und Sie meinen, dass es sich beim Verschwinden von Mr Benwick um einen ähnlichen Trick handelt?", fragte Mrs Ponsonby skeptisch.

„Ja. Denn auch hier scheint mir der Versuch, aus allen auffindbaren ‚Puzzleteilen' ein Ganzes zu formen, das die vermeintliche Tat und den Täter abbildet, vergeblich zu sein. Wenn die Tat dem Muster eines Taschenspielertricks folgt, wird uns immer ein Puzzleteil fehlen. Und zwar nicht irgendeins, sondern ein entscheidendes, das vom Täter sorgsam versteckt wurde."

„Aber wenn Sie recht haben", sagte Mr Ponsonby nachdenklich, „dann können Sie den Fall niemals aufklären."

„Oh doch!", entgegnete Stableford munter. „Man muss sich nur einer anderen Methode bedienen. Anstatt seine Zeit mit der Suche nach dem fehlenden Teilchen zu vergeuden, sollte man besser raten, wie es aussehen könnte."

„Aber woran erkennt man, ob man richtig geraten hat?"

„Man merkt es einfach daran, dass alle anderen ‚Puzzleteile' plötzlich einen Sinn ergeben. Eine falsche Vermutung mag ein Detail des Problems erklären, aber rät man richtig, fallen alle Teile wie von selbst an die passenden Stellen."

„Und haben Sie schon eine Ahnung?", fragte Mrs Ponsonby.

„Ich denke, dass es eine Frage der Geografie ist", antwortete Stableford geheimnisvoll und blickte auf seine Uhr. „Ich fürchte, wir müssen unsere Unterhaltung ein andermal fortsetzen", sagte er dann. „Wir haben eine Verabredung mit Major Nesbit. Eine Frage habe ich allerdings noch an Sie, Mrs Ponsonby. Soweit ich unterrichtet bin, haben Sie Alasdair Benwick als Letzte gesehen. Wollen Sie mir kurz erzählen, was Sie am Morgen des 13. August genau beobachtet haben?"

Mrs Ponsonby ging langsam zum Fenster hinüber. „Von hier aus sah ich, wie er mit seiner Reisetasche in Richtung der Scheune ging", sagte sie leise.

„Und haben Sie ihn in die Scheune gehen und auch wieder herauskommen sehen?"

„Nein. Allerdings habe ich auch nicht darauf gewartet. Ich stand nicht sehr lange am Fenster."

„Dann wollen wir Sie nicht weiter stören. Vielen Dank für den Tee und Ihre Gastfreundschaft!"

Die Stablefords verabschiedeten sich von Bree und ihrer Mutter. Mr Ponsonby brachte sie noch zur Tür. Draußen nahm Harriet die Hand ihres Mannes. Langsam schlenderten sie durch den leichten Nieselregen in Richtung Scheune und bogen dann auf den breiten Weg ab, der zwischen den Cottages entlangführte.

„Und?", fragte Harriet nach einer Weile erwartungsvoll. „Erklärst du mir deine Anspielung auf die Geografie?"

„Sicher. Sie ist vermutlich der Schlüssel zu Alasdair Benwicks Verschwinden, denn in gewisser Weise hatte Bree wohl recht, als sie davon sprach, dass er weggezaubert wurde. Je länger ich darüber nachdenke, desto wahrscheinlicher erscheint es mir, dass er hier umgebracht wurde und wir seine Leiche irgendwo zwischen der Scheune und Rannoch finden werden. Die Highlands sind eine wilde Gegend, aber sicher kein idealer Ort, um einen Toten zu verstecken. Und weit weg kann er nicht gebracht worden sein. Es ist kein Kinderspiel, einen ausgewachsenen Mann zu transportieren."

„Dann ist also seine Leiche das gut versteckte Puzzleteil, von dem du gesprochen hast?"

„Ganz genau. Es gibt noch viel zu erkunden, aber wenn wir sie finden, werden alle anderen Hinweise ein klares Muster ergeben. Da bin ich mir sicher."

„Und hast du sonst noch etwas herausfinden können, Sherlock? Du hast dich ja ziemlich lange mit Mr Ponsonby unterhalten."

Stableford dachte nach. Er hatte tatsächlich eine verstörende Entdeckung gemacht, aber er wollte Harriet noch nicht davon berichten. Außerdem war er sich nun fast sicher zu wissen, warum Alasdair Benwick am Morgen des 13. August so gut gelaunt das Haus verlassen hatte. Und seine Vermutung machte ihm den verschwundenen „Burgherrn" nicht sympathischer.

„Nein", sagte er schließlich. „Es ist noch zu früh, um über mögliche Tathergänge zu sprechen. Das Einzige, was mir wirklich Sorgen macht, sind die ständigen Anspielungen auf Gespenstergeschichten und das Übernatürliche. Es vernebelt die Sicht auf die Fakten und macht die Protagonisten in diesem Fall schwer einschätzbar." Und es ist unheimlich, ergänzte er in Gedanken, während sie weiter Hand in Hand den Weg entlangschlenderten. Er hatte an sich selbst bemerkt, wie sehr dieser Ort an den Nerven zehrte. Nun spürte er, wie sich seine Sinne gegen seinen Willen nach dem Übersinnlichen ausstreckten, und das machte ihm Angst.

KAPITEL 21
Kriegsgeschichten

Major Nesbits Cottage war das letzte am Osthang. Stableford klopfte an die Tür und sofort war von drinnen das laute Bellen eines Hundes und Nesbits noch lauteres Fluchen zu hören. Als sich die Tür öffnete, sprang ihnen Bella entgegen, biss Stableford erst in den rechten Schuh und schnappte dann nach seinem Hosenbein. Stableford, dem Hunde suspekt waren, hüpfte hilflos auf einem Bein herum. Nesbit fluchte noch lauter. Nur Harriet ergriff die Initiative: Sie bekam Bella im Nacken zu fassen und drückte den Terrier zu Boden.

„Verdammt mutig von Ihnen, mein Kind!", sagte Nesbit voller Bewunderung. „Aber nach den Schilderungen im Detektivroman Ihres Mannes war das ja nicht anders zu erwarten, nicht wahr? Socket war übrigens meine Lieblingsfigur und ich freue mich, dass Sie beide auch im wahren Leben Ihr Happy End gefunden haben." Er nahm Bella auf den Arm und schüttelte den Stablefords nacheinander kraftvoll die Hände. „Kommen Sie herein und verzeihen Sie die Unordnung eines alten Junggesellen! Darf ich Ihnen einen Willkommenstrunk anbieten?"

Sie traten ein und Nesbit bat sie, an einem Tisch mitten im Zimmer Platz zu nehmen. Stableford blickte sich um. An den weiß getünchten Wänden hingen alte Stiche, die zum größten Teil Jagdszenen darstellten. Die einzigen weiteren Möbel im Raum waren ein Ohrensessel und eine Kommode, auf der mehrere leere und angefangene Flaschen Làir-Y-Logh-Whisky standen.

„Ein Schlückchen unserer Hausmarke?", fragte Nesbit, der Bella zwischenzeitlich ins Nebenzimmer gebracht hatte. „Das ist vielleicht der einzige Vorteil, den wir hier draußen haben: Der Whisky kostet nichts und der Vorrat ist gewaltig."

Die Stablefords lehnten das Angebot freundlich ab und so goss sich ihr Gastgeber, der seine Einladung zum Tee wohl vergessen hatte, allein ein Glas ein.

„Sir Charles ...", begann Stableford und wurde sofort unsanft unterbrochen.

„Ach lassen Sie doch diesen Humbug!", dröhnte Nesbit mit hochrotem Kopf. „Denken Sie wirklich, dass einer von uns an diesen Camelot-Blödsinn glaubt? Wir leben hier seit Jahren unter dem Regiment eines Wahnsinnigen, mit seiner fixen Idee von einem ritterlichen Hofstaat! Wenn Sie so wollen, sind wir das Märchenpersonal im Tagtraum des Squires."

„Des Squires?", fragte Stableford amüsiert.

„So nenne ich Alasdair und bringe ihn damit jedes Mal auf die Palme. Er wäre so gerne ein Ritter, aber er ist und bleibt ein einfacher Gutsherr."

„Dann ist Ihre Beziehung nicht die beste?"

„Nun ja, Alasdair war ein großartiger Krieger, das muss man ihm lassen: hart und rücksichtslos gegen diejenigen, die seinen Plänen für Gott und Vaterland im Weg standen, aber auch fair und gerecht gegenüber seinen Mitstreitern. Sein Traum von Camelot hat ihn allerdings über die Jahre verrückt werden lassen. Ich wette, man wird ihn eines Tages verhungert in den Highlands finden."

Stableford stutzte. „Auf der Flucht oder auf der Suche verhungert?", fragte er vorsichtig.

„Auf der Suche, Mr Blake, auf der Suche nach dem Questentier der Artussage! Er hat in der Brennerei sogar eine Aussichtsplattform eingerichtet, damit wir die Ufer des Sees nach diesem Fabelwesen absuchen können. Kaum zu glauben, nicht wahr?"

„Wir haben davon gehört. Mr Ponsonby erzählte mir gerade von seinen Schichten dort oben."

„Sie waren also schon beim Prediger", stellte Nesbit verächtlich fest. „Wie alle alten Krieger hier hat er mit den Dämonen der Vergangenheit zu kämpfen. Ich betäube mich zum Beispiel mit unserem Lebenswasser. Aber Ponsonby hat es auf die Spitze getrieben. Er wandelte sich vom Saulus zum Paulus, wenn Sie verstehen. Natürlich muss man auch seine Kriegsverletzung berücksichtigen, doch er ist mit einer anständigen Frau und einer ganz bezaubernden Tochter gesegnet und sollte sich etwas mehr am Riemen reißen!"

„Was tut er denn?", fragte Harriet neugierig.

„Es geht weniger darum, was er tut, als vielmehr, was er sagt! Seine Lobgesänge auf den Herrn kann ich gerade noch ertragen, aber seine kompromisslosen Abstinenzpredigten sind beleidigend und einfach nicht hinnehmbar."

„Sicherlich", stimmte Stableford zu. „Ansichten, die aus einem religiösen Fanatismus erwachsen, dulden qua definitione keine Grautöne. Wie sind Sie eigentlich nach Brigadun gekommen, Major Nesbit?"

„Ich kämpfte als Lieutenant an Alasdairs Seite und verdanke ihm in gewisser Weise meine militärische Karriere und mein Alkoholproblem. Es macht Ihnen hoffentlich nichts aus, wenn ich so offen darüber spreche, Mrs Blake! Ich fürchte, dass meine Manieren etwas eingerostet sind. Tatsache ist, dass ich hier keinerlei gesellschaftliche Verpflichtungen habe. Ich muss also niemandem etwas vormachen."

Während Harriet bekundete, dass sie seine Offenheit

durchaus zu schätzen wisse, trank Nesbit sein Glas in einem Zug aus und goss sich nach.

„Wir waren so naiv am Vorabend des Großen Krieges!", fuhr er schließlich fort. „Können Sie sich vorstellen, dass manche Offiziere ihren Säbel schleifen ließen, als sie 1914 von unserem Kriegseintritt erfuhren? Wie zu Zeiten Napoleons! Wir alle glaubten, vor dem Weihnachtsfest wieder zu Hause zu sein. Stattdessen erwartete uns ein jahrelanges industrielles Töten, gnadenlos und entwürdigend für uns und unsere Gegner. Vor dem Krieg hörte ich Wagner, las Nietzsche und Schopenhauer und besuchte den Rhein. Und plötzlich kämpfte ich gegen die Deutschen, die auf einmal als barbarische ‚Hunnen' dargestellt wurden." Er verstummte und starrte mit müden Augen ins Leere. Blickte er in eine imaginäre Ferne? Vielleicht sah er vor sich das Rheinufer mit seinen Fachwerkstädtchen und den einladenden Weinbergen?

Auch Stableford schwieg. Er hatte über Jahre versucht, diese Zeit zu vergessen, doch ausgerechnet hier, mitten in den Highlands, wurde er immer wieder an sie erinnert. Er war für das Königreich in den Krieg gezogen, aber seine Mutter war Deutsche. Damit war er ein halber „Hunne", und genau das war ihm während seiner Gefangenschaft zum Verhängnis geworden.

„Man sagt, der Mensch gewöhnt sich an alles, nicht wahr?", begann Nesbit unvermittelt und riss Stableford aus seinen Gedanken. „Dass dem nicht so ist, habe ich erst nach Kriegsende verstanden. Alles hatte sich verändert und ich fühlte mich fremd und verloren. Es war nicht mehr die Welt, die ich verlassen hatte, um sie zu verteidigen. Mir fehlte es an Orientierung. Die Werte und Tugenden, die im Schützengraben unter uns Offizieren herrschten, zählten nichts mehr und ich tat mich schwer, Arbeit zu finden. Ich fiel in ein tiefes Loch und wartete darauf, dass sich jemand erbarmen und es endlich zuschütten würde. Doch stattdessen kam der Squire und reichte mir die Hand."

„Und Sie nahmen sie."

„Ja", sagte Nesbit düster. „Alasdair wäre es nie in den Sinn gekommen, einen Kameraden in Not aufzugeben. Aber ich habe auch erlebt, wie er Soldaten gebrochen hat, die nicht sofort pariert haben. Jungen Burschen, die starr vor Angst in den Gräben hockten und nach ihren Müttern riefen, hat er offen mit der standrechtlichen Erschießung im Morgengrauen gedroht. Also dachte ich über seine Einladung nach und sagte mir: ‚Ich will verdammt sein, wenn ich ihr folge' – und folgte ihr trotzdem. Ich hatte keine andere Wahl. Aber Sie sind bestimmt nicht gekommen, um sich die Geschichten eines alten Soldaten anzuhören. Was kann ich also für Sie tun?"

„Ich finde Ihre Geschichten sehr interessant", sagte Stableford. „Vielleicht können Sie mir etwas über die Männer erzählen, die zu Benwicks berühmtem Grabenüberfallkommando gehörten?"

„Sicher, sicher. Da wäre zunächst Rodgers, ein höchst verdächtiges Individuum, wenn Sie mich fragen. Er war mir nie geheuer. Ich vermute, dass ihn Alasdair vor dem Galgen oder zumindest dem Gefängnis bewahrt hat, denn Rodgers ist seinem Herrn blind ergeben und hat noch nie etwas aus seiner Vergangenheit erzählt. Das ist doch merkwürdig, oder?"

„Allerdings", bemerkte Stableford vorsichtig. „Mit diesen beiden, Mr Ponsonby und Ihnen selbst natürlich hätten wir die vier Überlebenden des Einsatzes. Aber wer waren die zwei Unglücklichen, die es nicht schafften?"

„Joseph Bridget und Herbert Carstairs", erklärte Nesbit. „Über Bridget kann ich nicht viel berichten. Er kämpfte eigentlich an einem anderen Frontabschnitt, aber Alasdair bestand auf seiner Teilnahme am Grabenüberfall, da er sich als fähiger Späher erwiesen hatte. Ich weiß praktisch nur, wie er umkam: Bei unserem Rückzug wurde er von hinten erschossen. Rodgers und Ponsonby kehrten um und brachten ihn in unseren Graben, aber er war schon tot. Bei unserem nächsten Einsatz nahm dann ein blutjunger Bursche namens Gautier seinen Platz ein. So ist das im Krieg, die Reihen lichten sich und werden schnell durch Nachrücker geschlossen. Ich kann Ihnen nicht einmal mehr sagen, wie Gautiers Vorname war."

„Und Carstairs?", fragte Stableford.

„Starb ebenfalls in dieser Nacht, allerdings schon bei der Erstürmung des deutschen Grabens. Seine Leiche wurde nie geborgen. Ich sagte ja schon, dass der Squire einen ziemlich janusköpfigen Charakter hat, und in diesem Fall obsiegte wohl sein Verantwortungsgefühl für die Hinterbliebene. Sie wissen, dass Miss Emily Carstairs Tochter ist?"

„Adrian Benwick hat es erzählt", sagte Stableford. „Was wurde denn aus dem blutjungen Burschen?", fragte er nach einer kurzen Pause.

„Gautier? Nun, er hat sich wenige Wochen nach seinem Dienstantritt mit Alasdairs Offiziersrevolver erschossen. Die Sache erregte damals ein ziemliches Aufsehen, aber das Ganze wurde dann schnell von oberster Stelle als tragischer Unfall beim Reinigen der Waffe abgetan und zu den Akten gelegt."

„Doch es war kein Unfall?", hakte Harriet nach.

„Nein. Gautier schlich sich mitten in der Nacht in den Offiziersunterstand, nahm Alasdairs Revolver und richtete ihn gegen sich selbst. Zumindest erzählte man sich das damals hinter vorgehaltener Hand. Man hat auch einen Abschiedsbrief in seiner Jacke gefunden, der aber auf ungeklärte Weise kurz nach seiner Entdeckung verschwand. Ich habe ihn selbst gesehen, aber über seinen Inhalt kann ich Ihnen nichts sagen."

„Vielen Dank für Ihre Offenheit, Major Nesbit!", sagte Stableford. „Nun noch eine ganz andere Frage: Was haben Sie am Morgen des 13. August gemacht? Das war der Tag, an dem Mr Benwick hier zuletzt gesehen wurde."

Nesbits Gesicht rötete sich. Er nahm einen kräftigen Schluck aus seinem Glas, richtete sich in seinem Stuhl auf und fragte drohend: „Wollen Sie mich etwa verdächtigen, etwas mit seinem Verschwinden zu tun zu haben? Ich werde Ihnen zeigen, wie man …"

Harriet griff nach seiner Schulter. „Major Nesbit", sagte sie beschwichtigend, „wir sind nicht hier, um Sie zu beschuldigen. Wir wollen lediglich herausfinden, was mit Mr Benwick geschehen ist. Dazu müssen wir wissen, wo sich alle Bewohner von Brigadun an diesem Morgen aufgehalten haben. Bitte glauben Sie mir, dass uns diese Frage ebenso unangenehm ist wie Ihnen!"

Nesbit saß einen Moment lang schweigend da, dann leerte er sein Glas und lächelte Harriet an. „Da haben Sie den Nagel auf den Kopf getroffen, mein Kind! Es ist eine verdammt unangenehme Situation für uns alle, nicht wahr? Darf ich Ihnen wirklich keinen Drink anbieten?"

Diesmal nahmen die Stablefords das Angebot an. Nesbit holte zwei Gläser aus der Kommode, goss ihnen allen mit leicht zittriger Hand ein und erhob sein Glas.

„Wenn wir trinken, werden wir betrunken.
Wenn wir betrunken sind, schlafen wir ein.
Wenn wir einschlafen, begehen wir keine Sünden.
Wenn wir keine Sünden begehen, kommen wir in den Himmel …"

„Also lasst uns trinken, damit wir in den Himmel kommen!", beendete Stableford den alten irischen Toast und sie stießen an und leerten ihre Gläser.

„Sie wollen also wissen, wo ich am Morgen des 13. August war? Im Bett, nehme ich an. Ich erfülle meine Aufgaben hier mehr schlecht als recht. Ehrlich gesagt weiß ich nicht einmal genau, wann ich für die Ausgrabungsarbeiten und wann für den Dienst im Observatorium eingeteilt bin. Ich gehe jeden Morgen meine Runde mit Bella, aber eine feste Zeit habe ich dafür nicht. Oft treffe ich dabei auf Gally. Alasdair hält den Jungen für schwachsinnig und Miss Emily gerät immer wieder in Streit mit ihm, weil sie meint, dass er ihn schlecht behandelt."

„Und tut er das?", fragte Stableford.

„Wie bitte?"

„Behandelt er ihn schlecht?"

„Nun, sie sagt, Alasdair habe ihn wie einen Trüffelhund der Frenchies abgerichtet, um seine Bälle auf dem Golfplatz zu suchen. Aber um auf den Morgen des 13. August zurückzukommen: Es könnte sein, dass ich Gally mit seinem Bogen gesehen habe, doch beschwören kann ich es nicht. Den Bogen hat er übrigens von Adrian geschenkt bekommen und übt fleißig damit. Ich bin mir nicht sicher, ob man einen geistesschwachen Burschen mit Pfeilen um sich schießen lassen sollte, aber Adrian hat einen Narren an dem Jungen gefressen und verbringt viel Zeit mit ihm."

„Eigentlich halte ich Gally für einen völlig normal entwickelten Jungen", sagte Stableford ernst. „Allerdings deutete Mr Adrian Benwick an, dass es bei seiner Geburt Komplikationen gab. War denn damals kein Arzt zugegen?"

„Nein, nicht einmal eine Hebamme, obwohl es wohl

eine in Rannoch gab. Mrs Ponsonby half, so gut sie konnte. Seit unserer Ankunft hier hat nie ein Arzt den Boden von Brigadun betreten. Der Squire hält uns für eine Gemeinschaft mit einer ‚höheren Aufgabe' und sieht uns in der Tradition der Gralsritter. Er glaubt, dass nur Gott über unser Schicksal bestimmen darf, und hat deshalb jede ärztliche Konsultation strikt untersagt. Selbst als er an der Schwelle des Todes stand, rückte er von dieser Überzeugung nicht ab."

„Oh ja, wir haben gehört, dass er und Gally vor etwa zwei Jahren schwer erkrankt sind. Können Sie uns etwas dazu sagen?"

„Das war eine merkwürdige Sache. Wir bauten damals die erste Etage im Haupthaus um und die beiden renovierten die zwei Zimmer, die bis dahin nicht genutzt worden waren. In den Räumen soll es früher gespukt haben. Die Einheimischen erzählen sich, dass sie einst von der jungen Tochter des Brennereibesitzers bewohnt wurden, die dort auch starb. Woran, das kann ich Ihnen nicht sagen. Aber später wurden die Räume als Gästezimmer genutzt, und viele, die darin übernachteten, fühlten eine unheimliche Präsenz und klagten am Morgen über Schlaflosigkeit und Unwohlsein."

„Und Alasdair Benwick glaubte diese Spukgeschichte?", fragte Stableford skeptisch.

„Es war wohl eher Jennifer, die daran glaubte", entgegnete Nesbit und lachte. „Als Alasdair das Haus 1924 herrichten ließ, muss er von den Gerüchten gehört haben. Er erzählte ihr davon und ich nehme an, dass die beiden Zimmer auf ihren Wunsch ungenutzt und verschlossen blieben. Aber als Lance und Dr Goodyear hier eintrafen, musste man die Räume neu aufteilen, und seit dieser Zeit werden die besagten Zimmer von Alasdair und Adrian bewohnt. Die Durchgangstür dazwischen wurde damals zugemauert."

„Und trat der Spuk seitdem noch einmal auf?"

„Als Alasdair und Gally während der Umbauarbeiten erkrankten, wurde natürlich viel darüber spekuliert. Aber nachdem Alasdair und Adrian ihre neuen Zimmer bezogen hatten und sich kein Geist auf ihren Bettkanten zeigte, hörte auch das alberne Gerede bald auf. Darf ich Ihnen noch einen Schluck anbieten?"

KAPITEL 22
Ein Geständnis

Gegen fünf Uhr verließen die Stablefords leicht beschwipst Nesbits Cottage. Er hatte es sich nicht nehmen lassen, „Socket" zum Abschied einen Kuss auf die Wange zu geben. Mittlerweile regnete es stärker und das Ufer des Loch Laidon, das normalerweise vom Weg aus sichtbar war, versteckte sich hinter tief hängenden dunklen Wolken.

„Wollen wir dem kleinen Gally noch einen Besuch abstatten?", fragte Harriet, als sie am Cottage von Miss Carstairs vorbeikamen.

„Lass uns das auf morgen verschieben!", antwortete Stableford. „Mein erster Kontakt mit ‚Lady Emily' war nicht eben herzlich. Oder willst du vielleicht allein gehen?"

Harriet wollte und die beiden trennten sich vor dem Cottage. Stableford schlug den Kragen seiner Jacke hoch und ging in Gedanken versunken weiter den breiten Weg entlang. Vor der Brennerei bog er nach links ab und folgte dem Pfad, der am Cottage der Ponsonbys vorbeiführte. Schließlich verließ er ihn und stieg den Hügel hinauf, auf dem sich der Abschlag der ersten Golfbahn befand.

Ganz in der Nähe stand ein großer Stein. Stableford setzte sich. Die Nässe war ihm egal. Er holte seine Pfeife hervor, doch der Regen war zu stark, um sie entzünden zu können. Also steckte er sie wieder ein, legte die Handflächen zusammen und führte die Fingerspitzen an den Mund. Das tat er häufig, wenn er nachdachte. Er versuchte, sich auf die Fakten im Fall des verschwundenen „Burgherrn“ zu konzentrieren – vergebens. Plötzlich musste er an eine Bemerkung denken, die Mrs Ponsonby über Alasdair Benwick gemacht hatte. Vielleicht hatte ihn ja tatsächlich der Teufel geholt? Die Gegend war unheimlich genug. Und war es wirklich ausgeschlossen, dass es auf Benwick Castle spukte?

Erschrocken sah Stableford zur Brennerei hinüber. In der Dämmerung waren nur noch die dunklen Umrisse des langen Baus erkennbar.

Wie ein Sarg, dachte Stableford und erschauderte. „Und die Gräber öffneten sich und viele Leiber der Entschlafenen wurden auferweckt“, sagte er leise zu sich selbst. Er wusste nicht, wie er auf das Matthäus-Evangelium gekommen war, aber er fühlte, wie sich seine Nackenhaare aufstellten. Um nicht in Panik zu verfallen, hielt er sein Gesicht in den immer stärker werdenden Regen.

Wenn die Toten auf Erden wandeln, sollten die Lebenden beizeiten ihren Frieden mit Gott machen. Hatte Alasdair Benwick das getan?

Stableford stutzte. Er hatte auf einmal das Gefühl, dass ihn seine absurden Überlegungen vielleicht wirklich auf eine Spur führten. Bevor er einen weiteren Gedanken fassen konnte, zerriss plötzlich ein bellendes Röhren die Stille um ihn herum. Es kam vom Ufer des Sees. Stableford starrte in das Zwielicht und sah, wie graue Nebelschwaden den Hang hinaufkrochen. Sie kamen schnell auf ihn zu und bildeten an manchen Stellen unheimliche Figuren. In diesem einen Moment konnte er Alasdair Benwicks Suche nach dem Questentier verstehen. Für einen kurzen Augenblick hatte auch ihn die magische Atmosphäre des Ortes infiziert. Dann begann er endlich zu lachen und fühlte, wie der unheimliche Bann langsam von ihm abfiel.

Es ist kaum zu glauben, dachte er erleichtert. Ein Haufen Engländer besiedelt unter der Führung eines Narrenkönigs eine verlassene Whisky-Destillerie in den schottischen Highlands und ich beginne an Gespenster zu glauben. Dabei hat die Geschichte um die selbst ernannten Ritter der Tafelrunde in der alten Brennerei eine wirklich witzige Pointe – es war eine Schnapsidee!

Er stand auf und machte sich auf den Weg zurück zum Haus. Als er kurze Zeit später die Halle betrat, erhoben sich Bree und Gavin von der großen Treppe. Brees angespannter Gesichtsausdruck ließ Stableford vermuten, dass dieses Aufeinandertreffen nicht zufällig war. Sie begrüßte ihn freundlich und nahm die Hand ihres Verlobten. Dann holte sie tief Luft.

„Wir müssen Ihnen ein Geständnis machen, Mr Blake", sagte sie und ihre Stimme bebte vor Aufregung.

„Ein Geständnis?", entgegnete Stableford ruhig und blickte zu Gavin. „Geht es dabei vielleicht um das gestohlene Transportrad?"

Gavin räusperte sich. „Woher wissen Sie das?"

„Ich vermutete es lediglich. Allerdings habe ich mir das Rad in der Scheune genauer angeschaut und bin mir ziemlich sicher, dass es nicht neu ist."

„Was habe ich dir gesagt?", schalt Bree ihren Verlobten. „Jede Lüge kommt früher oder später ans Licht!"

Gavin errötete und blickte zu Boden.

Er benimmt sich wie ein großer Junge, der wegen eines Streichs eine Standpauke vom Schuldirektor erwartet, dachte Stableford und versuchte, sich das Schmunzeln zu verkneifen. Dann sagte er: „Und? Wollen Sie mir erzählen, was sich wirklich zugetragen hat?"

„Ich muss ja", erwiderte Gavin und sah zu Bree hinüber. „Das Rad in der Scheune ist unser alter Drahtesel. Es wurde nie gestohlen. Ich fand es einige Tage nach Vaters Verschwinden am Westhang unterhalb der leer stehenden Cottages. Die Geschichte, dass es am Bahnhof in Rannoch gestohlen wurde, habe ich mir ausgedacht."

„Und es lag dort einfach so?"

„Nein, hinter einem Felsen – und es war mit ein paar herausgerissenen Sträuchern zugedeckt worden. Ich brachte es in die Scheune, putzte und ölte es und erzählte meinem Onkel, dass ich ein neues Rad bestellt und in Rannoch abgeholt hätte."

„Aber warum haben Sie diese Geschichte erfunden?"

„Ich brauchte das Geld und Onkel Adrian gab mir die Summe, die ich ihm nannte."

„Er brauchte es, weil er mir einen Verlobungsring kaufen wollte", mischte sich Bree empört ein. „Können Sie sich das vorstellen?"

„Natürlich", antwortete Stableford und lächelte. „Die Tat an sich ist nicht zu beschönigen, aber die Absicht durchaus verständlich. Ich denke, dass Sie das Geld gut angelegt haben, Mr Benwick."

„Und was sollen wir jetzt tun?", fragte Gavin.

„Nichts", entgegnete Stableford. „Ich habe mit Ihrem Onkel bereits über diese Angelegenheit gesprochen. Aber lassen Sie die übrigen Bewohner von Brigadun ruhig in dem Glauben, dass das Rad neu ist. Ich würde Sie für den Moment nur noch bitten, mir kurz zu erzählen, was Sie am Morgen des 13. August gemacht haben."

„Wir tranken Tee in unserem Cottage", antwortete Gavin sichtlich erleichtert.

„In Ihrem Cottage?"

Bree lachte. „Wir nennen es nur so. In Wirklichkeit ist es eine Ruine – das letzte Häuschen am Westhang. Wir haben uns dort ein kleines Versteck eingerichtet und treffen uns da, wenn wir ein wenig für uns sein wollen. Gavin hat sogar einen Ofen organisiert."

„Ich verstehe."

„An diesem Morgen trafen wir uns schon sehr früh, da wir nach dem unglücklichen Verlauf der Bekanntmachung unserer Verlobung eine Menge zu bereden hatten."

„Das kann ich mir gut vorstellen", sagte Stableford. „Dann bleibt mir nur noch, Ihnen beiden einen guten Abend zu wünschen." Mit diesen Worten ließ er das Paar allein und betrat den Drawing Room.

KAPITEL 23
Puzzleteile

Harriet erschrak, als John hereinkam. Sein Blick verriet ihr sofort, dass etwas passiert war. Auf jemanden, der ihn nicht so gut kannte wie sie, wirkte er vermutlich völlig normal, ja sogar heiter, als er fragte, ob noch ein Plätzchen am Kamin frei wäre. Aber sie wusste es besser: Seine Augen sahen aus wie dunkle metallische Spiegel, sie hatten etwas Magnetisches an sich. Es waren die Augen eines Jägers. Harriet erinnerte sich nur zu gut an diesen Blick. John hatte eine Fährte aufgenommen.

„Der Regen über Camelot hat wohl zugenommen?", fragte Percy, der in einem Ohrensessel saß, als sich John zwischen Harriet und Penelope auf das Sofa fallen ließ.

John nickte müde.

Harriet nahm seine Hand – sie war eiskalt. „Geht es dir gut? Du siehst aus, als ob dir dort draußen das Questentier begegnet wäre."

„Dann habt ihr es auch gehört?"

„Was meinst du?"

„Das merkwürdige Röhren. Es kam von Ufer des Sees."

„Nein." Percy wirkte fast ein wenig enttäuscht. „Aber dafür haben wir allerhand Neuigkeiten ausgetauscht und besitzen jetzt ein Bild der Herrin vom See." Er hob ein Blatt Papier vom Boden auf.

„Tatsächlich?", fragte John erstaunt.

„Ja. Für eine Fahndung reicht es zugegebenermaßen nicht aus, doch schauen Sie selbst!" Fast feierlich übergab Percy John das Blatt, auf dem eine Buntstiftzeichnung zu sehen war.

„Ah", sagte John und schmunzelte. „Ich nehme an, dass

wir dieses Werk dem kleinen Gally zu verdanken haben. Hat er sich von seinem Schrecken erholt?"

„Ich denke schon", antwortete Harriet. „Als ich ihn in seinem Zimmer besuchte, aß er Kuchen und Kekse und fragte mich gleich, ob es Sir Perceval gut gehe. Ich bejahte und er war sehr erleichtert. Er ist ein aufgeweckter Junge. Sein Zimmer hängt voller selbst gemalter Bilder und er erklärte mir anhand dieser Zeichnungen praktisch die ganze Artuslegende. Als ich mich von ihm verabschiedete, gab er mir dieses Bild für Percy mit."

„Ich werde es rahmen lassen und in meinem Sprechzimmer aufhängen", sagte dieser stolz.

„Hat er dir das Bild erklärt?", fragte John.

„Nein", erwiderte Harriet, „aber wir haben uns die Szene während deiner Abwesenheit zusammengereimt. Dort oben kämpfen zwei Ritter – wir nehmen an, dass es Sir Perceval und Sir Galahad sind. Und hier unten haben wir die Herrin vom See. Sie steht bis zum Hals im Wasser und hält ein Schwert empor."

„Oh ja, das ist die klassische Szene, in der sie König Artus Excalibur überreicht." John lächelte sie an. „Ich bin wirklich froh, dass es dem Jungen wieder gut geht. Hast du dich auch mit seiner Mutter unterhalten können?"

Harriet nickte. „Sie erzählte mir, wie sie nach Brigadun kam, und von den Jahren, in denen sie hier Lancelot, Gavin und Bree unterrichtet hat. Im Ansatz hatten wir das ja schon von Adrian Benwick und Major Nesbit erfahren. Inzwischen unterrichtet sie nur noch ihren Sohn. Jeden Nachmittag von eins bis vier muss der kleine Gally am heimischen Küchentisch die Schulbank drücken."

„Verstehe. Die Uhrzeiten wundern mich allerdings."

„Das ist ein Kompromiss, damit Gally vormittags für Alasdair Benwick als Caddie arbeiten kann."

„Miss Carstairs ist von diesem ‚Kompromiss' wohl nicht sehr begeistert?"

„Ganz richtig. Sie mag Alasdair Benwick nicht und spricht das auch ganz offen aus. Am Morgen des 13. August war sie übrigens zu Hause. Sie verabschiedete Gally gegen neun – er wollte mit seinem Bogen zur Brennerei gehen. Dort hat ihm Adrian eine Schießscheibe zum Üben aufgehängt. Als er fort war, räumte sie sein Zimmer auf und schrieb dann einen Brief an ihre Cousine."

„Nun ja, ein gutes Alibi sieht anders aus, aber wer weiß schon im Voraus, dass er eins braucht?"

„Wird sie denn eins brauchen?", fragte Penelope überrascht.

„Die Aktien für gute Alibis werden definitiv steigen", antwortete John und zündete seine Pfeife an. Dann erzählte er von seinem Gespräch mit Gavin und Bree.

„Das Rad lag versteckt am Westhang? Dann können wir also tatsächlich davon ausgehen, dass Alasdair Benwick Brigadun nie verlassen hat", schlussfolgerte Percy.

„So sieht es aus."

„Das würde bedeuten, dass er tot ist."

„Ich denke schon."

Percy pfiff durch die Zähne. „Dann werden Sie meine Unterhaltung mit Mr Rodgers sehr interessant finden!"

„Sie hatten Gelegenheit, mit ihm zu sprechen?"

„Ja. Nachdem ich mir mit Hattie das Ausgrabungsfeld angesehen hatte, machte ich mich auf die Suche nach ihm. Ich fand ihn hier im Drawing Room und erzählte ihm von dem Arsenfass. Er wirkte überrascht. Dann holte er ein Schlüsselbund aus seiner Jackentasche und bat mich, ihm das Fass zu zeigen. Wir schleppten es gemeinsam in einen abschließbaren Abstellraum in der Böttcherei. Hier ist der Schlüssel."

„Behalten Sie ihn! Hat Ihnen Mr Rodgers sonst noch etwas Interessantes erzählt?“

„Das will ich meinen! Am Morgen des 13. August war er zusammen mit Lancelot auf dem Ausgrabungsfeld. Das klingt für beide nach einem lupenreinen Alibi, meinen Sie nicht? Aber jetzt passen Sie auf! An jenem Morgen hat er die Siedlungsanlage einmal allein verlassen. Er musste sich umziehen, da er beim Anheben eines Steinquaders das Gleichgewicht verloren hatte und in eine tiefe Pfütze gefallen war.“

„Ah!“, sagte John.

„Genau! Er konnte sich zwar nicht an die genaue Uhrzeit erinnern, aber dieser kleine Unfall zerstört praktisch beide Alibis, nicht wahr?“

„Allerdings, mein Freund!“

„Überhaupt ist Mr Rodgers ein ziemlich unheimlicher Bursche“, fuhr Percy fort. „Als wir uns nach unserem Ausflug in die Böttcherei bei einem Glas Whisky unterhielten – übrigens genau hier vor dem Kamin –, nahm er den Schürhaken dort und rückte die brennenden Scheite zurecht.“

„Was ist denn daran unheimlich?“, fragte Harriet überrascht.

„Der Schürhaken hat keinen Griff und damit keine Isolation. Er steckte im Feuer und die Spitze glühte. Mr Rodgers nahm ihn, ohne mit der Wimper zu zucken. Ich muss ihn ziemlich entgeistert angesehen haben, während er gemächlich im Feuer umherstocherte. Offenbar bemerkte er meinen Blick, denn er erklärte mir, dass er nach dem Krieg sein Geld als Preisboxer verdient hatte.“

„Was hat das denn damit zu tun?“, fragte John überrascht.

„Genau diese Frage stellte ich ihm auch, woraufhin

er mir erzählte, dass er damals einen großen Kampf gehabt hatte, der über viele Runden ging. Während dieses Kampfes verlor er sein Schmerzempfinden. Danach gab er das Boxen auf. ‚Wenn du keinen Schmerz mehr fühlst, ist es Zeit, aufzuhören' waren seine Worte. ‚Für mich wäre es dann eher Zeit, mit dem Boxen anzufangen', entgegnete ich im Scherz, aber als ich ihm in die Augen blickte, wurde mir klar, dass mit ihm nicht gut zu scherzen ist. Kurz darauf fragte ich ihn, wie er hierhergekommen sei. Da spürte ich, dass sich bereits der Frost auf die zarte Knospe unserer Freundschaft gelegt hatte. Er sagte: ‚Major Benwick hat mich gerufen und ich bin seinem Ruf gefolgt.' Dann betonte er die Treue zu seinem Major und sprach sehr steif und militärisch von ‚tiefer Dankbarkeit' und der ‚Ehre, unter ihm dienen zu dürfen'. Man könnte meinen, er hat gar nicht mitbekommen, dass der Krieg vor fast zwanzig Jahren zu Ende gegangen ist. Mehr habe ich jedenfalls nicht aus ihm herausgebracht."

„Das Empfinden tiefer Dankbarkeit ist gefährlich", sagte Penelope nachdenklich. „Es kann beinahe unmerklich in Hass umschlagen, wenn einem die eigene Abhängigkeit bewusst wird."

„Hass scheint mir in diesem Fall tatsächlich ein mögliches Motiv zu sein", stimmte John zu und blickte auf seine Uhr. „Ich habe den Eindruck, dass nicht wenige Bewohner von Brigadun Alasdair Benwick genau dieses Gefühl entgegenbringen. Jetzt werde ich mich einmal in seinem Zimmer umsehen. Vielleicht ergibt sich ja für euch die Gelegenheit, Dr Goodyear vor dem Dinner ein paar Fragen zu stellen." Er stand auf und verließ das Zimmer.

Harriet spürte, dass er allein sein wollte. Sie erhob sich ebenfalls und schlenderte zum Fenster hinüber. Der Regen prasselte gegen die Scheiben. Brigadun war hinter den tief ziehenden dunklen Wolken verschwunden.

Die Unterhaltung eben hatte viele neue „Puzzleteile“ ans Licht gebracht, aber Harriet war nicht in der Lage, sie zu einem größeren Bild zusammenzufügen. Sie versuchte sich einzureden, dass ein wichtiges Teil fehlte, doch tief im Inneren war ihr klar, dass das Gefühl des Unheimlichen ihre Gedanken lähmte.

KAPITEL 24
Dr Goodyear

Langsam ging Stableford die Treppe hinauf. Er versuchte, den Kopf freizubekommen. Das Irrationale hatte ihn schon immer irritiert. Es hatte seinen Platz in der Kunst und im Mythos. In diesen archaischen Techniken der menschlichen Weltaneignung war es für ihn begreifbar, denn man konnte in einem akademischen Rahmen rational darüber sprechen und urteilen. Aber hier in Brigadun erhob das Irrationale den Anspruch, Realität zu sein. Es lag über diesem Ort wie ein Schleier, der die Sicht auf die wirklichen Zusammenhänge verdeckte.

Stableford fühlte, dass die Anspielungen auf Camelot und die Ritter der Tafelrunde erst die Spitze des Eisberges waren. Das wahre Ausmaß von Alasdair Benwicks Hirngespinsten konnte er nur erahnen. War es die Suche nach dem Heiligen Gral oder gar die Jagd nach dem fabelhaften Questentier? Würde er in Benwicks Zimmer eine Antwort finden? Er holte tief Luft, nahm die letzte Stufe und ging dann den nur spärlich von zwei Wandkerzen erhellten Flur hinunter. An dessen Ende öffnete er die Tür auf der linken Seite und trat ein.

Am Schreibtisch gegenüber der Tür saß Dr Goodyear im matten Schein einer grün beschirmten Petroleumlampe. Vor ihm lagen offene Bücher und verschiedene eng beschriebene Papiere. Während er sich aus dem Sessel erhob, schob er eine offene Schublade zu.

„Mr Blake!“, sagte er unsicher. „Sie hätten anklopfen sollen. Mein Herz ist nicht das beste und man fühlt sich immer so ertappt, wenn man an einem fremden Schreibtisch überrascht wird.“

„Habe ich Sie denn ertappt?", fragte Stableford freundlich.

„Natürlich nicht", antwortete Dr Goodyear leicht pikiert. „Aber Sie müssen zugeben, dass dieses Gemäuer etwas Unheimliches an sich hat. Ich nehme an, es liegt an der Illuminierung. Es ist schon merkwürdig, wie Kerzen und Petroleumlampen den Charakter eines Hauses verändern. Man könnte meinen, sich im Schloss von Otranto zu befinden."

„Ich verstehe, was Sie meinen", sagte Stableford. „Und wobei habe ich Sie nun überrascht?"

„Ich suche Alasdairs letzte Aufzeichnungen zu den Artefakten, die er in der Steinhütte Nummer XII gefunden hat. Das ist die zentral gelegene große Hütte, die Sie heute Vormittag bei Ihrem Besuch auf dem Ausgrabungsfeld gesehen haben. Alasdair hat die Aufsicht in diesem Planquadrat. Seit seinem Verschwinden habe ich die Aufgaben des Kartografierens und Erfassens der Fundstücke kommissarisch übernommen. Leider muss ich nun feststellen, dass er seine Ablage nicht eben in Ordnung hält."

„Das tut mir leid für Sie! Darf ich unser zufälliges Aufeinandertreffen nutzen, um Ihnen ein paar Fragen zu stellen? Sie wissen ja, warum ich hier bin, und meine Aufgabe bedarf der Mithilfe aller Anwesenden."

„Sicher. Ich stehe Ihnen natürlich zur Verfügung."

„Dann will ich gleich zur Sache kommen: Haben Sie eine Ahnung, was Mr Benwick zugestoßen sein könnte?"

„Zugestoßen? Sie gehen also davon aus, dass er nicht auf Reisen ist?"

„Das müssen wir mittlerweile wohl", entgegnete Stableford ernst.

Dr Goodyear schien kurz nachzudenken. Dann sagte

er ganz nüchtern: „Es überrascht mich nicht. Die viel beschworene ‚Gemeinschaft' der Bewohner von Brigadun ist bloßes Gerede."

„Trotzdem nehme ich an, dass Sie während Ihres Aufenthalts hier tiefe Einblicke in die Beziehungen der Anwesenden untereinander gewonnen haben."

„Nun ja, die Wahrheit ist, dass ich ein Fremder geblieben bin. Über die Gastfreundschaft der Benwicks kann ich mich nicht beklagen, aber es ist nicht so, dass mir die Menschen hier ihr Herz ausschütten würden. Es scheint mir jedoch fraglos festzustehen, dass Alasdair kaum eine Chance auslässt, es sich mit ihnen zu verderben."

„Dann haben Sie eine Idee, wer ihm möglicherweise etwas angetan hat?"

„Nein, Mr Blake. Und ich muss zugeben, dass ich die Bewohner von Brigadun über die Jahre aus einer gewissen Distanz lieb gewonnen habe. Es sind sicherlich ein paar kauzige Charaktere dabei, aber einen Mord – ich nehme an, dass Sie darauf anspielen –, einen Mord traue ich keinem von ihnen zu. Haben Sie schon einmal darüber nachgedacht, dass sich Alasdair selbst umgebracht haben könnte?"

„Selbstmord?" Stableford konnte seine Überraschung nicht verbergen. „Nein, Dr Goodyear, diese Möglichkeit habe ich bisher tatsächlich nicht in Betracht gezogen. Gibt es denn Anhaltspunkte für Ihre Vermutung?"

„Es klingt unwahrscheinlich, nicht wahr? Aber Sie sollten es trotzdem nicht von vornherein ausschließen. Alasdair ist fraglos ein hochintelligenter Mann. Aber es steht für mich ebenso außer Frage, dass er geistig verwirrt ist. Ich glaube, dass er für einige Bewohner dieser gottverlassenen Ortschaft einen tiefen, pathologisch zu nennenden Hass empfindet."

„Aber wie passt das zu Ihrer Selbstmordtheorie?"

Dr Goodyear zog ein silbernes Etui aus seiner Jackentasche und entzündete gemächlich eine Zigarre. „Waren Sie schon einmal in China, Mr Blake? Nein? Nun, ich habe mehrere Jahre dort verbracht und einiges über die Sitten und Gebräuche der einfachen Bauern und Handwerker gelernt. Mich begleitete damals ein Dolmetscher, ein junger Bursche namens Wenchao. Er stammte aus der Provinz Shaanxi und lebte noch bei seinen Eltern. Als ich ihn dort das erste Mal besuchte, zündete seine Mutter vor der Türschwelle ein Feuer an, sodass ich über die Flammen in die Hütte springen musste. Wenchao erklärte mir später, dass sie mit diesem magischen Ritual ihr Haus vor den bösen Geistern schützte, die sich auf meiner Reise an meine Fersen geheftet hatten. Das Feuer versperrte ihnen den Weg."

„Dass das Leben dieser Menschen von magischen Vorstellungen bestimmt wird, ist wirklich interessant", sagte Stableford, „aber ich verstehe nicht ganz, was diese Geschichte mit …"

„Wenchao", unterbrach ihn Dr Goodyear freundlich, „erzählte mir auch, dass seine Familie über viele Jahre in eine Blutfehde mit einer Sippe aus dem Nachbardorf verstrickt war. Es hatte auf beiden Seiten viele Opfer gegeben, bis sich eines Tages ein Bruder seiner Mutter auf der Türschwelle des verfeindeten Clanführers umbrachte. Die Fehde wurde durch diese Tat mit einen Schlag beendet. Die andere Familie lebte von da an in Angst und Schrecken, denn der Geist des Onkels konnte die Bewohner des Hauses nun auf ewig heimsuchen und verfolgen. Es war die ultimative Vergeltung, Mr Blake."

Stableford war fasziniert. Er hatte seine Zweifel an der Echtheit dieser Geschichte, aber er musste sich eingestehen, dass die Idee einer Vergeltung aus dem Jenseits, wenn man das Paranormale beiseiteließ, durchaus reizvoll war. Dr Goodyear sah ihn erwartungsvoll an.

„Verstehe ich Sie richtig?“, fragte Stableford. „Sie halten es für möglich, dass sich Alasdair Benwick umgebracht hat, um einem Familienmitglied oder einer Person aus dem Kreis seiner ‚treuen Gefährten‘ zu schaden?“

„Sie haben eine schnelle Auffassungsgabe, Mr Blake!“, sagte Dr Goodyear anerkennend. „Es würde mich zumindest nicht überraschen. Er hätte seinen Selbstmord nur so inszenieren müssen, dass es wie ein Mord aussieht, der ganz eindeutig auf einen Täter verweist und diesen an den Galgen bringt. Das wäre eine ultimative Vergeltung ohne magische Implikationen, nicht wahr?“

„Und ganz sicher die Tat eines Wahnsinnigen! Aber nehmen wir einmal an, Sie haben recht mit Ihrer gewagten Theorie: Haben Sie denn auch eine Idee, wen er sich als Opfer ausgesucht haben könnte?“

„Seine Frau“, antwortete Dr Goodyear, ohne zu zögern. „Vielleicht auch Lancelot. Es wird Ihnen nicht entgangen sein, dass die beiden ein Verhältnis haben. Ich bin mir sicher, dass auch Alasdair davon Wind bekommen hat. Dieser Vertrauensbruch wäre für ihn nicht hinnehmbar. Und weist nicht jetzt schon alles auf Jennifer als potenzielle Täterin hin? Sie hat ihren Mann am Morgen des 13. August verabschiedet, das hat sie in ihrer liebenswerten Naivität selbst zugegeben. Seitdem ist er verschollen. Es würde mich nicht wundern, wenn Sie bei Ihren Nachforschungen auf weitere Indizien stießen, die Jennifer belasten.“

„Und was haben Sie am Morgen des 13. August gemacht?“

Die Frage schien Dr Goodyear zu überraschen. Er zögerte einen Moment, bevor er antwortete: „Nun, ich war hier in seinem Zimmer und studierte den Aufsatz eines gewissen Mr Brown. Er beschreibt verschiedene Burgruinen, die über die Jahrhunderte als Camelot identifiziert wurden. Vor allem nennt er Cadbury Castle, Colchester Castle und natürlich Tintagel Castle in Cornwall. Ich versuchte, Parallelen in den verschiedenen Beschreibungen zu finden, und wollte diese dann mit den Örtlichkeiten unserer Ausgrabungsstätte und den möglichen Ruinen unter der Brennerei abgleichen."

„Obwohl Sie nicht wirklich an Mr Benwicks vermeintliche Entdeckung glauben?", fragte Stableford überrascht.

„Ich will ehrlich zu Ihnen sein, Mr Blake. Alasdair lockte mich mit einigen kryptischen Anspielungen auf Camelot hierher nach Brigadun. In seinen Briefen schrieb er von geheimen Zeichen, die er gefunden und entschlüsselt habe und die darauf hinweisen, dass Benwick Castle auf den Ruinen einer älteren Burganlage erbaut worden sei. Seiner Meinung nach gab es untrügliche Hinweise darauf. Das Ganze war so fantastisch und fernab aller akademischen Annäherungen an dieses Themenfeld, dass es mich neugierig machte, und so kam ich hierher."

„Und blieben bis heute."

„Es klingt verrückt, ich weiß. Doch es entspricht der Wahrheit. Nach meiner Ankunft wuchs in Alasdair ein krankhaft zu nennendes Misstrauen mir gegenüber. Er übertrug mir zwar die Leitung der Ausgrabungen, aber ich bin mir sicher, dass er Fundstücke vor mir versteckt hielt aus Angst, ich könnte seine Entdeckungen als meine ausgeben und – wenn Sie so wollen – den akademischen Ruhm auf dem von ihm bereiteten Feld ernten."

„Dann habe ich Sie also doch ertappt?", fragte Stableford vorsichtig.

„In gewisser Weise kann man es so nennen. Ich suche tatsächlich nach seinen Grabungsaufzeichnungen. Aber ich gebe zu, dass ich ganz allgemein die Augen offen halte, wann immer ich sein Zimmer aufsuche. Aus archäologischer Sicht ist die bronzezeitliche Siedlung am Fuße der Brennerei durchaus interessant, aber mich als populärwissenschaftlichen Forscher und Autor reizen Anhaltspunkte zur Artuslegende weitaus mehr. Sie kennen mein Buch ‚Arthur, King of Scotland'?"

„Ich habe es nicht gelesen, aber einiges darüber gehört. Wenn ich mich recht erinnere, wurde es von der schottischen Presse bejubelt, in der akademischen Welt aber sehr zurückhaltend aufgenommen."

„Pah!", machte Dr Goodyear. „Große Ideen brauchen eben Zeit. Denken Sie nur an Galilei oder Darwin! Ich bin davon überzeugt, dass die Legenden um König Artus hier in Schottland ihre Wurzeln haben."

„Sicher", sagte Stableford ausweichend. Er wollte sich nicht auf eine Diskussion über die Herkunft der Artuslegenden einlassen. „Dr Goodyear, darf ich Ihnen noch eine letzte, sehr persönliche Frage stellen?"

„Aber natürlich."

„Ich sehe einen Ring an Ihrem Finger. Sind Sie verheiratet?"

„Ich bin Witwer, Mr Blake. Meine Frau starb vor vielen Jahren, und obwohl es herzlos klingt, bin ich froh darüber. So musste sie den Tod unseres einzigen Kindes nicht miterleben."

„Das tut mir leid", sagte Stableford. „Hatte der Tod Ihres Sohnes etwas mit dem Krieg zu tun?"

„Meines Sohnes?" Dr Goodyear sah ihn erstaunt an. „Nein, wir hatten eine Tochter. Bitte entschuldigen Sie mich jetzt! Ich muss vor dem Dinner noch einiges erledigen. Falls Sie weitere Fragen haben, können wir unsere Unterhaltung gerne nach dem Essen fortsetzen." Er sammelte die Papiere ein, die auf dem Schreibtisch lagen, und verließ ohne ein weiteres Wort das Zimmer.

KAPITEL 25
Abgründe

Als Dr Goodyear die Tür hinter sich geschlossen hatte, trat Stableford an den Schreibtisch, setzte sich in den lederbezogenen Sessel und öffnete die Schublade, die der Doktor bei seinem Eintreten zugeschoben hatte. Sie war leer.

In den anderen Fächern fand Stableford tatsächlich Unterlagen, die die Ausgrabungen betrafen. Alle Blätter waren ähnlich eng beschrieben wie die Seiten, die Dr Goodyear mitgenommen hatte. Briefe oder andere persönliche Aufzeichnungen fand Stableford allerdings nicht. Als er mit der Durchsuchung des Schreibtisches fertig war, lehnte er sich im Sessel zurück und ließ seinen Blick durch das Zimmer schweifen.

Abgesehen von dem schmalen Bett und einem Kleiderschrank an der rechten Wand handelte es sich um ein klassisches Arbeitszimmer mit einer imposanten Bibliothek. Die bis zur Decke reichenden Bücherregale rahmten die Tür ein. An der linken Wand stand ein massives Sideboard, auf dem Holztabletts mit Tonscherben und anderen Artefakten aufgereiht waren. Über dem Sideboard hingen Bilder von unterschiedlicher Größe und Qualität, die allesamt das Sujet der Artuslegenden einte.

Schließlich blieb Stablefords Blick an einem kleinen Rollladenschrank hängen, der unscheinbar in einer Fensternische stand. Er ging zu dem Möbel hinüber und zog vorsichtig am Griff. Der Schrank war nicht verschlossen und so schob er den Rollladen ganz auf. Der Inhalt war auf den ersten Blick enttäuschend. Auf drei Ebenen reihten sich alte Ordner und mit Bändern zusammengehaltene

Akten aneinander, augenscheinlich das buchhalterische Vermächtnis der Brennerei.

Gelangweilt las Stableford die Beschriftung auf den Rücken der Ordner: „Wareneingang“, „Warenausgang“, „Löhne“, „Transport“, „Korrespondenz“, „Lagerkosten“, „Làir-Y-Logh“. Er stutzte. Konnte es wahr sein? Wenn seine Vermutung stimmte und Benwick den Namen der Brennerei als geheimnisvolles Anagramm gelesen hatte, könnte er hier auf ein perfektes Versteck gestoßen sein, frei zugänglich und gerade dadurch ideal verborgen. Unwillkürlich musste er an Poes „Entwendeten Brief“ denken.

Dann zog er den dicken Ordner, der den Namen der Brennerei trug, heraus, öffnete ihn vorsichtig und dachte: Heureka! Zwischen den viktorianischen Deckeln fand er ein modernes Notizbuch, zwei Briefe, zahlreiche fein säuberlich ausgeschnittene Zeitungsmeldungen und eine Ausgabe von Chamber's Journal of Popular Literature, Science and Arts aus dem Jahr 1862.

Mit diesem Schatz setzte er sich wieder an den Schreibtisch und entzündete seine Pfeife. Zuerst nahm er sich die Zeitungsartikel vor. Ganz oben auf dem Stapel lag ein Beitrag des Inverness Courier vom 4. August 1933. Es war der Leserbrief eines gewissen George Spicer, der behauptete, auf einer Ausfahrt mit seiner Frau am Ufer des Loch Ness einen „Drachen oder ein prähistorisches Tier“ gesehen zu haben, das mit einem Lamm im Maul die Uferstraße überquerte und dann im See verschwand.

Der nächste Artikel entstammte dem Daily Express und zeigte ein verschwommenes Foto des „Loch-Ness-Monsters“. Neben dem Bild entdeckte Stableford eine Bleistiftnotiz.

„Die Zeichen verdichten sich“, las er laut und griff dann neugierig nach dem dritten Zeitungsausschnitt.

Der handelte von zwei Freundinnen, Miss Jean Macdonald und Miss Patricia Harvey, die das Monster angeblich in einer Vollmondnacht bei Fort Augustus gesehen hatten. Die Western Morning News berichteten dagegen in einem Artikel vom 20. Dezember 1933 von einem deutschen U-Boot-Kommandanten, der behauptete, 1915 ein krokodilartiges Seeungeheuer vor der schottischen Küste gesichtet zu haben.

Der letzte Beitrag betraf einen jungen Tierarzt namens Arthur Grant, der nachts mit seinem Motorrad kurz vor Abriachan fast eine „Kreuzung zwischen Seehund und Plesiosaurus" gerammt hätte und im Straßengraben landete, weil er der Kreatur ausweichen musste. Der Autor des Artikels legte nahe, dass Grant mit dieser Geschichte vielleicht einen auf Trunkenheit zurückzuführenden Unfall vertuschen wollte. Benwick schien jedoch anderer Meinung gewesen zu sein. Die Bleistiftnotiz neben der skeptischen Textpassage lautete: „Blasphemischer Narr!"

Stableford war wie bezaubert und griff nach dem Notizbuch. Es war eine Art Tagebuch mit sporadischen persönlichen Einträgen und längeren Abschnitten, die das Thema der Zeitungsartikel vertieften. Gebannt las er Benwicks Beschreibung der „Sir Edward Mountain Expedition", die 1934 für fünf Wochen den Loch Ness erforscht hatte. Dann überflog er eine akribische Auflistung der Sichtungen des „Monsters". Sie begann mit der Geschichte des Heiligen Columban von Iona, der im Jahr 565 laut Überlieferung einen Mann gerettet hatte, der von einem Ungeheuer im Fluss Ness angegriffen worden war.

Neben dem Zeitstrahl hatte Benwick ein Zitat aus der „Vita Columbae" niedergeschrieben: „Columban machte das Kreuzzeichen in die Luft und rief den Namen Gottes an, während er dem wilden Tier befahl: ‚Nicht mehr weiter! Lasse von ihm ab!' Als das Tier die Worte des Heiligen hörte, floh es in großer Furcht, als ob es von starken Tauen weggezogen würde, und der Mann erreichte sicher das Ufer."

Eine weitere Passage befasste sich mit Seeungeheuern, die in anderen schottischen Lochs und an der Küste des Landes gesichtet worden waren. Stableford las von Mòrag, dem Monster des Loch Morar, und dem Stronsay Beast, dessen Kadaver 1808 an einen Strand der Orkney-Inseln angespült worden war. Kurz darauf war es von der National History Society als eine neue Spezies, „vermutlich eine Seeschlange", anerkannt worden.

Dieser Abschnitt des Notizbuchs endete mit der Geschichte von Muc-sheilch, einem Monster, das immer wieder im Loch Maree, im Loch-na-Bèiste und in umliegenden Seen aufgetaucht war. Ein gewisser Mr Banks, ein Gutsherr, war um das Jahr 1850 von seinen Pächtern gedrängt worden, dem Ungeheuer den Garaus zu machen. Unter großem finanziellen Aufwand versuchte er zunächst, den Loch-na-Bèiste mit einer von zwei Pferden angetriebenen Pumpe trockenzulegen. Als dieser Plan fehlschlug, kaufte er vierzehn Fässer ungelöschten Kalk, ließ zwei mutige Männer mit dieser Ladung auf den See hinausrudern und die Fässer leeren. So verwandelte er den Loch-na-Bèiste in einen brodelnden Höllenpfuhl. Das freigesetzte Kalziumhydroxid vernichtete jedoch lediglich den Forellenbestand des Sees. Muc-sheilch war längst weitergezogen und wurde kurze Zeit später im Loch Ewe gesichtet.

Fasziniert blätterte Stableford weiter und entdeckte eine Skizze, die die Lochs der Umgebung von Brigadun zeigte: Loch Laidon, Loch Ericht im Norden und Loch Rannoch im Osten. Zwischen den Seen waren Wasserläufe und kleinere Gewässer eingezeichnet und darunter stand: „Gibt es unterirdische Verbindungen zwischen den Lochs? Weisen die kleineren Seen auf diese hin?“

Stableford schloss das Notizbuch und richtete sich in seinem Sessel auf. Erst jetzt begriff er den Zusammenhang: Für Alasdair Benwick waren die Sichtungen von Seeungeheuern Belege für die Existenz des Questentiers. Hatte Gally nicht davon gesprochen, dass sie auch nach einer Schlange, die im Wasser lebte, Ausschau hielten? Also mussten diese Beobachtungen für Benwick tatsächlich von ungeheuerlicher Bedeutung sein, stellten sie doch bei all ihrer Fragwürdigkeit eine Verbindung zwischen den Legenden um König Artus und der Gegenwart her. Das als Monster beschriebene Questentier war sein Garant für den Wahrheitsgehalt der Sagen – ein lebendes Wesen aus der Zeit der Gralsritter. Und auch ein Zeichen für die Existenz des Heiligen Grals?

Abermals schlug Stableford das Notizbuch auf. Nach kurzer Suche fand er, was er erwartet hatte.

> ***24. August 1924:*** Endlich! Wieder das Bellen am Abend. Das Tier ist zurückgekommen und meine Quest beginnt! Jen ist beunruhigt. Ich werde bei Morgengrauen im Observatorium Ausschau halten.
> ***26. August 1924:*** Kräuselungen auf der Wasseroberfläche. Es war noch zu dunkel, aber ich erahnte einen Körper im Wasser.
> ***3. September 1924:*** Kleine Wellen ziehen eine Spur über den See. Das Bellen war heute besonders eindringlich. Adrian behauptet, einen großen Hirsch am Hang in der Nähe des Sees gesehen zu haben. Aber dieses Bellen kann

man doch unmöglich mit einem Röhren verwechseln! Er ist ein Narr!
16. April 1925: Schleifspuren am Ufer. Kommt X nur nachts an Land?
22. August 1925: Lance und Vin waren am See angeln. Lance spürte einen starken Ruck und zog an. Im nächsten Moment war seine Angel im Wasser und wurde mit großer Geschwindigkeit einige Yards hinausgetragen, ehe sie versank. Wir blieben den ganzen Tag am Ufer, aber von X war nichts zu sehen.
13. September 1926: Die erste Sichtung von X! Es lässt sich langsam im Wasser treiben.
14. September 1926: Große Enttäuschung am Morgen. Es war ein Baumstamm. Ponsonby und Rodgers haben ihn am Ufer gefunden.

Und so ging es immer weiter bis zum letzten Eintrag vom 9. August 1937. Darin mutmaßte Alasdair Benwick, dass sich „X" wohl seit Längerem im Loch Rannoch aufhielt – oder in einem anderen See, der durch ein unterirdisches Tunnelsystem mit dem Loch Laidon verbunden war.

Stableford legte das Journal beiseite. Benwicks Wahnsinn hatte tatsächlich Methode. Die Verknüpfung der Sichtungen schottischer Seeungeheuer mit der Sage vom Questentier war durchaus reizvoll, schaffte sie doch eine Ebene, auf der Benwicks verrückte Jagd einen gewissen Rückhalt bekam, selbst wenn dieser journalistisch oder gar wissenschaftlich als unglaubwürdig eingeordnet würde. Und hatte er selbst nicht fasziniert „The Loch Ness Monster and Others" von R. T. Gould gelesen? Darin hatte der Autor die Augenzeugenberichte über das Monster, genannt „X“, katalogisiert und auf ihre Glaubwürdigkeit abgeklopft.

Aber konnte Benwick seine Suche nach dem Questentier tatsächlich zum Verhängnis geworden sein? Hatte er das Monster im Loch Laidon entdeckt?

Stableford schüttelte diesen Gedanken so schnell ab, wie er gekommen war. Wenn du lange in einen Abgrund blickst, blickt der Abgrund auch in dich hinein, dachte er düster. Er atmete tief durch und begann seine Pfeife neu zu stopfen.

KAPITEL 26
Zwei Briefe

Stableford blies Rauchringe gegen die Decke und betrachtete die beiden Umschläge, die vor ihm auf dem Schreibtisch lagen. Das Notizbuch hatte Dr Goodyears Vermutung über Alasdair Benwicks Geisteszustand bestätigt. Einen möglichen Grund für sein Verschwinden hatte es jedoch nicht geliefert. Würden die Briefe Licht ins Dunkel bringen? Würde er darin erste Anhaltspunkte, vielleicht sogar Motive für eine wie auch immer geartete Tat finden?

Er griff nach dem ersten Umschlag und öffnete ihn vorsichtig. Es war der kurz gefasste Abschiedsbrief des jungen Soldaten, von dem ihnen Major Nesbit erzählt hatte. Darin beschuldigte Gautier seinen Captain, ihn durch die Androhung der standrechtlichen Erschießung zu der eigentlich freiwilligen Teilnahme an den Grabenüberfällen gezwungen zu haben. Benwick hatte den Brief also an sich genommen, um einer unangenehmen Untersuchung zu entgehen. Damit lag nun tatsächlich ein Motiv für einen Mord vor, von dem Stableford immer mehr überzeugt war – Mord als Vergeltung.

Aber wer kam als Täter in Betracht? Schon bei Nesbits Erwähnung des Namens Gautier hatte Stableford an Dr Goodyear denken müssen. „Goodyear" klang wie eine Anglisierung des französischen Namens Gautier. War der Soldat Dr Goodyears Sohn gewesen? Der Doktor hatte zwar behauptet, nur eine Tochter gehabt zu haben, aber musste er dies nicht tun, wenn er den Tod seines Jungen hier in Brigadun gerächt hatte?

Stableford hatte das unangenehme Gefühl, dass dieser Schluss zu einfach war. Zwei Dinge sprachen dagegen: Zum einen war Dr Goodyear höchstwahrscheinlich zu jung. Selbst wenn Gautier, wie so viele Burschen, bei der Angabe seines Alters gelogen hatte, um in den Krieg ziehen zu können, kam Dr Goodyear als sein Vater kaum infrage. Zum anderen hätte die Ähnlichkeit der beiden Namen auch Benwick auffallen müssen. Und hätte er Dr Goodyear unter diesen Umständen nach Brigadun eingeladen? Wohl kaum.

Frustriert legte Stableford den Brief beiseite und nahm das zweite Kuvert zur Hand. Es war an Melissa Gordon-Fox adressiert und trug als Absender den Namen Henrietta Benwicks. Er entfaltete den Brief und las.

15, Whittington Court, Bayswater
20. April 1921

Meine geliebte Schwester,

ich schreibe dir diese Zeilen, um mein Gewissen zu erleichtern, und bitte dich, meine Last mit mir gemeinsam zu tragen, damit ich nicht daran zerbreche. Verzeihe mir, wenn ich dich in Gewissensnöte bringen sollte, meine geliebte Melissa, aber ich kenne deine Abneigung Alasdair gegenüber und fühle mich selbst diesem Mann, den ich einst heiratete, nicht mehr verpflichtet.

Der schneidige junge Offizier, in den ich mich vor Jahren Hals über Kopf verliebte, hat mich noch vor dem Krieg verlassen. Statt seiner lebte bald ein Mann in unserem Haus, der seine Zeitung wie Alasdair hält, wie er aussieht und redet – nur was er redet! Er ist davon besessen, das „wahre Camelot" zu finden, um Britannien wieder zu seiner einstigen moralischen Größe zu verhelfen. Ständig spricht er von einem neuen Königreich auf britischem Boden und hält sich selbst für auserwählt, die Ruinen der Artus-Burg zu finden.

Was kurz nach unserer Hochzeit als fixe Idee anfing und mich zugegebenermaßen zunächst beeindruckte, ist heute unerträglich geworden. Wir haben fast alle unsere gesellschaftlichen Kontakte verloren und ich bin nicht traurig darüber, denn wenn ich ehrlich bin, war es mir unsagbar peinlich, in den Gesichtern unserer Gäste Mitleid, Abscheu und sogar Entsetzen lesen zu müssen.

Alasdair ging und geht über Wochen auf Reisen und sucht im ganzen Land nach Hinweisen auf Orte, die mit der Artussage in Verbindung stehen. Würde Adrian nicht mit uns leben, wäre ich wohl längst selbst dem Wahnsinn verfallen. Ach Adrian! Er ist seit Jahren mein einziger Halt und – er liebt mich! Ich empfinde zumindest eine tiefe Zuneigung zu ihm. Er ist so einfühlsam, liebevoll und normal.

Mutter war letzte Woche zu Besuch und fragte mich, ob ich nicht vielleicht eine Scheidung in Betracht ziehen würde. Du kennst sie ja und kannst dir vorstellen, wie überrascht ich war. Unsere Mutter spricht von Scheidung! Ihr geht es natürlich auch um Lance und Vin, die, wie sie sagt, in einer gesunden Umgebung aufwachsen sollten. Sie hat sich viele Gedanken gemacht und erzählte mir, dass die beiden eine gute Chance hätten, vom Wahnsinn ihres Vaters verschont zu bleiben, weil „solche Krankheiten" oft mindestens eine Generation überspringen. Da bekam ich es zum ersten Mal mit der Angst zu tun. Nicht vor der möglichen Geisteskrankheit meiner Kinder, aber vor den Gerüchten, dass sie ebenfalls verrückt sein könnten.

Melissa, was ich dir nun schreibe, muss auf immer unser Geheimnis bleiben! Versprich es mir! Ich entbinde dich nur davon, wenn du mich überlebst und es später Gerüchte geben sollte, dass Lance und Vin nach ihrem Vater kommen. Dann darfst du, ja musst du reden, denn was ich dir jetzt mitteile, wird mich gesellschaftlich ruinieren, aber meine Kinder vor haltlosen Verdächtigungen retten.

Geliebte Melissa, Lance und Vin sind nicht Alasdairs Söhne. Ihr Vater ist Adrian! Ich glaube nicht, dass er es ahnt, und natürlich weiß er nicht, dass Alasdair und ich schon bald nach unserer Hochzeit das Bett nur noch selten teilten. Verurteile uns nicht! An den gemeinsamen Abenden haben wir uns für Stunden glücklich gefühlt. Wir begegneten uns stets auf Augenhöhe und noch während des Krieges sind wir als gute Freunde auseinandergegangen. Adrian liebt seine „Neffen" über alles und ich möchte es dabei belassen.

Bitte verzeih mir meine Offenheit und meine Impertinenz, dich in gewisser Weise ungefragt zu meiner Komplizin gemacht zu haben!

In Liebe
Henrietta

Stableford faltete den Brief zusammen und schob ihn zurück in das Kuvert. Wie war Alasdair Benwick an dieses Schreiben gekommen? War Melissa vielleicht nicht die gute Schwester, für die sie Henrietta gehalten hatte? Und seit wann war er in seinem Besitz? Hielt Stableford etwa Henriettas Todesurteil in den Händen? War ihr schrecklicher Tod, circa ein Jahr nachdem sie den Brief geschrieben hatte, eine Folge ihrer Beichte?

Und wie hatte diese das Verhältnis der beiden Brüder beeinflusst? Konnte Alasdair Adrian den Ehebruch mit Folgen verzeihen? Wusste Adrian inzwischen von seiner Vaterschaft? Hatte Alasdair ihn jemals zur Rede gestellt? Hatte es gar vor nicht allzu langer Zeit eine verspätete

Auseinandersetzung gegeben, in deren Folge Alasdair Benwick „verschwunden" war?

Fraglos hatte Stableford ein Motiv gefunden. Das Problem war allerdings, dass das vermeintliche Opfer eigentlich der Täter sein müsste, denn Adrian war der Ehebrecher. Das Ganze ergab tatsächlich nur einen Sinn, wenn man Dr Goodyears absurde Theorie von Alasdair Benwicks Selbstmord als perfekt inszenierte Vergeltung in Betracht zog. Doch dafür gab es nicht einen einzigen faktischen Anhaltspunkt.

Immerhin erklärte der Inhalt des Briefes Alasdair Benwicks merkwürdige Reaktion auf Adrians Reise zu Henriettas Mutter, von der Mr Ponsonby erzählt hatte. Für Benwick war dieser Besuch tatsächlich einem Verrat gleichgekommen, musste er doch wie ein indirektes Eingeständnis des Ehebruchs gewirkt haben.

Stableford rieb sich die Augen. Die Petroleumlampe rußte und das Lesen der vielen handschriftlich verfassten Texte hatte ihn müde gemacht. Missmutig blickte er auf die vergilbten Blätter der alten Zeitschrift. Als er gerade danach greifen wollte, klopfte es kurz an der Tür, dann trat Harriet mit einem Tablett in der Hand ein.

KAPITEL 27
Die Herrin vom See

„Room Service!", rief Harriet gut gelaunt und stellte das Tablett auf dem Schreibtisch ab. „Nachdem du nicht zum Dinner erschienen warst, hat dir Jen ein Sandwich gemacht."

„Oh, vielen Dank, aber ich habe wirklich keinen Hunger."

„Dann werde ich es essen, denn es gab heute Abend Haggis. Macht es dir etwas aus, wenn ich kurz das Fenster öffne? Hier drinnen ist es fast genauso neblig wie draußen."

„Ja, tu das", erwiderte John.

Harriet ging zum Fenster, schob es auf und kehrte an den Tisch zurück. Sie gab John einen Kuss und fragte neugierig: „Und, Sherlock? Hast du in Alasdairs Wunderkammer etwas Interessantes gefunden?"

„Allerdings, mein lieber Watson!"

Harriet setzte sich auf den Schreibtisch. Während sie das Sandwich aß, erzählte ihr John von den Briefen und von Alasdair Benwicks vergeblicher Jagd nach dem Questentier in Form schottischer Seeungeheuer.

„Das ist meine bisherige Ausbeute", sagte er schließlich, „aber ich kann dieser ganzen Geschichte noch keinen Sinn abringen."

„Vielleicht suchst du vergeblich einen Sinn im Unsinn", bemerkte Harriet nachdenklich. „Oder sind es einfach zu viele Puzzleteile?"

„Letzteres ist wohl wahrscheinlicher", gab John müde zu. „Ich finde einfach keinen Anfang. Zwei, drei Teile, die ineinander passen, würden mir schon reichen. Aber immer wenn ich denke, sie gefunden zu haben, tauchen neue Hinweise auf, die in eine andere Richtung weisen. Nachdem Holmes Adrian Benwicks Leiden diagnostiziert hatte, ging ich davon aus, dass es jemand hier in Brigadun auf beide Brüder abgesehen hat. Mittlerweile bin ich mir da nicht mehr so sicher. Und das liegt nicht nur an Henriettas Brief. Wenn Holmes' Annahme stimmt und Adrian Benwick langsam vergiftet wird, könnte man doch meinen, dass der Täter im Falle seines Bruders ähnlich vorgegangen ist, nicht wahr? Alasdair Benwicks plötzliches Verschwinden deutet aber eher auf einen gewaltsamen Tod hin."

„Vielleicht hat der Täter ja seine Taktik geändert?", warf Harriet ein.

„Wie meinst du das?"

„Nun, wir wissen doch, dass Alasdair Benwick vor zwei Jahren praktisch über Nacht sehr krank wurde. Vielleicht handelte es sich auch damals um eine Arsenvergiftung. Könnte es nicht sein, dass der Täter einfach einen Fehler in der Dosierung gemacht hatte?"

„Du meinst, sein ursprünglicher Plan war, die Brüder langsam zu vergiften, um in beiden Fällen eine schleichende Gastritis vorzutäuschen?"

„Genau! Aber Alasdair Benwick erholte sich und der Giftmischer hatte vielleicht Angst, dass er ihm durch sein Missgeschick auf die Schliche kommen könnte. Zwar fuhr er mit der langsamen Vergiftung von Adrian Benwick fort, wählte für dessen Bruder dann aber eine drastischere Lösung."

„Ich verstehe. Die Idee der Planänderung klingt für mich auch durchaus plausibel, der ursprüngliche Plan erscheint mir jedoch unglaubwürdig. Wenn er aufgegangen wäre, hätte es relativ kurz hintereinander zwei Tote mit gleicher Symptomatik gegeben. Da hätte doch jeder Arzt stutzig werden müssen."

„Nur wenn ein Arzt konsultiert worden wäre", entgegnete Harriet. „Und wir wissen ja, dass Ärzte in Brigadun verboten sind. Aber wahrscheinlich hast du recht. Zwei Todesfälle innerhalb kurzer Zeit sprechen sich schnell herum und früher oder später hätte wohl die Polizei vor der Tür gestanden." Sie musste auf einmal an etwas denken, das ihr bereits am Mittag im Drawing Room durch den Kopf gegangen war. „Und wenn es Adrian Benwick selbst war, der seinen Bruder damals vergiftet hat?", fragte sie. „Vielleicht rührt sein Leiden ja von dem einst regen Kontakt mit dem Gift her. Schließlich musste er es ständig parat haben, um es irgendwo untermischen zu können, nicht wahr? Percy erzählte mir, dass Vergiftungserscheinungen von Arsen über Jahre nachwirken."

„Eine interessante Idee", gab John zu. „Alasdair Benwick konfrontiert seinen Bruder mit Henriettas Brief. Adrian befürchtet daraufhin, Brigadun verlassen zu müssen. Er ist mittellos und kann ohne Alasdairs Unterstützung nicht für Miss Carstairs und ihren gemeinsamen Sohn Gally sorgen, die er sicherlich nicht hier zurücklassen würde. Das ist ein starkes Motiv, Harriet! Also beginnt er, seinen Bruder langsam zu vergiften. Eines Tages – etwa vor zwei Jahren – unterläuft ihm ein Fehler bei der Dosierung des Arsens. Ich gebe zu, dass diese Gedankenkonstruktion tragfähig wirkt. Doch was geschah in der Zwischenzeit? Und wie passt diese Theorie zu Adrian Benwicks Hilferuf?"

„Ich weiß es nicht, Sherlock. Aber es ist spät geworden. Sollten wir nicht zu Bett gehen?"

„Sicher. Ich würde nur noch gern einen kurzen Blick auf Alasdair Benwicks Bücher werfen."

„Also gut“, stimmte Harriet zu. Während John die Bibliothek inspizierte, betrachtete sie die Bildersammlung an der Wand über dem Sideboard.

„Fantastisch!“, rief John plötzlich. „Er besitzt praktisch alle Standardwerke zur Artuslegende. Hier ist eine Erstausgabe von Malorys ‚Le Morte d'Arthur‘ und gleich daneben Adelers Klassiker ‚The Fortunate Island‘.“

Harriet musste schmunzeln. Er benimmt sich wie ein Kind im Spielzeugladen, dachte sie. Dann fiel ihr Blick auf zwei eingerahmte Buchillustrationen und sie wurde ernst. Auf beiden Bildern war ein Frauenarm zu sehen, der sich aus dem Wasser reckte und das Schwert Excalibur emporhielt.

„John?“

„Ja, Harriet?“

„Könnte das vielleicht Gallys Inspirationsquelle gewesen sein?“

John trat zu ihr und betrachtete die Bilder, auf die sie zeigte.

„Das rechte ist, wenn mich nicht alles täuscht, von Beardsley und zeigt Sir Bedivere, wie er der Herrin vom See Arturs Schwert zurückgibt“, erklärte Harriet. „Das linke kenne ich nicht, aber vielleicht stellt es dieselbe Szene dar?“

„Nicht ganz“, sagte John. „Ich hatte das Buch als Kind – Howard Pyles ‚The Story of King Arthur and His Knights‘. Es hat mich damals sehr beeindruckt. Die Illustration zeigt, wie Artur das Schwert von der Herrin vom See erhält. Aber was meintest du mit Gallys Inspirationsquelle?“

„Sherlock, aufwachen! Hast du nicht selbst gesagt, dass seine Angst vor der Herrin vom See real ist?“

„Sicher.“

„Aber wie soll ein zwölfjähriger Junge eine weibliche

Gestalt am oder im Wasser mit der Herrin vom See assoziieren, wenn er nur Bilder kennt, auf denen ihr Arm aus dem Wasser ragt und ein Schwert emporhält? Könnte es nicht sein, dass er etwas anderes gesehen hat, etwas Abstrakteres als eine Frau?"

„Und an was denkst du?"

„Vielleicht einen Gegenstand im Wasser? Oder …" In diesem Moment kam Harriet ein furchtbarer Gedanke. „Mein Gott, John!", rief sie. „Was, wenn er einen Arm gesehen hat?" Sie griff nach Johns Hand, denn sie spürte wieder das Unheimliche dieses Ortes. War Alasdair Benwick im Wasser umgekommen? Hatte der kleine Gally den Arm des Toten gesehen und in seiner kindlichen Fantasie eine Brücke zu der Szene geschlagen, die sie gerade betrachteten?

„Es ist gut, Harriet", flüsterte John und nahm sie in den Arm. „Das würde jedenfalls seine Angst vor der Dame oder besser gesagt der Szene erklären."

„Der arme Junge", sagte Harriet mitfühlend. Ihre Panikattacke war vorüber. „Wenn er tatsächlich Alasdair Benwicks Leiche gesehen hat, hätten wir endlich einen Anhaltspunkt und könnten gezielt nach ihr suchen, nicht wahr?"

„Es ist keine schöne Vorstellung, aber so sieht es wohl aus. Doch zunächst werde ich morgen früh mit Gally sprechen und versuchen, ihm ganz behutsam sein Geheimnis zu entlocken. Wenn es dir nichts ausmacht, werde ich Holmes bitten, mich zu begleiten, denn Sir Galahad scheint ‚Sir Perceval' zu bewundern. Das könnte helfen, sein Vertrauen zu gewinnen. Aber jetzt lass uns gehen! Ich muss noch ein Journal lesen, das ich in Alasdair Benwicks Versteck gefunden habe. Oder besser, du liest es! Es wird dich auf andere Gedanken bringen. Außerdem scheint mir, dass sich mein detektivischer Spürsinn schon zur Ruhe gelegt hat. Ich habe Kopfschmerzen."

„Und womit wirst du diese Schmerzen bekämpfen, Sherlock?", fragte Harriet und lächelte. „Morphium oder Kokain?"

„Schlaf", antwortete John bestimmt. „Die Drogen überlasse ich meinem Kollegen aus der Baker Street."

Er löschte das Licht und sie gingen auf ihr Zimmer. Das Journal blieb ungelesen.

KAPITEL 28
Excalibur

Am nächsten Morgen machten sich Stableford und Holmes nach dem Frühstück zum Cottage von Miss Carstairs auf. Um zehn Uhr waren sie wieder mit Harriet und Penelope verabredet, die sich in den Drawing Room zurückgezogen hatten, um in der Zwischenzeit das Journal aus Alasdair Benwicks Aktenordner zu lesen.

Es regnete leicht und die beiden Männer hatten gut die Hälfte des Weges geschafft, als Holmes das Schweigen brach.

„Halten Sie es für möglich, dass Jennifer Benwick etwas mit der Sache zu tun hat?“, fragte er.

„Mit welcher Sache?“

„Nun, mit dem vermuteten Mord an ihrem Gatten oder der langsamen Vergiftung seines Bruders. Beides könnte ja durchaus zusammenhängen, nicht wahr?“

„Das könnte es in der Tat“, antwortete Stableford vorsichtig. „Ich würde sie zumindest nicht vorzeitig aus dem Kreis der Verdächtigen entlassen wollen. Sie war anwesend, als Benwicks erste Frau starb, als ausgebildete Krankenschwester sollte sie sich zumindest rudimentär mit Giften auskennen und sie hätte ein starkes Motiv.“

„Sie meinen Geld? Daran habe ich nämlich auch schon gedacht. Ich nehme an, sie erbt ein beträchtliches Vermögen und müsste nichts davon abgeben, wenn auch Adrian Benwick zu Tode kommen würde. Natürlich abgesehen von den Anteilen der beiden Söhne.“

„Bei Letzteren bin ich mir gar nicht so sicher. Ich kenne mich mit den juristischen Feinheiten nicht aus, aber ich denke, dass Alasdair Benwick Lancelot längst enterbt hat, um ihn ohne die Aussicht auf finanzielle Mittel in Brigadun halten zu können. So hätte er auch keine Angst um sein eigenes Leben haben müssen, zumindest nicht von dieser Seite. Und ich vermute, dass sich seine Aufgeräumtheit am Tag seines Verschwindens damit erklären lässt, dass er diesen Schachzug bei Gavin wiederholen wollte. Immerhin sprachen Bree und Gavin offen davon, Brigadun zu verlassen. Denken Sie außerdem an Adrian Benwicks ersten Brief. Darin deutete er an, dass sein Bruder seine Anwälte in Glasgow in einer Vermögensangelegenheit aufsuchen wollte. Aber warum fragen Sie?"

„Nun, weil mich die Dame irritiert. Heute Morgen am Frühstückstisch wurden wir ja alle Zeugen, wie die zarte Knospe ihrer Liebe zu Lancelot aufblühte. Die beiden lachten und gackerten über ihren Eiern, als ob sie sie selbst gelegt hätten. Sie wirkt so arglos, aber das Verschwinden ihres Gatten scheint sie nicht weiter zu stören. Und ihre Ansichten! Sie glaubt an alles: Geister, Feen, platonische Liebe, unsterbliche Leidenschaft, weibliche Intuition, Wahrsager, die Kraft vierblättriger Kleeblätter ... Und haben Sie sie heute Morgen von Lancelot schwärmen hören? Er ‚kennt die Namen der Sterne', ‚weiß, welche Kräuter heilen' und ‚tanzt wie ein junger Gott'."

„Ich habe es gehört und mich beim Blick aus dem Fenster gefragt, ob er vielleicht sogar den Regentanz beherrscht."

Holmes lachte. „Sie wirkt so unwirklich wie eine Märchenfee, wie, wie ..."

„Die Herrin vom See?", warf Stableford ein.

Holmes stutzte. „Sie meinen doch nicht, dass Gally ...?"

„Warten wir es ab! Mit etwas Glück werden Sie gleich eine Antwort bekommen. Ich denke, es ist besser, wenn Sie allein mit ihm reden. Er hat einen Narren an Ihnen gefressen und wird von Ritter zu Ritter vielleicht offener über seine Begegnung mit der Herrin vom See sprechen."

Sie hatten das Cottage erreicht und Stableford klopfte an die Tür, die praktisch sofort geöffnet wurde.

„Oh, Sie sind es", sagte Miss Carstairs überrascht, aber nicht unfreundlich. „Kommen Sie doch bitte herein, Mr Blake! Und Sie sind dann wohl ‚Sir Perceval', wie ich annehme?"

Holmes nickte und die beiden Männer traten ein.

„Hallo, Miss Carstairs", sagte Stableford erleichtert, denn er war sich nicht sicher gewesen, wie sie auf ihren Besuch reagieren würde. „Ich habe Dr Haynes mitgebracht, damit sich Gally von seiner Unversehrtheit überzeugen kann. Er ist tatsächlich eben der ‚Sir Perceval', mit dem Ihr Sohn bei unserer Ankunft ein Duell ausgefochten und um dessen Sicherheit er sich gestern solche Sorgen gemacht hat."

„Dann wird er sich freuen, Sie wiederzusehen", sagte Miss Carstairs und rief: „Gally, du hast Besuch!" Als sie keine Antwort erhielt, wandte sie sich wieder an die beiden Männer: „Gehen Sie nur hinein, es ist gleich die erste Tür dort drüben!"

Holmes machte sich auf den Weg, doch Stableford blieb zurück.

„Darf ich Ihnen noch ein, zwei Fragen stellen, bevor ich Dr Haynes folge, Miss Carstairs?"

„Sie können es zumindest versuchen", sagte sie und lachte munter. „Bitte verzeihen Sie mir meinen furiengleichen Auftritt von gestern Morgen! Ich begrüße Ihre Anwesenheit in Brigadun sehr. Hier wird zu viel verschwiegen und vertuscht, um die Form zu wahren, die sich allein Alasdairs krankes Hirn ausgedacht hat. Die höfische ‚Gemeinschaft', von der Adrian so gerne spricht, wird in Wahrheit von Misstrauen und Angst beherrscht. Alasdair hat uns alle in der Hand, finanziell meine ich. Es ist bemerkenswert, wie sich dieses Gerüst aus Schein ohne Sein sogar nach seinem Verschwinden aufrechterhält. Es trägt sich mittlerweile wohl selbst. Aber was wollten Sie mich fragen, Mr Blake?"

„Nun, ich ...", begann Stableford und blickte sich Hilfe suchend im Zimmer um. Es war ihm unangenehm, aber er musste diese Frage ein für alle Mal klären.

„Oh, ich verstehe!", sagte Miss Carstairs und lachte. „Es ist Adrian."

„Wie bitte?"

„Sie wollten mich fragen, wer Gallys Vater ist, und ich sagte: ‚Adrian'. Zum Glück leben wir hier nicht wirklich im Mittelalter, nicht wahr? Adrian ist Gallys Vater, und ein guter obendrein. Wir wollen schon seit Jahren fort von hier und heiraten, aber uns fehlen die Mittel."

„Wusste Alasdair von Ihrer Absicht, Brigadun zu verlassen?"

„Wusste?", fragte Miss Carstairs überrascht. „Dann halten Sie ihn wirklich für tot? Adrian deutete so etwas an, aber ich habe ihm nicht geglaubt." Sie blickte zu Boden. „Nun", sagte sie nach einer Weile, „so schrecklich sein Tod auch sein mag – ich sehe ihn in unserer Situation vor allem als Chance für eine gemeinsame Zukunft."

„Gewiss. Ist Adrians Vaterschaft in Brigadun denn allgemein bekannt?", fragte Stableford fast beiläufig.

Miss Carstairs sah ihn ungläubig an. „Natürlich. So etwas lässt sich ja nicht verheimlichen. Unsere Beziehung wird stillschweigend akzeptiert und anfangs war selbst Alasdair Gally sehr zugeneigt. Aber vor etwa zwei Jahren änderte sich das schlagartig. Seitdem nennt er ihn in meiner Abwesenheit schwachsinnig und dumm und behandelt ihn schlecht. Gally ist ein guter Junge und hat eine reine Seele. Er hält Alasdairs Abneigung für ein ritterliches Gebaren und verehrt ihn bis heute. Für ihn ist Alasdair eine echte Artusfigur."

„Vor ungefähr zwei Jahren war Gally sehr krank, nicht wahr? Wissen Sie, was er hatte?"

„Nein", antwortete Miss Carstairs ernst. „Alasdair und er zeigten die gleichen Symptome: Kopfschmerzen, Erbrechen, Durchfall, Fieber – die Liste ist endlos. Einige sprachen von einer Lebensmittelvergiftung, andere vom Fluch der Zimmer, die die beiden während des Ausbaus der oberen Etage im Herrenhaus renovierten. Wir waren machtlos, da Alasdair selbst in seinem erbärmlichen Zustand jeden Arztbesuch verbot. Es war schrecklich."

„Stimmt es, dass Adrian zu dieser Zeit in London war?"

„Ja. Er besuchte die Mutter von Alasdairs erster Frau. Die beiden Brüder hatten deswegen einen großen Streit. Aber wie kommen Sie darauf?"

„Mr Ponsonby erzählte es mir. Hat Ihnen Adrian jemals den Grund für diesen Streit genannt?"

„Daran kann ich mich nicht erinnern. Aber ich vermute, dass Alasdair mit seiner ersten Ehe abgeschlossen hatte und Adrians Kontakt zu seiner früheren Schwiegermutter als Respektlosigkeit gegenüber Jennifer empfand."

„Ich danke Ihnen!", sagte Stableford.

Im selben Moment kam Holmes aus Gallys Zimmer. „Ihr Sohn hat mir gerade erzählt, wie er der Herrin vom See begegnet ist", erklärte er ernst. „Das Ganze hat ihn doch ziemlich mitgenommen. Ich schlage vor, dass wir ihn jetzt in Ruhe lassen."

„Sie wissen, was er gesehen hat?", fragte Miss Carstairs ungläubig.

„Nun, ich weiß zumindest, was er glaubt, gesehen

zu haben, nämlich die Herrin vom See oder zumindest ihren Arm. Als er mir die Szene schilderte, kam allerdings heraus, dass er eigentlich nur das Schwert Excalibur erkennen konnte, denn es regnete stark und es war auch schon ziemlich dunkel. Das Schwert ragte ein Stück aus dem Wasser. Es war übrigens am Abend des Tages, an dem Alasdair Benwick verschwand. Und wissen Sie, wo sich das Ganze zugetragen haben soll?"

„Am Ufer des Dubh Lochan in der Nähe des ersten Grüns", antwortete Stableford abwesend.

„Müssen Sie mir denn jede Pointe verderben?", schimpfte Holmes.

„Es tut mir leid. Sprach er tatsächlich vom ‚Schwert Excalibur' oder haben Sie das ‚Schwert' gerade von sich aus hinzugefügt?"

„Wie bitte?"

„Sagte er, er habe das ‚Schwert Excalibur' gesehen, oder sprach er nur von ‚Excalibur'?"

„Hm, er sagte nur ‚Excalibur'. Aber ich weiß beim besten Willen nicht, worauf Sie hinauswollen. Man kann Tee oder eine Tasse Tee trinken, nicht wahr? Wo ist da der Unterschied?"

„Man kann den Tee aber auch aus einem Becher trinken", mischte sich Miss Carstairs ein, die das Gespräch bis dahin amüsiert verfolgt hatte. „Mr Blakes Frage mag Ihnen pedantisch vorkommen, aber ich nehme an, dass er eine Vermutung hat, was Gally gesehen haben könnte."

„Richtig. Lancelot sprach gestern von den ‚Hiebwaffen' seines Vaters und meinte damit seine Golfschläger. Ich frage mich nun, ob Mr Benwick seine Schläger selbst so bezeichnete und ihnen vielleicht sogar individuelle Namen gegeben hat. Unter Golfern ist das ja nicht unüblich."

„Da werde ich Ihr Buch wohl doch noch lesen müssen, Mr Blake", sagte Miss Carstairs beeindruckt. „Ich hielt Sie für einen Autor, dessen Detektiv sich unter die zweitklassigen Ermittler einreiht. Das war nicht zuletzt Ihrem plakativen Namen geschuldet – ich nehme an, ein Pseudonym. Aber Sie haben mich eines Besseren belehrt. Tatsächlich sprach Alasdair immer von seinen Hiebwaffen, und seinen Putter nannte er liebevoll Excalibur, weil er magische Kräfte habe, wie er sagte."

„Ausgezeichnet!", rief Stableford. „Damit haben Sie den ersten Teil des Rätsels um sein Verschwinden gelöst, Miss Carstairs. Haben Sie eine Badehose dabei, Dr Haynes?"

Sichtlich verwirrt blieb Holmes ihm eine Antwort schuldig, doch Stableford störte sich nicht daran. Sie verabschiedeten sich von Miss Carstairs und machten sich auf den Weg zurück zur Brennerei.

„Würde es Ihnen etwas ausmachen, mir Ihre Gedankengänge der letzten zehn Minuten zu erklären?", fragte Holmes, nachdem sie ein paar Schritte gegangen waren. „Woher wussten Sie, wo Gally das Schwert – oder was auch immer es war – gesehen hat, und wie kamen Sie nach diesem Geistesblitz auf Alasdair Benwicks Golfschläger?"

„Ich wusste es nicht, aber ich habe es seit unserer Golfrunde gestern Morgen geahnt. Erinnern Sie sich, wie Gally bei der Suche nach Ihrem Ball in der Nähe des ersten Grüns einen recht neuen North British fand?"

Holmes nickte. „Sicher. Er war ziemlich überrascht und sagte, dass nur Sir Alasdair Golfbälle dieser Marke spiele."

„Ganz genau. Zwei Punkte kamen mir an dieser Geschichte merkwürdig vor: zum einen Gallys Reaktion selbst. Wir wissen, dass er regelmäßig für Alasdair Benwick als Caddie fungierte, und man könnte doch annehmen, dass er sich daran erinnert hätte, wenn er an dieser Stelle vor nicht allzu langer Zeit vergeblich einen Ball gesucht hätte. Doch für Gally kam dieser Fund völlig überraschend."

„Verstehe", sagte Holmes. „Und was war der andere Punkt?"

„Der Ort, an dem er den Ball fand. Adrian Benwick ist ein überdurchschnittlicher Golfer, aber in seinem ersten Brief beschrieb er seinen Bruder als einen wahren Könner. Wie konnte dieser nun seinen Abschlag vom ersten Tee dermaßen weit verziehen? Durch all diese Überlegungen kam ich zu drei Schlussfolgerungen: Erstens – Gallys Reaktion deutet darauf hin, dass Alasdair Benwick allein spielte, als er den Ball verschlug. Zweitens – er hat den Abschlag verzogen, weil er während seines Schlags von etwas oder jemandem gestört wurde. Drittens – er kam nicht mehr dazu, seinen Ball zu suchen."

„Weil er auf dem Weg zum Grün ermordet wurde", vollendete Holmes den Gedankengang. „Natürlich!"

„Nicht wahr? Als Sie nun erzählten, dass Gally ‚Excalibur' am Abend des Tages gesehen hat, an dem Alasdair Benwick verschwand, erinnerte ich mich an die Erwähnung seiner ‚Hiebwaffen'. Nehmen wir nun einmal an, dass ihm jemand an dem Morgen auf den Golfplatz folgte und die beiden am ersten Grün in einen Streit gerieten, in dessen Verlauf Benwick zu Tode kam. Wo würde der Täter die Leiche schnell verschwinden lassen können?"

„Im See am ersten Grün", sagte Holmes.

„Genau! Und sicherlich hat er Benwicks Golfschläger auf die gleiche Art entsorgt und sich dann davongemacht, so schnell er konnte, also ohne sich noch einmal umzudrehen. Haben Sie die Felsbrocken bemerkt, die nahe am Ufer dicht unter der Wasseroberfläche sichtbar sind? Ich denke, dass sich die Golftasche zwischen diesen Steinen verfangen hat und ein Schläger aus dem Wasser ragte. Den hat Gally am Abend vermutlich gesehen, bevor die Tasche schließlich versank."

„Mein Gott, Stableford! Gally hat mir das Geheimnis schon in seinem selbst gemalten Bild verraten. Es stellt nicht zwei Ritter im Schwertkampf dar, sondern zwei Golfspieler mit ihren Schlägern. Und die Herrin vom See steht im Wasser und streckt Excalibur empor."

„Ganz richtig: Excalibur, Alasdair Benwicks magischen Putter."

„Und das Fahrrad?", fragte Holmes.

„Das hatte Benwick wahrscheinlich auf dem Weg zum Loch Laidon abgestellt, um noch schnell eine Runde Golf zu spielen, bevor er weiterfuhr. Ich nehme an, dass der Täter es dort fand, aber nicht noch einmal zum Tatort zurückkehren wollte. Deshalb entschied er sich spontan dafür, das Rad am Westhang zu verstecken, statt es ebenfalls in den Schwarzen See zu werfen. Ich frage mich nur, wo Benwicks Reisetasche geblieben ist."

KAPITEL 29
Unser bestes Zimmer

„Und, habt ihr das Rätsel der Herrin vom See lösen können?", fragte Penelope, als John und Percy den Drawing Room betraten.

„Oh ja", antwortete Holmes aufgeräumt. „Wir werden der Dame heute Mittag einen Besuch abstatten. Es wird eine ziemlich feuchte Angelegenheit werden, denn unser Meisterdetektiv ist sich ziemlich sicher, dass wir ihrem Geheimnis nur durch ein Bad im Dubh Lochan auf die Spur kommen können."

Die beiden Männer setzten sich zu Penelope und Harriet an den Kamin und John berichtete in knappen Worten von ihren Erlebnissen bei Miss Carstairs und dem Gespräch, das sie auf dem Rückweg geführt hatten. Dann fragte er, was die Lektüre der alten Ausgabe des Chamber's Journal ergeben hatte, die er am Abend zuvor gefunden hatte.

„Nun, ich glaube, wir sind da tatsächlich auf etwas gestoßen", antwortete Harriet wie elektrisiert. „Der erste Artikel nahm uns mit auf eine Reise zu archaischen Katakomben am oberen Nil. Wir dachten zunächst, es gäbe einen Bezug zu den Ausgrabungen hier in Brigadun, aber diese Spur erwies sich als Sackgasse, wie Stanford Blake vermutlich sagen würde."

„Als Engländer würde er wohl eher eine Redewendung aus der Jägersprache benutzen", entgegnete John amüsiert.

„Auch gut. Dann nennen wir es eine falsche Fährte! Das passt übrigens auch zum zweiten Artikel, einer sehr ausführlichen Würdigung von Sir Philip Sidney. Doch schließlich folgte eine Kurzgeschichte, von der wir glauben, dass sie von großer Bedeutung sein könnte. Sie trägt den Titel ‚Unser bestes Zimmer' und erzählt, wie ein reicher Adliger versucht, seinen Besitz gegen den rechtmäßigen Erben, seinen verwaisten Neffen, zu verteidigen. Er mietet in einer verlassenen Gegend ein altes Haus an, von dem die Einheimischen behaupten, dass es darin spukt. Dann stellt er einen arglosen Hauslehrer ein und schickt ihm den Jungen. Er hat extra für ihn ein luxuriöses Zimmer herrichten lassen – mit prächtigen Tapeten, samtenen Vorhängen und dicken Teppichen, alles nach der Mode der Zeit in einem satten Smaragdgrün. Der Adlige besteht darauf, dass der Neffe dort einzieht. Der gehorcht und erkrankt kurze Zeit später."

„Jetzt wird es interessant", bemerkte Percy und rieb sich die Hände.

„Der ansässige Landarzt kann dem Jungen nicht helfen", fuhr Harriet fort. „Die Einheimischen glauben, dass der Fluch, der auf dem Haus liegt, für seinen Zustand verantwortlich ist. Der verschlechtert sich rapide, und so ruft der verzweifelte Hauslehrer ohne Wissen des Onkels einen berühmten Arzt aus London herbei. Dieser untersucht den Jungen und diagnostiziert eine akute Arsenvergiftung, die von der grünen Farbe der Tapeten, Vorhänge und Teppiche herrührt. Als er hört, dass der Onkel explizit darauf bestand, den Jungen in diesem Zimmer unterzubringen, vergleicht er ihn mit den Borgias und der Giftmörderin Marquise de Brinvilliers. Der Junge wird sofort in ein anderes Zimmer gebracht, erholt sich langsam und tritt sein Erbe an. Der Onkel entzieht sich der Justiz durch eine Flucht ins Ausland."

„Wir glauben nun", ergriff Penelope das Wort, „dass Alasdair Benwick vor etwa zwei Jahren fast einem ähnlichen Anschlag zum Opfer gefallen wäre, hätte ihm nicht der Ausbau des Herrenhauses und der daraus resultierende Umzug in ein anderes Zimmer das Leben gerettet. Genug Arsen für solch eine verschlagene Tat haben wir ja in dem Fass gefunden."

„Dann hat er also auch seine früheren Räumlichkeiten nicht mit Mrs Benwick geteilt?", fragte John.

„Nein. Jen kam auf der Suche nach ihrem Nähzeug kurz herein und wir fragten sie, wie die Räume im oberen Stockwerk vor dem Umbau aufgeteilt waren", erklärte Harriet. „Sie erzählte uns unter anderem, dass sie und ihr Mann schon seit vielen Jahren getrennte Zimmer bewohnen."

„Wir denken jedenfalls, dass Alasdair Benwick diese Geschichte und den Brief seiner ersten Frau als Rückversicherung in seinem Versteck aufbewahrt hat", übernahm Penelope wieder. „Würde ihm etwas zustoßen, sollte die Polizei den Aktenordner finden und so auf die Spur des Täters kommen."

„Aber warum ist er nicht gleich zur Polizei gegangen?", fragte Percy verwundert. „Ein Fingerzeig aus dem Jenseits ist sicher sehr theatralisch, aber mit einer Anzeige hätte er sich doch aktiv schützen können. Und wie passt der Abschiedsbrief des jungen Soldaten zu euren Überlegungen?"

„Vielleicht gab es nach den Umbau- und Renovierungsarbeiten keine konkreten Beweise mehr für das Verbrechen", antwortete Harriet. „Oder er hatte nicht mehr als einen Verdacht. Aber über den Abschiedsbrief haben wir uns auch gewundert. Wie dem auch sei – nach allem, was wir wissen, gibt es nur einen Hauptverdächtigen. Denn selbst wenn man deiner Theorie glaubt, John, dass Dr Goodyear und Gautier verwandt waren, kann es der Doktor nicht gewesen sein. Er kam erst vor zwei Jahren hierher, doch wenn unsere Annahme stimmt, muss Alasdair Benwicks altes Zimmer schon lange vorher mit dem Gift präpariert worden sein. Der einzige Verdächtige ist also aus unserer Sicht Adrian Benwick. Er hatte die Möglichkeit und vielleicht auch ein Motiv."

„Da bin ich aber gespannt", sagte John skeptisch.

Harriet blickte zur Tür und fuhr leise fort: „Immerhin hat er seinen Bruder mit dessen erster Frau betrogen und ist der Vater von Lancelot und Gavin! Ich fragte Jen vorhin auch beiläufig nach Melissa Gordon-Fox. Etwas überrascht erzählte sie uns, dass Henriettas Schwester vor knapp drei Jahren gestorben ist. Der Nachlassverwalter schickte die Briefe, die Henrietta an Melissa geschrieben hatte, an Alasdair Benwick. Vermutlich wusste er nicht, dass dieser in der Zwischenzeit wieder geheiratet hatte."

„Wir nehmen nun an", flüsterte Penelope, „dass Alasdair Adrian kurz nach dem Erhalt der Briefe zur Rede stellte und ihm vielleicht nahelegte, Brigadun zu verlassen. Doch Adrian ist mittellos und hat, wie wir nun mit Sicherheit wissen, sogar eine Familie, für die er ohne die Unterstützung seines Bruders nicht sorgen kann. Vielleicht haderte er mit seinem Schicksal und kam dann irgendwann zu dem Schluss, dass nicht er, sondern Alasdair Brigadun verlassen solle. Deshalb präparierte er das Zimmer seines Bruders mit Arsen. Als es 1935 relativ spontan zu den Umbauarbeiten kam, drohte ihm die Entdeckung. Er verreiste und wartete aus sicherer Entfernung ab, ob Alasdair das Arsen finden und ihm so auf die Schliche kommen würde. Als er nichts hörte, kehrte er zurück."

„Eine gute Geschichte", sagte Percy beeindruckt. „Aber wie passt Gallys Krankheit dazu?"

„Er hat bei den Umbauarbeiten geholfen, sich möglicherweise viel in Alasdair Benwicks altem Zimmer aufgehalten und ist dabei mit dem Arsen in Kontakt gekommen", erklärte Harriet.

„Aber wieso sollte Adrian dann zwei Jahre warten, bis er seinen Bruder auf eine ganz andere Art umbringt?", fragte John. „Und warum hat er ausgerechnet jetzt zugeschlagen?"

„Nun, vielleicht hat ihn Alasdair erneut aufgefordert, Brigadun zu verlassen", antwortete Penelope. „Und wir sollten auch bedenken, dass es ihm nicht gut geht. Könnte es nicht sein, dass ihn der übermäßige Umgang mit dem Arsen so geschwächt hat, dass er glaubte, handeln zu müssen, solange er dazu noch in der Lage ist?"

John stand auf und ging vor dem Kamin auf und ab. „Ich gebe zu, dass die Geschichte aus dem Chamber's Journal ein vielversprechender Hinweis sein kann. Aber warum hat uns Adrian Benwick dann überhaupt hierher eingeladen? Um sich als besorgter Bruder zu präsentieren und den Verdacht von sich abzulenken? Das wäre doch ziemlich riskant."

„Vorausgesetzt, er hält dich tatsächlich für einen so großen Detektiv, wie er es in seinem Brief angedeutet hat", antwortete Harriet ernst. „Aber was, wenn das nur ein Mittel war, um dich nach Schottland zu locken? Vielleicht glaubte er, dich manipulieren und für seine Version der Geschichte um seinen verschwundenen Bruder benutzen zu können."

„Nicht sehr charmant, aber durchaus möglich", gab John zu und grinste. „Dennoch meine ich, wir sollten ihn nicht vorschnell verdächtigen. Wir wissen doch nicht einmal, ob er überhaupt von Henriettas Brief und seiner Vaterschaft Kenntnis hat. Du hast es gestern Abend selbst auf den Punkt gebracht, Harriet: Wir haben einfach zu viele Puzzleteile, die nicht zusammenpassen. Ich denke, es ist Zeit, Fakten zu schaffen. Holmes und ich werden jetzt ein Bad im Dubh Lochan nehmen. Mit etwas Glück finden wir dort Alasdair Benwicks Leiche und wissen dann möglicherweise in ein paar Stunden auch, wie er zu Tode gekommen ist."

Mit etwas Glück? Harriet wunderte sich über Johns Wortwahl. Im Wasser nach einer Leiche zu tauchen hatte für sie wenig mit einem Glücksversprechen zu tun. Sie schüttelte sich bei der Vorstellung, dort unten einem toten Körper zu begegnen.

Penelope wirkte dagegen sehr gefasst. „Müsste er denn nicht längst wieder aufgetaucht sein?", fragte sie.

„Nicht unbedingt, Hattie", antwortete Percy und streckte seine langen Glieder. „Das ist von der Bildung der Fäulnisgase abhängig. Ich mag es, wenn du die Nase krausziehst, aber du hast gefragt. Normalerweise gehen Leichen im Wasser unter und sinken bis auf den Grund. In flachen Gewässern tauchen sie während der Sommermonate durch die rasche Gasbildung manchmal schon nach ein paar Tagen wieder auf. In tiefen Gewässern mit niedrigen Temperaturen entwickeln sich diese Gase jedoch kaum, sodass der Auftrieb nicht ausreicht und die Leiche am Grund liegen bleibt. Der Dubh Lochan ist sicherlich eiskalt. Ob er tief ist, werden wir bald erfahren." Er stand auf und griff nach der Flasche Whisky, die auf dem Tischchen neben dem Sofa stand. „Die Grundausstattung zur Ersten Hilfe", sagte er düster, während er John zur Tür folgte.

„Sie wird zu spät kommen", entgegnete John trocken.

„Sie ist für uns, mein Freund. Vertrauen Sie mir, ich bin Arzt!"

KAPITEL 30
Carte blanche

„Mit langen Hosen gefallen Sie mir besser“, bemerkte Holmes, nachdem sich auch Stableford bis auf die Unterhose ausgezogen hatte. „Ich selbst komme mir wie Lord Greystoke vor.“ Er trommelte mit beiden Fäusten gegen seine hagere Brust und imitierte den Tarzan-Ruf.

„Man wird Sie für das Questentier halten“, bemerkte Stableford und lachte. „Wussten Sie, dass dieser palindromische Ruf eine Erfindung des Kinos ist? Burroughs schreibt in seinen Büchern lediglich vom ‚Siegesgeschrei eines männlichen Affen‘.“

„Autsch! Aber ich werde diese Bemerkung nicht persönlich nehmen. Darwinistisch betrachtet sind wir ja enge Verwandte. Sind Sie bereit für eine Wasserleiche aus der Ordnung der Primaten?“

„Ehrlich gesagt, nein“, gab Stableford zu. „Doch ich sehe keine andere Möglichkeit, in diesem Fall weiterzukommen. Mir ist klar, dass unser Vorgehen gegen das Gesetz verstößt, aber ich befürchte, dass die örtliche Polizei den See nicht aufgrund einer Kinderzeichnung absuchen wird.“

„Da haben Sie wohl recht“, entgegnete Holmes nachdenklich. „Ich kann Ihnen jedoch versichern, dass wir nicht gegen das Gesetz verstoßen werden, denn ich habe mir vor unserer Abreise von meiner Abteilung eine Carte blanche ausstellen lassen.“

„Sie sprechen vom …?“

„Gewiss. Ich hatte Ihnen ja bereits bei unserem ersten gemeinsamen Abenteuer in Cornwall von meiner Tätigkeit für den Britischen Geheimdienst erzählt. Haben Sie mein Angebot einer Zusammenarbeit eigentlich jemals in Betracht gezogen?"

„Öfter, als Sie annehmen", sagte Stableford. „Ich trage Ihre Karte stets bei mir. Aber was hat Sie zu diesem Schritt veranlasst und warum hat Ihnen der Inlandsgeheimdienst diese uneingeschränkte Handlungsvollmacht so einfach ausgestellt?"

„Nun, ich kenne Sie eben und ich war mir sicher, dass Sie dem Geheimnis von Benwick Castle auf die Spur kommen würden. Nach unserem letzten Erlebnis mit der Polizei erschien es mir sinnvoll, ein Dokument parat zu haben, das uns über jede Verdächtigung erhaben macht."

„Ich verstehe."

„Der zweite Teil Ihrer Frage ist schwieriger zu beantworten. Ich müsste Sie umbringen, nachdem ich Ihnen den Beweggrund des Inlandsgeheimdienstes geschildert habe. Es sei denn …"

„Ja?"

„Sie versprechen mir hier und jetzt, mich nach unserer Rückkehr nach London an einem Freitagnachmittag in meinem Büro im War Office zu besuchen. Was meinen Sie?"

Stableford dachte nach. Holmes' Angebot war immer noch so reizvoll wie vor einem Jahr, aber er hatte gute Gründe, den Kontakt zum Geheimdienst zu vermeiden. Er war während seiner Kriegsgefangenschaft Kompromisse mit dem Feind eingegangen, die man ihm böswillig oder auch nur oberflächlich als Verrat auslegen konnte. Sollte er es dennoch wagen?

„Einverstanden", hörte er sich sagen und erschrak fast ein wenig über den entschlossenen Ton seiner Stimme.

„Ausgezeichnet!", rief Holmes und klatschte in die

Hände. „Haben Sie schon einmal von einer Organisation namens British Banner gehört?"

„Nein."

„Das dachte ich mir. Es handelt sich um eine geheime Organisation, die Angehörige des britischen Adels und reiche Industrielle anwirbt und mit mythologischen Versprechungen in ihren Bann zieht. Ihr vordergründiges Ziel ist die Errichtung eines mächtigen Britanniens, das seine demokratischen Wurzeln durchtrennt, um von den selbst ernannten Eliten des Landes in ein neues goldenes Zeitalter geführt zu werden."

„In eine Art ‚gute Diktatur'?", fragte Stableford ungläubig.

„Ganz recht, aber denken Sie nicht gleich an einen Philosophenstaat im Sinne Platons! Die angeworbenen Eliten sind nur Marionetten. Im Hintergrund bereiten die wahren Strippenzieher eine Revolution vor und liebäugeln dabei mit den Entwicklungen im Deutschen Reich. Und an dieser Stelle kommen wir ins Spiel: Der Inlandsgeheimdienst Seiner Majestät hält die Gefahr, die vom British Banner ausgeht, für gering. Er befürchtet jedoch, dass die Organisation von deutschen Spionen infiltriert wird, und es gibt Hinweise, dass diese Spione über Schottland auf unsere Insel kommen. Sie lachen?"

„Ich musste nur gerade an Buchans ‚Neununddreißig Stufen' denken."

„Ah. Nun ja, manchmal liegen Dichtung und Wahrheit eng beieinander. Als ich jedenfalls meinem Vorgesetzten von unserem Reiseziel erzählte, wurde er hellhörig. Alasdair Benwick steht nämlich auf einer geheimen Liste von möglichen Zielpersonen für das British Banner. Nicht zu Unrecht nach allem, was wir mittlerweile von ihm wissen, meinen Sie nicht?"

„Absolut“, stimmte Stableford zu. „Er ist reich, exzentrisch und genau die Art von Träumer, die auf das Gerede von einem neuen Britannien anspringen würde.“

„Genau. Als ich seinen Namen nannte, war die Ausstellung der Carte blanche nur noch eine Formsache“, erklärte Holmes, dann setzte er unvermittelt hinzu: „Mir ist kalt.“

Stableford sah an sich herunter und musste lachen. „Ich bin froh, dass man uns vom Haus aus nicht sehen kann. Wollen wir unser Vorhaben nun also in die Tat umsetzen?“

KAPITEL 31
Die Leiche

Die beiden Männer tasteten sich langsam über die Felsbrocken am Ufer vor und standen bald prustend und schnaufend bis zur Brust im eiskalten Wasser. Nach wenigen Minuten hatte Holmes die Golftasche gefunden. Sie war, wie Stableford vermutet hatte, dicht am Grün zwischen den Steinen versunken. Holmes zog sie vorsichtig an die Wasseroberfläche. Der Putter ragte halb heraus.

„Da haben Sie Gallys Excalibur", presste Holmes zwischen den Zähnen hervor. „Und wie gehen wir jetzt weiter vor?"

„Wir tauchen nach der Leiche", antwortete Stableford, der in der Zwischenzeit ein Stück hinausgeschwommen war. „Sehen kann man unter Wasser praktisch nichts, wir müssen uns also am Boden entlangtasten."

Holmes brachte die Golftasche ans Ufer und folgte dann Stableford. Die beiden holten tief Luft und tauchten unter. Nach einer knappen viertel Stunde berührte Stableford am Boden des Sees eine Hand. Von plötzlicher Panik ergriffen schluckte er Wasser und schwamm an die Oberfläche. Hustend wartete er, bis auch Holmes aufgetaucht war, dann machten sie sich gemeinsam daran, den Leichnam zu bergen.

Als sie ihn schließlich ans Ufer gezogen hatten, offenbarte sich ihnen ein schreckliches Bild. Vor ihnen lag ein Mann etwa Ende fünfzig, der einen Tweedanzug trug. Er musste Alasdair Benwick sein, denn die Ähnlichkeit mit seinem Bruder war auch im Tode noch unverkennbar. Seine Haut war blaugrau und von dunkelgrauen Flecken übersät, die Holmes als Algenrasen bezeichnete. Bis auf den leicht aufgeblähten Bauch war der Tote schlank. Seine trüben Augen, die einmal blau gewesen sein mussten, starrten blind in den Himmel. Wo sich einst seine Stirn befunden hatte, war jetzt der Schädelknochen sichtbar.

„Mein Gott!", sagte Stableford. „Wer kann ihm das angetan haben?"

„Das Wasser, der Grund und die Zeit", antwortete Holmes lakonisch. „Diese Verletzung ist postmortal entstanden. Sie kennen doch sicher die Redewendung ‚Steter Tropfen höhlt den Stein'. Wasserleichen treiben durch die Bewegung des Wassers am Boden umher, meist in Bauchlage: Der Kopf und die Gliedmaßen hängen herab und berühren den Grund. So entstehen Schleifspuren. Wenn Sie sich seine Hände ansehen, werden Sie neben der Waschhaut an den Fingern ähnliche Abschürfungen an den Handrücken finden. Die kaputten Hosenbeine an seinen Knien und die abgeriebenen Stellen an den Spitzen seiner Brogues haben übrigens den gleichen Grund. Die Strömung hier im See muss erheblich sein. Ich nehme an, dass es unterhalb der Wasseroberfläche einen Abfluss zum Loch Laidon gibt. Ach, ich hätte die Rechtsmedizin wählen sollen. Die Dinge sind im Vergleich zu psychischen Problemen so klar und folgerichtig."

„Und warum haben Sie sich für die Psychiatrie entschieden?", fragte Stableford, der gegen die Übelkeit ankämpfte.

„Ich mag keine Leichen", antwortete Holmes und nahm einen kräftigen Schluck aus der Whiskyflasche. „Hier, trinken Sie, ist sozusagen vom Arzt verordnet!"

Stableford gehorchte und genoss das wärmende Gefühl in der Magengegend. Sie zogen sich an, rauchten eine von Holmes' Zigaretten und wandten sich dann wieder der Leiche zu.

Holmes öffnete die Jacke und das Hemd des Toten

und fuhr zurück. „Grundgütiger! Sehen Sie sich das an!“

Unwillkürlich musste Stableford an die Ermordung Julius Cäsars denken. Alasdair Benwicks Oberkörper war zwischen dem letzten Rippenbogen und der Höhe des Nabels mit Stichwunden übersät. Sie zählten elf Einstiche, die allesamt fast parallel zur Längsachse des Körpers verliefen. Holmes kniete sich neben den Toten, um die Wunden genauer zu betrachten, und konstatierte wenig später, dass die Waffe eine zweischneidige Klinge haben müsse und alle Stiche fast exakt in einem 90-Grad-Winkel zum Körper ausgeführt wurden.

„Wie kommen Sie zu diesen Schlüssen?“, fragte Stableford.

„Nun, die Länge der Hautdurchtrennung ist bei allen Stichen in etwa identisch. Das heißt, dass sie senkrecht ausgeführt wurden und es zwischen dem Einstich und dem Herausziehen der Waffe praktisch keine Relativbewegung des Körpers gab. Wären ihm die Stiche aus verschiedenen Winkeln beigebracht worden, etwa in einem Kampf, wären die Einstiche mal länger und mal kürzer, da das Herausziehen der Waffe manche Schnitte vergrößert hätte.“

„Das klingt plausibel“, sagte Stableford. „Und woher wissen Sie, dass es sich um eine zweischneidige Klinge handelt?“

„Das erkennt man an den scharfen Wundwinkeln, die auf beiden Seiten spitz zulaufen. Bei einem normalen Messer gäbe es dieses Stichbild nur auf der Seite mit der Schneide, während der Messerrücken einen rechteckigen Wundwinkel hinterlassen würde.“ Holmes betrachtete die Hände des Toten und tastete dann dessen Jackenärmel ab. „Das ist wirklich merkwürdig.“

„Was denn?"

„Ich finde keine Abwehrverletzungen, weder an seinen Händen noch an den Unterarmen. Er scheint sich praktisch nicht gewehrt zu haben, was ungewöhnlich ist, wenn man auf diese Weise attackiert wird. Außer ... Helfen Sie mir, ihm Jacke und Hemd auszuziehen und ihn umzudrehen!"

Als sie den Toten auf den Bauch gedreht hatten, setzte Holmes seine Untersuchung fort.

„Das hatte ich vermutet", sagte er triumphierend. „Er wurde von hinten niedergestochen und schwer oder sogar tödlich verletzt. Wie Sie sehen, gibt es hier nur einen Einstich, aber er liegt in etwa auf Herzhöhe und wurde mit gewaltiger Wucht beigebracht. Die leicht bräunliche Hautverfärbung um die Wunde deutet auf das Auftreffen eines Heftes hin. Es ist bemerkenswert, wie konservierend kaltes Wasser wirkt, aber wir sollten ihn schnell an einen trockenen und abgelegenen Ort schaffen, denn die Verwesung schreitet bei geborgenen Wasserleichen sehr schnell voran. Prägen Sie sich die Wunden also genau ein, denn in ein paar Stunden werden Sie den Toten kaum wiedererkennen! Was halten Sie übrigens von den Verletzungen? Die elf longitudinalen Einstiche unterhalb der Brust wirken auf mich fast rituell."

„Longitudinal?", fragte Stableford irritiert.

„Nun, die Klinge wurde grundsätzlich parallel zur Longitudinale, also der Längsachse des Körpers geführt – der Wirbelsäule, wenn Sie so wollen. Die einzige Ausnahme bildet die Wunde auf seinem Rücken, die parallel zur Querachse, also transversal, verläuft."

„Ich verstehe. Aber wie kommen Sie auf die Idee eines Ritualmordes?"

„Wahrscheinlich habe ich einfach zu viele Abenteuerfilme gesehen. Aber stellen Sie sich doch einmal folgende

Szene vor: Alasdair Benwick wird auf dem Golfplatz von hinten niedergestochen. Kurze Zeit später betreten elf Gestalten das Grün des ersten Lochs und vollziehen an ihm einen gemeinschaftlichen rituellen Mord. Jeder sticht einmal zu – vielleicht mit einem orientalischen Dolch – und gibt die Waffe dann an den Nächsten weiter. Haben wir in Brigadun nicht sogar elf potenzielle Täter, wenn man Gally einmal ausnimmt? Was halten Sie davon, das wäre doch eine prächtige Idee für Ihren zweiten Roman, nicht wahr?"

Stableford musste lachen und schämte sich angesichts des Toten dafür. „So etwas Ähnliches gibt es schon, auch wenn sich der Tatort deutlich von diesem hier unterscheidet. Ich kann Ihnen das Buch der berühmten Dame gerne einmal ausleihen. Aber zurück zu unserem Toten: Glauben Sie, dass es sich bei der Tatwaffe tatsächlich um einen Dolch handelt?"

„Wenn es, um mit Shelley zu sprechen, nicht der messerscharfe Verstand des Angreifers war, der diese Wunden schlug, dann handelt es sich definitiv um eine zweischneidige Waffe. Es kann ein Dolch sein, ein Brieföffner, ein Degen oder ..." Holmes stutzte. „Oder ein Schwert, womit wir wieder bei der Geschichte von Excalibur wären. Vielleicht hat sich Benwick auf diesem Grün mit einem anderen Ritter duelliert. Genug davon gibt es ja hier in Brigadun, nicht wahr? Allerdings wäre er bei dem Trefferbild auf seiner Brust wohl der langsamste und damit schlechteste Fechter des Königreiches gewesen."

„Was halten Sie von einem Robbins-Dudley-Stoßdolch?", fragte plötzlich jemand hinter ihnen.

Die beiden Männer fuhren erschrocken herum. Vor ihnen stand Major Nesbit, Bella an der Leine neben sich. Er betrachtete den Toten ohne jede Gefühlsregung.

„Sie haben ihn also gefunden. Ich gratuliere, Mr Blake! Bitte entschuldigen Sie, dass ich mich so herangeschlichen habe, das ist wohl eine alte Gewohnheit aus Kriegszeiten. Die klare Luft unserer Highlands trägt Stimmen sehr weit und ich konnte Dr Haynes' Ausführungen schon aus der Ferne folgen. Für mich klingt die Beschreibung der Einstiche nach einem Grabendolch."

„Er hat recht", sagte Holmes zu Stableford. „Ich kann mich an diese Waffe erinnern. Sie hatte eine Art Pistolengriff und darüber einen Metallbügel – wie bei einem Schlagring. Am oberen Ende befand sich eine etwa vier Inch lange zweischneidige Stahlklinge, und zwar in einem Neunzig-Grad-Winkel zum Griff. Die frontale Stoßrichtung dieser Waffe korrespondiert durchaus mit den sauberen Einstichen bei unserer Leiche."

„Sie haben ein ausgezeichnetes Gedächtnis, Dr Haynes", bemerkte Nesbit anerkennend. „Der Stoß mit diesem Dolch wurde wie ein Faustschlag ausgeführt. Im Grabenkampf war er von großem Nutzen und gerade für diejenigen Soldaten hilfreich, die im Messerkampf ungeübt waren. Allerdings wurde die Bewegungsfreiheit durch den abgewinkelten Griff ziemlich eingeschränkt."

„Wenn ich Sie richtig verstehe, lässt die Verwendung dieser Waffe keine Rückschlüsse darauf zu, ob es sich beim Täter um einen Links- oder Rechtshänder handelt. Das ist ungünstig. Aber ist es denn überhaupt möglich, dass sich ein solcher Dolch hier in Brigadun befindet?", fragte Stableford skeptisch.

„Möglich?" Nesbit lachte laut auf. „Fragen Sie lieber, wer hier keinen Robbins-Dudley besitzt! Der Squire – ich meine Alasdair – verteilte diese Dolche in der Nacht vor dem legendären Grabenüberfall an seine ‚treuen Gefährten', wie er uns gerne nannte. Es war sein persönliches

Geschenk an uns, denn damals gehörten diese Dolche nicht zur Grundausstattung und mussten von den Soldaten gekauft werden, wenn sie nicht mit ihren abgezogenen Bajonetten in den Graben springen wollten. Er hatte ‚Carnwennan' in Großbuchstaben in die Klingen eingravieren lassen und übergab sie uns feierlich, bevor wir aufbrachen."

„Carnwennan?", fragte Holmes.

„So wird König Artus' Dolch in einer Waliser Überlieferung genannt", antwortete Stableford nachdenklich. „Es bedeutet so viel wie ‚weißer Dolch', und wenn ich mich richtig erinnere, sagte man dieser Waffe magische Kräfte nach. Sie soll ihren Träger unsichtbar gemacht haben."

„Genau so ist es! Es war ein frommer Wunsch für unsere Grabenüberfälle und eine höfische Geste an uns Todgeweihte."

„Hatte er selbst auch so einen Dolch?"

„Ja", sagte Nesbit. „Und ich kann Ihnen meinen gerne zeigen. Er liegt in einer Kiste in meinem Schlafzimmer, zusammen mit anderen nutzlosen Dingen aus einer längst vergangenen Zeit. Sie können aber auch zu Rodgers oder Ponsonby gehen, denn die werden Ihnen ihre Exemplare sicherlich auch zeigen können."

„Vier Dolche!", rief Holmes. „Das ist doch nun wirklich ein wenig zu dramatisch."

„Dennoch passt es sehr gut zu dieser Kulisse", erwiderte Stableford und rezitierte:

„Ist das ein Dolch, was ich vor mir erblicke,
Der Griff mir zugekehrt? Komm, lass dich packen –
Ich fass' dich nicht, und doch seh' ich dich immer.
Bist du, Unglücksgebild, so fühlbar nicht
Der Hand, gleich wie dem Aug'? Oder bist du nur

Ein Dolch der Einbildung, ein nichtig Phantom,
Das aus dem heiß gequälten Hirn erwächst?
Ich seh' dich noch, so greifbar von Gestalt
Wie der, den jetzt ich zücke.
Du gehst mir vor den Weg, den ich will schreiten,
Und solch ein Werkzeug wollt ich auch gebrauchen."

„Wie kommen Sie denn jetzt auf Shakespeare?", fragte Holmes irritiert.

„Sie haben die ‚schottische Gleichung' doch selbst ins Spiel gebracht, als wir uns von Colonel Carruthers trennten. Wenn ich mich richtig erinnere, verglichen Sie Alasdair Benwick mit Duncan und fragten dann, wer unser Macbeth sei. Nun haben Sie die passende Leiche zu Ihrer Tragödie, und was passt besser zu Shakespeare als ein paar Dolche? Denken Sie nur an Julia, an Cäsar und eben an Macbeth, wie er dem Dolch der Einbildung in Duncans Schlafgemach folgt und einen Königsmord begeht!"

„Königsmord?", mischte sich Nesbit ein. „Das ist gut, wirklich ausgezeichnet!" Er wandte sich zum Gehen. „Ich werde Ihnen meinen Dolch heute Abend vorbeibringen. Passt Ihnen sieben Uhr?"

„Ja", antwortete Stableford. „Und sagen Sie bitte auch den Ponsonbys und Miss Carstairs Bescheid! Es ist von größter Wichtigkeit, dass sich heute Abend um sieben alle Bewohner von Brigadun im Drawing Room der Brennerei einfinden. Mr Ponsonby soll seinen Dolch bitte ebenfalls mitbringen."

„Ich werde es dem Prediger ausrichten und auch Adrian informieren. Er ist heute bei Miss Emily und kehrt in der Regel erst zum Dinner ins Haupthaus zurück. Soll Gally auch an dem Treffen teilnehmen?"

„Nein, das sollte ihm erspart bleiben. Er hat genug durchgemacht und braucht sicher keine weiteren Details über Mr Benwicks Ableben zu erfahren."

„Also gut, dann sehen wir uns um sieben. Komm, Bella!"

„Sie wissen, wer ihn umgebracht hat, nicht wahr?", fragte Holmes, als Nesbit außer Sichtweite war. „Ich erinnere mich an diesen Blick. Sie hatten ihn auch, als Sie uns in Cornwall mit der Wahrheit konfrontierten."

„Psst", machte Stableford. „Sie haben es doch gehört: Die klare Luft der Highlands trägt Stimmen sehr weit."

KAPITEL 32
Die Warnung

Als Stableford und Holmes gegen zwei Uhr nachmittags die Halle des Hauses betraten, trafen sie auf Rodgers und berichteten ihm von ihrer Entdeckung. Zu Stablefords Überraschung nahm er die Nachricht vom Tode Alasdair Benwicks ohne jede Gefühlsregung auf. Er schien fast ein wenig erleichtert und versprach, sich um die Unterbringung der Leiche an einem abgelegenen Ort innerhalb der Brennerei zu kümmern. Auf Stablefords Bitte hin versprach er, alle Bewohner von Benwick Castle über die Zusammenkunft um sieben Uhr im Drawing Room zu informieren. Dann machte er sich auf den Weg, um gemeinsam mit Mr Ponsonby die Leiche zu bergen.

„Sie haben es auch bemerkt, nicht wahr?", sagte Holmes, nachdem Rodgers die Tür hinter sich geschossen hatte.

„Die Verwandlung?"

„Ja. Der Mythos des großen Kriegers ist zerstört, sein Tod hat die unbedingte Gefolgschaft beendet. Rodgers wirkt wie befreit."

„In der Tat. Eine bemerkenswerte Wandlung: Aus dem treuen Soldaten scheint schlagartig ein selbstbestimmtes Individuum geworden zu sein." Stableford musste an Nesbits Anspielungen auf eine Abhängigkeit aus Schuld denken und fragte sich, ob sie tatsächlich der Wahrheit entsprachen.

Als er gerade im Begriff war, die Tür zum Drawing Room zu öffnen, in dem er Harriet und Penelope vermutete, hielt ihn Holmes zurück. Er bat ihn, für einen Moment mit auf sein Zimmer zu kommen, also gingen sie hinauf. Im Zimmer öffnete Holmes ohne ein weiteres

Wort den großen Kleiderschrank und zog seinen alten Armee-Revolver zwischen zwei Wolldecken hervor.

„Nehmen Sie den und seien Sie auf der Hut!", sagte er angespannt. „Nachdem ich meine These von Benwicks Flucht nun endgültig begraben musste, bleibt nur eine Möglichkeit übrig: Wir sind einem Mörder auf der Spur und Sie sind sein größter Feind, Stableford."

„Ah, Holmes, Sie haben die Fälle Ihres Namensvetters studiert. Nun, ich teile Ihre Ansicht, dass die Wahrheit – wie unwahrscheinlich sie auch sein mag – übrig bleibt, wenn das Unmögliche eliminiert ist."

„Und doch würde man eigentlich niemandem hier einen Mord zutrauen, nicht wahr? Aber einer von ihnen ist es gewesen."

„So ist es", bestätigte Stableford und steckte den Revolver in seine Jackentasche.

„Und Sie wissen, wer es war?"

„Ich habe eine Vermutung."

„Die Sie nicht mit mir teilen wollen?"

„Ganz richtig, mein lieber Holmes. Das ist das Problem mit uns Meisterdetektiven: Wir denken viel, aber reden wenig. Das gibt uns eine geheimnisvolle Aura und verstärkt den Enthüllungseffekt, wenn wir am Ende der Geschichte endlich den Mund aufmachen."

„Und es macht Sie zu einer Idealbesetzung für den Stummfilm, dessen Ära allerdings vorbei zu sein scheint. Nun gut, versprechen Sie mir wenigstens, vorsichtig zu sein. Ich habe nur einen Freund und würde ihn gern behalten. Schließlich habe ich Sie fest als meinen Trauzeugen eingeplant, falls ich jemals den Mut finde, Hattie um ihre Hand zu bitten."

„Sie wissen nicht genau, ob Penelope Ihre Gefühle erwidert? Geben Sie sich einen Ruck, Mann – und ihr ein

Zeichen! Sie wird sich nicht in Ihre Arme werfen, wenn sie nicht sicher sein kann, dass Sie sie auffangen werden."

„Da haben Sie recht. Aber lassen Sie uns später darüber sprechen. Denken Sie jetzt daran, dass die meisten Menschen als Schauspieler durch die Welt gehen. Ihre Gedanken sind die Meinungen anderer, ihre Leben leere, von Konventionen getragene Formen und ihre Leidenschaften Zitate aus Filmen und Büchern."

„Dann sollten wir dafür sorgen, dass unser Mörder aus der Rolle fällt, nicht wahr?"

„Gewiss. Nur seine Triebe sind originär. Folgen Sie den Trieben, Stableford, aber seien Sie vorsichtig! Es geht tief ins Unterbewusste, und der Weg ist dunkel und unübersichtlich. Irgendwann kommen Sie nur noch tastend voran – beziehungsweise abwärts. Und schließlich stehen Sie vor einer Tür und müssen sich entscheiden. Die Tür ist so alt wie die Menschheit selbst und wird aus guten Gründen verschlossen gehalten. Drehen Sie um, wenn Sie unsicher sind, jetzt ist noch Zeit. Wenn Sie sie öffnen, gibt es keinen Weg zurück. Dann stehen Sie vor der Fratze Ihres Mörders, ein Triebwesen, von allen Hüllen der Zivilisation entkleidet. Wenn es Sie erblickt, ist es zu spät, um umzukehren. Sie bedrohen seine Existenz und auf der Ebene der Triebe erfolgt daraus nur eine Reaktion."

„Und zwar?"

„Ein weiterer Mord. Sie suchen den Täter, aber er sucht auch Sie. Das Triebwesen muss Sie töten. Nehmen Sie es ihm nicht übel und schon gar nicht persönlich. Es hat nur ein Ziel – die Erhaltung seiner Existenz."

„Sie verstehen es, einem Mut zu machen, mein lieber Holmes! Ihre Patienten sind wirklich nicht zu beneiden."

Holmes lachte. „Die Hälfte von ihnen kommt, weil sie verheiratet ist, die andere Hälfte, weil sie es nicht ist.

Meine Klienten besuchen mich also stets als Darsteller ihrer brüchig gewordenen Ideale. Sie liegen, ich sitze, aber keiner von uns kommt auch nur in die Nähe der Tür, von der ich eben zu Ihnen sprach. Ich hoffe, ich habe Sie ein wenig beeindruckt und für die Gefahr, in der Sie sich befinden, sensibilisiert."

„Nun, ich war noch nie Trauzeuge", sagte Stableford mit gespielter Unbekümmertheit, „aber danke für den Revolver."

Sie verließen das Zimmer und gingen schweigend bis zum Treppenabsatz, wo Stableford plötzlich innehielt und Holmes um einen Moment Geduld bat. Kurz darauf stand er vor Adrian Benwicks Tür, öffnete sie vorsichtig und traute seinen Augen kaum.

KAPITEL 33
Eine schreckliche Entdeckung

Harriet und Penelope saßen im Drawing Room und unterhielten sich, als John und Percy hereinkamen.

„Da seid ihr ja endlich!", rief Harriet erleichtert. Sie hatte sich schon Sorgen gemacht. „Jen hat uns gerade Tee gebracht, aber ihr seht aus, als ob ihr ihn nötiger habt."

John nickte ihr dankbar zu und goss sich eine Tasse ein.

„Nun, es gibt Neuigkeiten", sagte Percy und nahm ein Stück Früchtekuchen, das ihm Penelope reichte. Dann berichtete er von ihrem Fund im Dubh Lochan.

Als er mit der Schilderung ihrer abenteuerlichen Bergung fertig war, ergriff John das Wort. „Ich habe alle Bewohner von Brigadun für sieben Uhr hierherbestellt", sagte er ernst. „Bis dahin möchte ich euch bitten, in Adrian Benwicks Zimmer nach Arsen zu suchen. Laut Major Nesbit ist er bei Miss Carstairs und wird euch nicht in die Quere kommen. Beschränkt euch bitte nicht auf die Suche nach Schachteln, Fläschchen und dergleichen, sondern schaut euch unvoreingenommen um. Ich könnte mir vorstellen, dass ihr so ein Teil des Rätsels lösen werdet."

„Und was machen Sie in der Zwischenzeit?", fragte Percy.

„Ich werde mich noch einmal in Alasdair Benwicks Zimmer umsehen und ein anderes Teil des Puzzles suchen. Mit etwas Glück passen später beide Teile zusammen."

Da ist er wieder, dachte Harriet beklommen, dieser metallische Schein in Johns Augen. Er muss dem Mörder dicht auf den Fersen sein.

Als sie sich vom Sofa erhob, stand John bereits an der Tür. Seine ganze Haltung verriet höchste Anspannung.

Die vier gingen gemeinsam die Treppe hinauf und den Flur entlang. An dessen Ende zögerte John kurz, sagte dann aber nur: „Viel Glück! Wir sehen uns um sieben im Drawing Room", und verschwand durch die linke der beiden Türen. Harriet, Penelope und Percy betraten das Zimmer auf der rechten Seite.

„Mein Gott!", rief Harriet. „Hier sieht es ja aus wie im ‚besten Zimmer' aus der Geschichte, die wir im Chamber's Journal gefunden haben!"

Zu ihrer Rechten befand sich ein großes Himmelbett mit kunstvoll drapierten grünen Stoffbahnen, daneben ein Kleiderschrank. Die beiden Fenster waren von dunkelgrünen Vorhängen eingerahmt. Dazwischen standen ein grüner Sessel und ein runder Tisch, auf dem einige Bücher lagen, teilweise aufgeschlagen. Die Mitte des Raumes nahm ein großer smaragdgrüner Teppich mit orientalischen Blütenmustern ein. Auch die Wände zierte eine blassgrüne Tapete mit Blumen- und Tiermotiven. Dafür gab es im ganzen Raum keine Bilder.

Harriet hörte ein Klopfen und sah sich um.

„Was tust du da, Percy?", fragte Penelope irritiert.

„Ich suche die Wände nach Geheimtüren oder versteckten Schränken ab."

„Du hast wirklich zu viele Schauerromane gelesen. Wir befinden uns in einer Brennerei aus dem neunzehnten Jahrhundert und du suchst nach elisabethanischen Geheimverstecken für katholische Priester?"

„Wenn du es so formulierst, klingt es albern, Hattie", sagte Percy pikiert. „Aber in Anbetracht der gespenstischen Vorgeschichte dieses Zimmers ist es eine durchaus nachvollziehbare Überlegung, wenn man wie ich nicht an Geister glaubt."

„Wie meinst du das?"

„Nun, ich erinnere mich an einen Fall, von dem ich gelesen habe: In einem alten Haus stand ein Gästezimmer im Ruf, regelmäßig von Gespenstern heimgesucht zu werden. Irgendwann stellte sich heraus, dass der Hausherr selbst für diese Spukgeschichten verantwortlich war. Hinter einer Wand des Zimmers führte ein Geheimgang von seinem Gemach in das der Kammerzofe. Die beiden unterhielten jahrelang eine rege nächtliche Beziehung, wenn du verstehst, was ich meine, und die im Gästezimmer einquartierten Besucher klagten häufig über unheimliche Geräusche und das helle Kichern eines weiblichen ‚Geistes'."

„Hm", sagte Penelope und setzte sich zu Harriet, die sich in der Zwischenzeit auf den Dielen niedergelassen hatte.

Percy klopfte unterdessen die Wände, Türen und den Boden des Kleiderschranks ab. Dann schaute er im Schrank und unter dem Bett nach.

„Und was suchst du nun?", fragte Penelope.

„Ein Behältnis für das Gift", erklärte Percy und setzte sich schließlich neben sie. „Aber warum sollte er es hier versteckt haben, wenn er nur zum Fass im Vorratsraum gehen muss, um sich Nachschub zu besorgen?"

Die beiden Frauen sahen sich an und brachen in Lachen aus.

„Percy, du Esel!", sagte Penelope liebevoll. „John hat nie an unsere Theorie geglaubt. Er bat uns, ‚unvoreingenommen' nach dem Gift zu suchen, und du klopfst fast eine Stunde lang eine grüne Tapete ab, suchst hinter grünen Stoffen nach Geheimtüren und sitzt jetzt neben einem grünen Teppich, ohne seinen Wink zu verstehen? Das ist ein starkes Stück, Dr Holmes!"

„Oh!" Percy errötete.

„Und was machen wir jetzt?", fragte Penelope. „Wir sitzen vielleicht mitten in einer smaragdgrünen viktorianischen Giftfalle. Es muss doch einen Weg geben, das Arsen in den Stoffen oder dem Papier der Tapete nachzuweisen."

„Ich kenne nur den Marsh-Test, aber dafür fehlen uns hier die Gerätschaften – von einem Chemiker ganz zu schweigen", sagte Percy müde.

Plötzlich fiel Harriet etwas ein. „Ammoniak!", rief sie.

„Arsen", berichtigte sie Percy.

„Ja sicher, aber Ammoniak könnte uns helfen, das Arsen indirekt nachzuweisen. Allerdings nur, wenn es sich um Stoffe handelt, die mit Pariser Grün eingefärbt wurden. Diese einst weit verbreitete arsenhaltige Farbe hat einen hohen Kupferanteil, der sich bei Zugabe von Ammoniak tiefblau verfärbt. Ich hatte das völlig vergessen, aber Penelopes Erwähnung der Tapete hat mich an Gilbert Adams erinnert."

„Und Mr Adams ist ...?", fragte Percy.

„Ein erfolgloser Londoner Künstler, der ein Atelier in Chelsea hatte. Ich saß eine Zeit lang für einen Maler Modell, mit dem er sich dieses Atelier teilte. Gilbert experimentierte damals mit großen Collagen, für die er auch alte Tapetenreste verwendete. Er kaufte sie von einem Trödler, der ihn vor dem möglichen Arsen darin warnte und ihm den Tipp gab, sie mit einem Tropfen Salmiakgeist auf ihre Giftigkeit hin zu überprüfen. Um sicherzugehen, dass er sich beim Hantieren mit den alten Tapeten nicht vergiftete, hatte Gilbert deshalb stets eine Flasche Salmiakgeist im Atelier. Es ist ein ganz einfacher Test. Aber wo bekommen wir hier eine Ammoniaklösung her?"

„Aus dem Vorratsraum, in dem wir das Arsenfass gefunden haben!", sagte Penelope aufgeregt. „Sutton's Compound Cream of Ammonia! Ich habe dort mehrere Flaschen dieses Haushaltsreinigers stehen sehen."

„Fantastisch!", rief Percy. „Ich werde gleich eine holen." Er erhob sich, verließ das Zimmer und kehrte wenig später mit einer Flasche zurück.

Harriet und Penelope waren inzwischen ebenfalls aufgestanden. Sie gingen zum Rand des Teppichs und Percy gab einen Tropfen der dicken weißen Flüssigkeit auf den Stoff.

„Reinigt und bringt die Farben von Teppichen wieder zum Leuchten", las er von der Flasche ab. „Das Zeug hält, was es verspricht: Das Grün hat an Intensität zugenommen."

„Also kein Arsen?", fragte Penelope enttäuscht.

„Zumindest nicht in einer Kupferverbindung", erklärte Harriet. „Wollen wir jetzt die Vorhänge an den Fenstern testen?"

Sie gaben einen Tropfen auf den Saum und warteten.

„Es wird blau!", rief Percy begeistert.

„Dann können wir davon ausgehen, dass sie mit einem arsenhaltigen Grün gefärbt wurden", sagte Harriet.

Als Nächstes überprüften sie die Tapete an einer Stelle hinter dem Kleiderschrank. Auch dort konnten sie eine tiefblaue Verfärbung feststellen.

„Und jetzt den Betthimmel!", schlug Penelope vor.

Percy hielt sich an einem Pfosten fest und stieg auf den Rahmen. „Kornblumenblau", bemerkte er nach einer Minute. „Wie kann eine so schöne Farbe nur etwas so Hässliches bedeuten?"

KAPITEL 34
Korrespondenzen

Stableford saß vor dem kleinen Rollladenschrank in Alasdair Benwicks Zimmer und las einen Zeitungsartikel, der aus dem Làir-Y-Logh-Ordner gefallen sein musste. Gerade hatte er ihn beim Durchsehen der anderen Akten auf dem untersten Regalboden gefunden. Es war eine Bekanntmachung der London Gazette von 1919.

> *Der König ist hocherfreut, in seiner unermesslichen Gnade Major Alasdair Benwick in den Stand eines Commander des hervorragenden Ritterordens des Britischen Empires zu erheben. Die Ernennung erfolgt für seine wertvollen und außerordentlichen Dienste im Zusammenhang mit dem Großen Krieg.*

Die Bleistiftnotiz, die etwa auf der Höhe des Wortes „Commander" stand, konnte kaum deutlicher sein: „Niemals!" Stableford faltete den Artikel zusammen und steckte ihn in die Innentasche seiner Jacke. Dann stutzte er kurz, schlug sich an die Stirn und dachte, dass Stanford Blake dieser Fehler wohl nicht passiert wäre. Nachdem er seine Pfeife entzündet hatte, öffnete er einen weiteren Aktenordner. Er enthielt mehrere Briefe. Stableford las:

Messrs Stevenson, Robertson & Soutar
Whisky-Distributeure, Glasgow
Glasgow, 14. Mai 1891

Sehr geehrter Herr,

aufgrund immer wiederkehrender Beschwerden unserer Klienten sehen wir uns genötigt, Ihren Highland-Whisky Làir-Y-Logh nun endgültig aus unserem Angebot zu nehmen. Das Wasser des Loch Laidon scheint für die Produktion nicht geeignet zu sein, da eine gleichbleibende Qualität offenbar nicht gegeben ist. Wir bedauern diesen Schritt außerordentlich.

Hochachtungsvoll
Donald Soutar
Direktor

Stableford blätterte weiter.

North British Railway
Glasgow, 24. Juni 1891

Sehr geehrter Herr,

mit diesem Schreiben bleibt mir die traurige Pflicht, Ihnen mitzuteilen, dass Ihr Antrag auf den Ausbau der Bedarfshaltestelle Gorton Halt zu einer Bahnstation mit Güterverlademöglichkeiten vom Komitee nun endgültig abschlägig beschieden wurde.

Im Wissen, dass dieser Bescheid die Wirtschaftlichkeit Ihrer Unternehmung gefährdet, da Ihnen die Beschaffenheit des Uferweges am Loch Laidon einen Abtransport Ihrer Güter nach Rannoch nahezu unmöglich macht, wünsche ich Ihnen dennoch viel Glück und Erfolg für Ihre weitere Tätigkeit.

Hochachtungsvoll
Peter McNamara
Sekretär

Stableford schloss den Ordner und lächelte zufrieden. Er hatte gefunden, wonach er gesucht hatte: zwei nüchtern gehaltene Geschäftsbriefe, die den wirtschaftlichen Niedergang der Brennerei in nuce erklärten. Gerade wollte er den Ordner zurückstellen, als ein Kuvert zu Boden glitt. Der Absender machte ihn neugierig, denn es handelte sich um ein Bankhaus. Er nahm den Brief aus dem Umschlag und las:

Milford & Barnes, Glasgow
Glasgow, 4. August 1891

Sehr geehrter Herr,

erlauben Sie mir zuerst, Ihnen mein tief empfundenes Beileid auszusprechen. Der Verlust eines geliebten Menschen und gerade der des eigenen Kindes ist tragisch und kaum zu ermessen. Auch meine Frau starb, wie Ihre Tochter, an einer Lungenentzündung. Das Klima unserer Highlands ist tückisch und der Tod pflückt hier im Norden oft die zartesten und schönsten Blumen lange vor ihrer Zeit. Beide sind jetzt in einer besseren Welt – daran glaube ich von ganzem Herzen.

Leider muss ich Ihnen mitteilen, dass Ihnen das Bankhaus Milford & Barnes keine weiteren Kredite bewilligen wird. Mein Vorgesetzter in London, Mr Gore-Browne, hat mir auf mein Nachfragen hin bestätigt, dass Sie seit einem Jahr im Zahlungsrückstand sind. Heute Mittag veranlasste er die Sperrung Ihrer Konten.

Hochachtungsvoll
Barnaby Wilson
Filialleiter

Stableford steckte den Brief in das Kuvert zurück und blies Rauchringe gegen die Decke. „Suggestion!“, sagte er plötzlich laut, stellte die Aktenordner zurück in das Schränkchen und schloss den Rollladen. „Ein teuflischer Plan, der fast aufgegangen wäre.“ Er blickte auf seine Armbanduhr – es war halb sieben.

KAPITEL 35
Eine Gespenstergeschichte

„Hier könnte übrigens durchaus mal wieder sauber gemacht werden", bemerkte Percy. „Auf dem Rand des Betthimmels liegt ein feiner weißer Staub. Es sieht fast so aus, als ob sich jemand nicht auf die Wirkung der Stoffe allein verlassen wollte und mit etwas reinem Arsen nachgeholfen hat. Immer wenn sich Adrian Benwick in seinem Bett umdreht, rieselt ein wenig Arsen herab. Diabolisch, nicht wahr?"

„Äußerst diabolisch", bestätigte Penelope. „Wenn es sich bei dem Staub tatsächlich um Arsen handelt, müssen wir wohl davon ausgehen, dass die Ansammlung giftiger Stoffe in diesem Zimmer kein tragischer Zufall ist, der sich aus Benwicks viktorianischem Geschmack erklärt."

„Und in diesem Fall kommt es unserem Täter entgegen, dass die Zimmer von den Bewohnern selbst gereinigt werden", überlegte Harriet. „Mr Benwick scheint es mit dem Staubwischen nicht allzu genau zu nehmen. Aber was bedeutet das alles? Hat ihm sein Bruder diesen Raum nach der Vorlage des ‚besten Zimmers' hergerichtet, um ihn auf diese Weise umzubringen, oder hat es tatsächlich ein anderer Bewohner Brigaduns auf beide Brüder abgesehen?"

„Fragen wir doch unseren Meisterdetektiv!", schlug Percy vor. „Wahrscheinlich sitzt er nebenan und betet."

„Warum sollte er denn ausgerechnet jetzt beten?", fragte Penelope verwundert.

Harriet musste lachen. „Ich denke, dass Percy auf seine Denkerpose anspielt. Immer wenn er angestrengt über etwas nachgrübelt, legt er die Handflächen zusammen und berührt mit den Fingerspitzen sein Kinn. Aber Percy hat ganz recht. Es ist kurz vor sieben und wir sollten ihn jetzt sowieso abholen, um ihm unsere Entdeckung noch vor der Zusammenkunft im Drawing Room mitteilen zu können."

„Dann sollten wir ihn nicht länger warten lassen", sagte Penelope.

Sie verließen den Raum, klopften an die Tür von Alasdair Benwicks Zimmer und traten ein. Vom Aschenbecher auf dem Schreibtisch stieg die feine Rauchfahne noch glühender Tabakreste auf, aber von John war nichts zu sehen. Sie beschlossen, wie verabredet in den Drawing Room zu gehen.

„Und wenn es nun doch einen Geheimgang zwischen den Zimmern gibt?", fragte Percy aufgeregt, als sie die Treppe hinunterliefen. „Wo soll er denn jetzt noch hingegangen sein? Es ist kurz nach sieben und sicherlich hat sich bereits der gesamte Hofstaat versammelt."

„Vielleicht ist John ja auch schon dort", versuchte Harriet ihn zu beruhigen.

„Aber wenn nicht, könntest du die Gesellschaft bei Laune halten, bis er kommt, Hattie", schlug Percy vor. „Frag sie doch reihum nach ihren Träumen der letzten Nacht und deute diese dann auf charmante Weise."

Penelope erwiderte nichts darauf. Inzwischen hatten sie den Drawing Room erreicht. Sie traten ein und Harriet sah Percys Befürchtung bestätigt: John war nicht anwesend. Stattdessen richteten sich elf Augenpaare erwartungsvoll auf die drei Neuankömmlinge. Die Stimmung schien angespannt zu sein.

Harriet schaute sich um. Im Sessel am Kamin saß Adrian Benwick. Miss Carstairs stand hinter ihm und hatte ihre

Hände auf seine Schultern gelegt. Am Kaminsims lehnte Dr Goodyear, der nervös mit seiner Pfeife spielte. Jen, Mrs Ponsonby und ihre Tochter Bree saßen auf dem Sofa. Auf dem flachen Couchtisch vor ihnen lagen vier Dolche. Lancelot und Gavin standen an der Hausbar neben dem Tisch mit dem Grammophon. Am Fenster daneben saßen Major Nesbit, Mr Ponsonby und Rodgers auf drei Stühlen, die wohl aus dem Speisesaal geholt worden waren.

„Nun", begann Percy zögernd, „ich sehe, dass Sie alle anwesend sind, und möchte mich dafür bedanken. Mr Blake wird sicherlich gleich zu uns stoßen. Wie Sie wahrscheinlich mittlerweile wissen, haben er und ich heute Mittag Alasdair Benwicks Leiche im Dubh Lochan gefunden. Bitte erlauben Sie mir, Ihnen allen und besonders natürlich seiner Familie unser tief empfundenes Beileid auszusprechen! Gott hat ihn zu sich gerufen ... ähm ... in seiner Gnade ..." Er verstummte und blickte Hilfe suchend zu Penelope.

Sie lächelte ihm aufmunternd zu.

Percy räusperte sich und schaute auf den Couchtisch. „Dolche", stammelte er. „Alle vier, sehr schön, sehr schön." Dann sah er zum Fenster hinüber.

Hoffentlich macht er keine Bemerkung über das Wetter, dachte Harriet.

Doch bevor Percy erneut etwas sagen konnte, rief Lancelot: „Grundgütiger! Ist das ein schlechter Scherz? Haben Sie uns hier zusammengerufen, um uns mit Gemeinplätzen zu bombardieren? Nehmen Sie einen Drink, Mann, und erzählen Sie uns endlich, was das alles zu bedeuten hat!" Er füllte eine großzügige Portion Whisky in ein Glas und reichte es Percy.

In diesem Moment trat John ein und entschuldigte sich

für die Verspätung. Er ging zu Percy, nahm ihm das Glas aus der Hand und leerte es in einem Zug.

„Wasserleichen", hörte Harriet ihn flüstern. „Sie haben weiß Gott nicht übertrieben, als Sie von der schnell fortschreitenden Verwesung sprachen. Haben Sie etwas in Adrian Benwicks Zimmer gefunden?"

„Weiße Pulverspuren auf dem Betthimmel", flüsterte Percy zurück. „Und dank Harriet haben wir Arsen in der Tapete und den Stoffen indirekt nachweisen können."

John nickte zufrieden, trat einen Schritt vor und wandte sich der Gesellschaft zu. „Ich nehme an, dass Ihnen Dr Haynes bereits von unserem Fund berichtet hat."

„Ja, und er sprach auch schon über die göttliche Gnade und zählte die Dolche auf dem Couchtisch durch", antwortete Lancelot angriffslustig. „Ich möchte Sie bitten, sofort auf den Punkt zu kommen, Mr Blake! Unsere Geduld ist in dieser schweren Stunde nicht unendlich strapazierbar."

„Nichts lieber als das", erwiderte John. „Zunächst jedoch möchte ich Ihnen sagen, was ich Ihnen heute Abend mitteilen werde und was nicht. Das erspart Ihnen allen die Enttäuschung falscher Erwartungen und nicht zuletzt einem von Ihnen – den Galgen."

Das letzte Wort zeigte Wirkung. Bree schrie auf, Jen schlug die Hände vors Gesicht und Dr Goodyears Pfeife fiel zu Boden, wo sie zerbrach.

„Ich habe also Ihre ungeteilte Aufmerksamkeit – das ist gut", fuhr John fort. „Wie Sie alle wissen, hat uns Mr Adrian Benwick nach Brigadun eingeladen, um den Verbleib seines Bruders aufzuklären. Dies haben wir getan. Alasdair Benwick wurde ermordet. Sie werden heute Abend jedoch nicht von mir erfahren, wer es getan hat. Ich glaube, es zu wissen, aber dieser Mord entzieht sich der irdischen

Gerichtsbarkeit, wenn Sie mir diese etwas theatralische Formulierung erlauben. Damit will ich natürlich nicht behaupten, dass der Mörder aus dem Jenseits zugeschlagen hat. Ich denke allerdings, dass wir es tatsächlich mit einer Art Geistergeschichte zu tun haben, nur dass sich der Geist indirekt durch die Hand eines Lebenden gerächt hat."

„Spricht er vom jungen Gautier?", flüsterte Percy Harriet ins Ohr.

Sie zuckte nur mit den Achseln, um nichts zu verpassen.

„Dafür werden wir heute Abend ein Leben retten", sagte John gerade. „Ja, Sie haben mich richtig verstanden, wir werden ein Leben retten, genauer gesagt, Ihr Leben, Mr Benwick." Adrian Benwick sah ihn verständnislos an. „Mein Leben?"

„Ganz recht. Bevor wir aber dazu kommen, möchte ich Sie bitten, uns nun endlich die Spukgeschichte zu erzählen, die sich um das von Ihnen bewohnte Zimmer rankt. Und bitte versuchen Sie, sie so wiederzugeben, wie Sie sie von den Einheimischen gehört haben!"

„Sie meinen jetzt? Denken Sie wirklich, dass dies der richtige Moment dafür ist?", fragte Adrian Benwick verwirrt.

„Ja, das tue ich, und ich kann Ihnen allen versichern, dass es dabei nicht um die Erzeugung einer unheimlichen Stimmung für meinen Auftritt geht."

„Also gut", begann Adrian Benwick. „Soweit ich mich erinnere, wurde die Brennerei um 1860 auf den Ruinen einer alten Festungsanlage errichtet. Die Farmer in der Umgebung sollen den Unternehmer schon damals gewarnt haben, dass dieses Fleckchen Erde verflucht sei. Man erzählte ihm von nächtlichen Irrlichtern und von einem Geist, der nachts in den Ruinen wandelte. Tatsächlich gab es schon in den ersten Jahren viele unerklärliche Vorkommnisse: Schritte auf dem Dachboden, Zimmer, die trotz unermüdlicher Befeuerung der Kamine eiskalt blieben, und ein Vorarbeiter berichtete von der Erscheinung einer jungen Frau, die immer wieder weinend und klagend zwischen den Brennblasen umherwandelte. An bestimmten Stellen in der Lagerhalle schlug der Whisky um und wurde ungenießbar. Die Gattin des Brennereibesitzers fühlte bald eine unbestimmbare Präsenz des Bösen und ließ in einem Zimmer des Hauses eine Kapelle einrichten, in der sie mehrmals am Tag gebetet haben soll. Um 1870 brachte diese fromme Frau ein Mädchen zur Welt. Es war der ganze Stolz seiner Eltern und bezog mit zwanzig, also etwa im Jahr 1890, die beiden Zimmer im ersten Stock des Westflügels."

„Also diejenigen, die Sie und Ihr Bruder seit dem Umbau des Hauses vor zwei Jahren bewohnen, nicht wahr?", unterbrach ihn John.

„So ist es. Alasdair hatte sie im Wissen um ihre tragische Vergangenheit stets verschlossen gehalten, doch der Zuzug von Lancelot und Dr Goodyear machte ihre Nutzung unumgänglich."

„Ich verstehe. Aber zurück zu Ihrer Geschichte: Was geschah weiter?"

„Nun, kurz nachdem sich die junge Frau in ihren neuen Räumlichkeiten eingerichtet hatte, befiel sie eine unerklärliche Krankheit. Sie klagte über Kopfschmerzen und war bald so schwach, dass sie ihr Bett kaum noch verlassen konnte. Die Ärzte standen vor einem Rätsel. Ihr Zustand verschlechterte sich zusehends und nur wenig später starb sie. In der Nacht vor ihrem Tod erzählte sie ihrem Vater im Fieber von einer unheimlichen Frau, die nachts durch ihr Zimmer ging. Etwa ein Jahr darauf wurden die Räume wieder geöffnet und als Gästezimmer genutzt. Doch viele der Gäste fühlten die unheimliche Präsenz ebenfalls und klagten am nächsten Morgen über Kopfschmerzen, sodass die Zimmer letztlich bis zur Aufgabe der Brennerei im Jahr 1892 versiegelt blieben."

„Kennen Sie den Grund für die Schließung?"

„Oh ja, sie kam einer Flucht gleich, denn weder die Besitzer noch die Angestellten wollten an einem Ort leben, an dem es spukte."

„Und haben Sie jemals diese unheimliche Anwesenheit in Ihrem Zimmer gespürt?", fragte John ernst.

„Seien Sie doch nicht albern, Mr Blake! Ich glaube genauso wenig an Gespenster wie Sie."

„Aber als wir uns gestern zum Golfspielen trafen, sagten Sie, dass Ihr Leiden am Morgen immer am schlimmsten sei, nicht wahr? Dieser Umstand korrespondiert doch durchaus mit den Erfahrungen der anderen Bewohner des Zimmers, von denen Sie gerade erzählten."

„Wollen Sie uns ernsthaft weismachen, dass Sie an diesen Hokuspokus glauben?", mischte sich Lancelot ein.

„Ganz und gar nicht, Mr Benwick. Es geht mir lediglich darum, der Genese dieser Spukgeschichte auf die Spur zu kommen", erklärte John und wandte sich dann an Jen: „Stimmt es, dass Sie Ihren Mann baten, die Zimmer verschlossen zu halten, als Sie vor dreizehn Jahren hierherzogen, Mrs Benwick?"

Jen blickte Hilfe suchend zu Lancelot, der ihr lächelnd zunickte. Harriet fragte sich, was das zu bedeuten hatte.

„Ja", antwortete Jen schließlich. „Allerdings verheimlichte mir Alasdair damals alles, was mit dem Spuk zu tun hatte. Er erzählte mir nur, dass die Tochter des Hauses in diesen Räumen verstorben war. Ich hielt das für ein schlechtes Omen und bat ihn darum, die Zimmer nicht zu nutzen."

„Sie hatten damals also noch nichts von dieser Gespenstergeschichte gehört?"

„Ich habe noch nie darüber nachgedacht, aber ich bin mir fast sicher, dass ich davon erst viel später erfahren habe."

„Gut", sagte John. „Dann habe ich noch eine Frage an Sie, Mr Benwick: Wer hat Ihnen die Spukgeschichte erzählt?"

„Mein Bruder", entgegnete Adrian Benwick nachdenklich. „Wir haben hier draußen ja praktisch keinen Kontakt zu den Einheimischen. Alasdair wurde dieses Ammenmärchen meines Wissens vom Verkäufer der Brennerei aufgetischt."

„Können Sie sich auch erinnern, wann Ihnen Ihr Bruder die Geschichte zum ersten Mal erzählt hat?"

Adrian Benwick dachte nach. „Nein, nicht genau. Als wir den Umbau des Hauses planten, war sie natürlich in aller Munde, aber wann ich sie zum ersten Mal gehört habe, kann ich Ihnen beim besten Willen nicht sagen."

„Dann möchte ich eine Vermutung äußern: Niemand von Ihnen kannte die Spukgeschichte, die uns Mr Benwick eben erzählt hat, vor 1935." John blickte sich um.

Keiner der Anwesenden schien ihm widersprechen zu wollen.

„Und niemand", fuhr er fort, „hat sie von einem Einheimischen gehört, nicht wahr?"

„Worauf wollen Sie hinaus, Mr Blake?", fragte Miss Carstairs.

„Darauf, dass wahrscheinlich kein Einheimischer jemals von dieser Geschichte gehört hat. Nur ihr Kern ist wahr: Eine junge Frau starb 1891 in diesem Haus, und zwar in einem der beiden Zimmer, die über Jahre verschlossen waren. Der Rest ist eine Erfindung Alasdair Benwicks und Teil seines Plans, seinen Bruder zu ermorden."

KAPITEL 36
Ein viktorianischer Mordversuch

„Alasdair wollte mich umbringen?", fragte Adrian ungläubig. „Wie kommen Sie denn auf diese absurde Idee?"

„Lassen Sie mich Ihnen zunächst noch eine weitere Frage stellen", sagte Stableford ruhig. „Ich habe mir erlaubt, meine Begleiter zu bitten, heute Nachmittag Ihr Zimmer zu inspizieren, und das taten sie. Ich selbst habe nur einen kurzen Blick hineingeworfen und beglückwünsche Sie zu Ihrem viktorianischen Geschmack. Haben Sie die Stoffe und Tapeten selbst ausgewählt?"

„Nein. Alasdair und ich fanden einige Rollen der Tapete und Stoffbahnen in einem Lagerraum der Brennerei. Mein Bruder war so begeistert vom Dekor des Papiers, dass er spontan vorschlug, beide Zimmer damit auszustatten. Ich wollte ihm diesen Wunsch nicht abschlagen, und so begannen Gally und er kurz darauf in meinem Zimmer mit den Tapezierarbeiten."

„Aber in seinem Zimmer gibt es doch gar keine Tapeten an den Wänden", mischte sich Harriet ein.

„Das stimmt, Mrs Blake. Als sie mit dem ersten Raum fertig waren, verschüttete Alasdair aus Versehen einen Eimer Farbe über die restlichen Rollen. Er trug es jedoch mit Fassung und ließ sein Zimmer einfach weiß streichen. Da er meinte, der grüne Stoff aus dem Lagerraum passe sehr gut zu meiner Tapete, ließ er Vorhänge und Bettdraperien daraus fertigen. Ich selbst war zu dieser Zeit in London und fand mein Zimmer fertig vor, als ich zurückkehrte."

„Sie sagten eben, er ließ sein Zimmer weiß streichen. Tat er das nicht selbst?"

„Nein, er und Gally erkrankten während der Renovierungsarbeiten in meinem Zimmer und konnten sich nicht weiter am Umbau beteiligen. Alasdair war bald wieder gesund, doch Gally erholte sich erst nach vielen Wochen. Aber, Herrgott, worauf wollen Sie eigentlich hinaus, Mr Blake?"

„Nun, die Antwort darauf ist nicht einfach, denn ich muss Ihnen eine Seite Ihres Bruders zeigen, die Sie nicht kennen und vielleicht auch nicht kennenlernen wollen. Die Erkrankungen, von denen Sie sprachen, waren unvermeidbar und Ihr Bruder nahm sie in Kauf. Ich vermute, dass er vor allem Gally tapezieren ließ. Wissen Sie etwas darüber, Miss Carstairs?"

„Das stimmt. Gally war sehr stolz auf seine selbstständige Arbeit. Er hat mir erzählt, dass er auf die Anordnung der Blumenmotive achtgeben musste. Alasdair hatte ihm gezeigt, wie man die Bahnen auf Stoß klebt, und ließ ihn dann oft allein arbeiten."

„Das dachte ich mir. Wollen Sie die Anwesenden kurz über die ‚Krankheit' aufklären, die die beiden damals vermutlich befallen hat, Dr Haynes?", fragte Stableford und sah zu Holmes hinüber.

„Natürlich. Gally und Alasdair Benwick litten mit ziemlicher Sicherheit an einer akuten Arsenvergiftung. Wir haben in Mr Adrian Benwicks Zimmer sowohl in der Tapete als auch in den Stoffen der Vorhänge und des Betthimmels mit einem indirekten Test Arsen nachgewiesen. Die Symptome, die beide Erkrankte laut Ihren Erzählungen zeigten, passen zu diesem Fund und erlauben eine solche nachträgliche Diagnose."

„Und ihre Vergiftung war kein Unfall, sondern einkalkuliert", ergänzte Stableford düster. „Alasdair Benwick wusste, dass die mit Pariser Grün gefärbten Stoffe und

Tapeten Arsen enthielten. Doch er konnte nicht das Risiko eingehen, jemand anderen das Zimmer seines Bruders herrichten zu lassen. Also nahm er in Kauf zu erkranken, benutzte aber vor allem den ahnungslosen Jungen, um den direkten Kontakt mit den giftigen Materialien für sich selbst möglichst gering zu halten."

„Dieser Hund!", rief Mrs Ponsonby außer sich.

„Wie konnte er meinem Gally das nur antun?", fragte Miss Carstairs tonlos.

„Nun, ich denke, er war es gewohnt, Menschen für seine Zwecke zu benutzen. Schon in seiner militärischen Laufbahn gibt es einige dunkle Hinweise darauf, dass er im Umgang mit seinen Untergebenen nicht selten die Dienstvorschriften ignorierte."

„So war es", sagte eine kräftige Stimme von der anderen Seite des Zimmers. Es war Rodgers. „Major Benwick war ein großer Krieger, aber ein skrupelloser Mensch, wenn es um die Erreichung seiner Ziele ging."

„Peter hat recht", sagte Mr Ponsonby und klopfte Rodgers auf die Schulter. „Und wir haben es alle viel zu lange geduldet. Aber wie konnte er diesen schrecklichen Plan umsetzen, ohne dass ihm einer von uns auf die Schliche gekommen ist?"

„Alasdair Benwick war ein Meister der Suggestion", erklärte Stableford. „Er brauchte eine Spukgeschichte, um es seinem Bruder unmöglich zu machen, das Zimmer wechseln zu wollen, als es ihm nach seinem Umzug langsam immer schlechter ging. In dieser künstlich aufgebauten Welt von Ritter- und Heldensagen hier in Brigadun hätte er sich dadurch einfach lächerlich gemacht. Also setzte Alasdair Benwick hier und da einen Stimulus und integrierte den Spukaspekt nach und nach in die Geschichte der Brennerei."

„Und die Tochter des früheren Besitzers?", fragte Bree. „Woran ist sie wirklich gestorben?"

„An einer Lungenentzündung", antwortete Stableford. „Brigadun wurde übrigens auch nicht fluchtartig verlassen, sondern ging durch verschiedene Rückschläge wirtschaftlich bankrott. Sie können das alles in den alten Papieren in Alasdair Benwicks Zimmer nachlesen. Einer der Gründe für den Ruin war die ungenügende Qualität des Whiskys, was wiederum erklärt, warum es hier zwischen 1892 und 1923 nicht zu nennenswerten Einbrüchen und Plünderungen kam. Auch in diesem Punkt zeigte Alasdair Benwick Geschick: Er führte den Umstand zurück auf die Angst der Einheimischen vor dem Fluch, der angeblich auf der Brennerei liegt."

„Und er beeinflusste uns einfach, indem er die Fakten in seinem Sinn uminterpretierte?", fragte Adrian Benwick sichtlich schockiert.

„Die Suggestion kennt viele Techniken, Mr Benwick. Manche Menschen kann man durch eine klare Ansprache dazu bewegen, etwas Bestimmtes zu tun, bei anderen muss man nur das Gegenteil behaupten, um den gewünschten Effekt zu erzielen. Die hohe Kunst ist jedoch die der Andeutung, die dem Angesprochenen das Gefühl gibt, eine Entscheidung selbst getroffen oder etwas selbst gehört, gesehen beziehungsweise gefühlt zu haben. Diese Technik verwendete Ihr Bruder in Bezug auf die Spukgeschichte – offenbar sehr erfolgreich."

„Das ist ja alles sehr interessant, aber warum sollte mein Vater meinen Onkel ermorden wollen?", fragte Lancelot ungehalten.

„Das müssen Sie Ihren Onkel schon selbst fragen. Ich will Ihnen dazu nur so viel sagen: Vor knapp drei Jahren erhielt Ihr Vater Briefe aus dem Nachlass Ihrer verstorbenen Tante, Miss Gordon-Fox, die Ihre Mutter geschrieben hatte. Einer dieser Briefe erschütterte das Weltbild Ihres Vaters und machte Ihren Onkel auf einen Schlag zu seinem größten Feind. Ich werde den besagten Brief nachher Ihrem Onkel übergeben. Was er damit macht, bleibt ganz und gar ihm überlassen."

„Mein Gott!", sagte Adrian Benwick. Er war kreidebleich geworden. „Hat sie ...?"

„Sie werden überrascht sein. Aber lassen Sie mich diesen Teil der Geschichte noch beenden! Im anstehenden Umbau des Hauses sah Ihr Bruder endlich die Chance gekommen, seinen Racheplan umzusetzen. Inspiriert wurde er von einer Geschichte, die er in einem alten Journal gefunden hatte. Sie handelt, kurz gesagt, von einem reichen Mann, der einen Erben umbringen will, indem er sein Zimmer mit arsenhaltigen Teppichen und Tapeten präpariert. In der Geschichte misslingt dieser Plan, weil ein herbeigerufener Arzt das Gift entdeckt und dem Täter auf die Schliche kommt. Da Ihr Bruder hier in Brigadun jedoch eine Art Bannspruch gegen jede Form von ärztlicher Hilfe ausgerufen hatte, war eine Entdeckung der Übeltat eher unwahrscheinlich. Ob er die Tapete und den Stoff für Ihr Zimmer wirklich im Lagerraum entdeckt oder aus alten Restbeständen zusammengekauft hat, kann ich nicht beurteilen. Zumindest konnte er sich nach der Renovierung Ihres Zimmers aus eigener schmerzhafter Erfahrung sicher sein, eine ‚gute' Wahl getroffen zu haben."

„Aber war das nicht ein sehr aufwendiger und auch für ihn gefährlicher Racheplan?", fragte Nesbit skeptisch.

„Sicher, doch der ganze Aufwand hatte einen nachvollziehbaren Zweck: Mr Adrian Benwicks Tod musste natürlich aussehen, und er wäre nicht das erste Opfer einer Arsenvergiftung geworden, bei dem man fälschlicherweise postmortal eine akute Gastritis diagnostiziert hätte. Sein Bruder wollte kein Gerede in Brigadun und musste alles tun, um weitere Unruhe in seinem sowieso schon fragilen Hofstaat zu vermeiden. Ich nehme an, dass die sinnlose Suche nach dem Questentier und die anstrengende Arbeit auf dem Ausgrabungsfeld bereits für genug Unmut unter seinen ‚treusten Gefährten' gesorgt hatten. Dazu kam die Rückkehr von Lancelot, die nicht aus freien Stücken erfolgte, wie er uns erzählte, und nicht zu vergessen – Ihre Anwesenheit, Dr Goodyear."

„Was hat denn meine Anwesenheit damit zu tun?"

„Nun, auch Sie waren in gewisser Weise Alasdair Benwicks Gefangener, aber dazu komme ich später. Selbst ein Meister der Suggestion wie er konnte nicht gleichzeitig mit allen Schicksalen jonglieren und ein Gewaltverbrechen hätte seine ‚Gemeinschaft' schwer erschüttert. Das hätte seine selbst gewählte Lebensaufgabe schnell unmöglich machen können."

„Seine Lebensaufgabe?", fragte Gavin überrascht.

„Wollen Sie Mr Benwick darauf antworten, Dr Goodyear? Ich habe Ihren Brief kurz vor unserer Zusammenkunft in Alasdair Benwicks Jacke gefunden. Er war ins Innenfutter eingenäht und noch ziemlich gut lesbar. Ich nehme an, dass es dieser Brief war, den Sie seit seiner Abwesenheit so unermüdlich in seinem Zimmer suchen."

„Sie haben ihn?"

„Ich hatte ihn, doch ich habe mir erlaubt, ihn zu verbrennen. Alasdair Benwick hat Sie damit erpresst und dazu gezwungen, hier in Brigadun die Ausgrabungsarbeiten zu leiten, nicht wahr?"

„So ist es, Mr Blake", sagte Dr Goodyear. „Ich hatte es wohl meinem Buch ‚Arthur, King of Scotland' zu verdanken, dass mich Alasdair nach Brigadun einlud. Er köderte mich mit kryptischen Bemerkungen über seine Entdeckung des ‚wahren Camelot' und einen sensationellen Hinweis auf das ‚größte Geheimnis der Menschheitsgeschichte'. Ich folgte seiner Einladung und war zunächst wirklich überrascht. Er schien ein ernst zu nehmender Privatgelehrter zu sein. Bald zeigte er mir die Ringsiedlung am Hang der Brennerei und bat mich dann um einen Brief, ein Dokument, in dem ich ihm die Entdeckung Camelots bestätigen sollte. Natürlich weigerte ich mich zunächst, doch er bestand darauf und wollte mir seine noch viel bedeutendere Entdeckung erst nach dem Erhalt dieses Schreibens zeigen. Ich war neugierig, stimmte schließlich zu, schrieb den Brief und hoffte, ihn bald wieder in meinen Besitz bringen zu können. Das war vor über zwei Jahren."

„Dieses Schreiben hätte wohl tatsächlich Ihre Reputation als Wissenschaftler vernichtet", sagte Stableford. „Wollen Sie uns erzählen, worauf Alasdair Benwick anspielte, als er zu Ihnen vom größten Geheimnis der Menschheitsgeschichte sprach?"

Dr Goodyear seufzte. „Nachdem er meinen Brief gelesen hatte, steckte er ihn ein und schrieb dann ‚LÀIR-Y-LOGH' auf ein Stück Papier. Er sah mich mit leuchtenden Augen an und erklärte mir, dass die Buchstaben in einer anderen Reihenfolge die Worte HOLY GRAIL ergeben würden. Dies und das sonderbare Röhren eines Hirsches verstand er als himmlische Zeichen und bot mir an, hier in Brigadun gemeinsam mit ihm nach dem Heiligen Gral zu suchen. Ich war fassungslos. Für einen Namen, den ein verwirrter Geist als Anagramm deutete, hatte ich diesem Mann meine Seele verkauft. Aber Mr Blake hat ganz recht: Man könnte die Suche nach dem Gral durchaus als Alasdairs Lebensaufgabe bezeichnen."

„Ich danke Ihnen für Ihre offenen Worte, Dr Goodyear", sagte Stableford anerkennend. „Wie es dann weiterging, können Sie sich inzwischen sicherlich denken: Alasdair Benwick schuf mithilfe des ahnungslosen Gally die perfekte viktorianische Todesfalle. Er präparierte das Zimmer seines Bruders und wartete ab. Ich nehme an, dass es einige Wochen dauerte, bis bei Ihnen die ersten Symptome einer Vergiftung auftraten", wandte er sich an Adrian Benwick. „Aber er hatte Zeit, und je länger sich Ihr Ableben hinziehen würde, desto natürlicher musste es auf alle wirken. Doch damit ist es nun vorbei. Natürlich müssten Sie schleunigst einen Arzt aufsuchen. Wenn Sie sich zudem von Ihrem Zimmer fernhalten, Mr Benwick, sollten Sie in ein paar Monaten wieder völlig hergestellt sein."

„Du ziehst sofort zu mir!", sagte Miss Carstairs bestimmt. „Ich werde dich pflegen und auf der Hochzeit von Bree und Vin werden wir die Nacht durchtanzen."

„Eine schöne Vorstellung, Miss Emily, aber haben Sie nicht noch etwas vergessen, Mr Blake?", fragte Nesbit und deutete mit zittriger Hand auf die vier Grabendolche, die auf dem Couchtisch lagen. „Mit einer dieser Klingen wurde der Squire erstochen, nicht wahr? Wollen Sie uns wirklich nicht sagen, wer ihn ermordet hat?"

Stableford ging zum Tisch hinüber. „Ich nehme an, es handelt sich um die Dolche von Mr Ponsonby, Mr Rodgers, Ihren eigenen, Major Nesbit, und ...?"

„Major Benwicks", sagte Rodgers mit fester Stimme. „Ich habe ihn in der Waffenkammer gefunden."

„Nun, dann kann ich Ihnen versichern, dass sich die Waffe, mit der Alasdair Benwick ermordet wurde, nicht in diesem Raum befindet", erklärte Stableford.

„Und der Mörder?", fragte Bree ängstlich.

„Diese Frage kann ich nicht so einfach beantworten, Miss Ponsonby. Alasdair Benwick hatte sich viele Feinde gemacht – unter den Lebenden und auch unter den Toten. Das war sein Fehler und er hat dafür bezahlt. Manche Tote bleiben für uns immer lebendig. Sie leben in unserer Erinnerung fort, wir teilen unsere Erlebnisse mit ihnen und gelegentlich vermögen sie es sogar, unsere Handlungen zu beeinflussen. Mehr will ich dazu nicht sagen." Stableford holte einen Umschlag aus der Innentasche seiner Jacke und reichte ihn Adrian Benwick. „Hier ist der Brief, den Henrietta Benwick an ihre Schwester geschrieben hat. Lesen Sie ihn allein!"

Mr Benwick rang sichtlich um Fassung und drückte den Brief an seine Brust. „Und was gedenken Sie als Nächstes zu tun?", fragte er fast ängstlich.

„Wir werden morgen früh aufbrechen und uns auf den Rückweg nach London machen. Für uns ist der Fall damit abgeschlossen und ich verspreche Ihnen, dass wir in dieser Sache nichts Weiteres unternehmen werden. Sie alle sollten das Gehörte nun erst einmal überschlafen und morgen gemeinsam überlegen, wie es mit Brigadun weitergehen soll und was Sie mit der Leiche tun wollen. Ich bin mir sicher, dass Sie nach dem eben Gehörten eine weise Entscheidung treffen werden." Dann verabschiedete sich Stableford, wünschte allen eine gute Nacht und verließ zusammen mit Harriet, Penelope und Holmes das Zimmer.

„Sie hatten heute Abend kein gutes Publikum", stellte Holmes fest, als sie die Treppe hinaufstiegen. „Sie bewunderten die Aufführung, aber sie applaudierten nicht."

„Ich kann sie verstehen", sagte Harriet. „John hat ihnen und uns den letzten Akt vorenthalten."

KAPITEL 37
Der Dolch der Einbildung

„Ist das wirklich dein Ernst?", fragte Harriet, als die vier kurz darauf das Zimmer der Stablefords betraten. „Du weißt, wer es getan hat, und willst den Täter trotzdem entkommen lassen?"

Stableford schenkte vier Whiskys ein und verteilte die Gläser. „Ich hatte im Drawing Room nicht das Gefühl, dass es die Mehrheit der Anwesenden wirklich wissen wollte. Bree ausgenommen, versteht sich, aber sie hat auch am wenigsten unter Alasdair Benwick gelitten. Die Entscheidung ist mir nicht leichtgefallen, Harriet. Doch es gibt Situationen, in denen die stumpfe Anwendung unseres Rechtssystems praktisch diametral zur Gerechtigkeit steht."

„Aber ist unsere Suche nach dem Mörder nicht auch eine Suche nach der Wahrheit?", warf Penelope ein. „Und sind wir dieser nicht alle verpflichtet?"

„Nur solange wir sie auch ertragen können", entgegnete Stableford ernst. „Sie kann brutal und manchmal auch grausam sein, und zuweilen sollte dem Aspekt der Zumutbarkeit ein gewisses Recht eingeräumt werden. Ich bin kein Moralist, Penelope, und vielleicht ist es anmaßend, aber ich glaube, dass es für die Menschen hier in Brigadun am besten wäre, wenn Alasdair Benwick einfach verschwunden bleiben würde. Ich hoffe, sie kommen morgen zu dem gleichen Schluss, begraben seine Überreste und fangen irgendwo ein neues Leben an."

„Dann weißt du also tatsächlich, wer es getan hat?"

„Nun, ich denke, dass ich es weiß. Und doch erscheint mir der Täter eher als Werkzeug einer höheren Gerechtigkeit und seine Tat als kosmischer Ausgleich für das Leid, das Alasdair Benwick verursacht hat."

„Ich folge Ihren metaphysischen Meditationen ja durchaus gerne", mischte sich Holmes ein, „aber könnten Sie sie vielleicht etwas konkreter gestalten? Spricht etwas dagegen, uns mitzuteilen, wer Benwick erstochen hat?"

„Wollen Sie es denn wirklich wissen? Ist Ihnen klar, was es bedeutet, als Mitwisser ein Leben lang einen Mörder zu decken? Wollen Sie Ihr Gewissen damit belasten?"

„Ja", antwortete Penelope mit fester Stimme und blickte in die Runde.

Harriet und Holmes nickten zustimmend.

„Nun gut", erwiderte Stableford und blickte auf seine Uhr. „Überbrücken wir die Zeit bis zur Geisterstunde also mit der Rekapitulation unserer Rechercheergebnisse."

„Du bist unmöglich, John!", sagte Harriet gereizt. „Können wir diesen Gespensterunsinn nicht endlich beiseitelassen?"

„Nein, Harriet. Es tut mir leid, aber in gewisser Weise jagen wir tatsächlich ein Gespenst und möglicherweise wird es sich uns heute noch offenbaren. Ich meine natürlich keines von der Sorte, die mit Ketten rasselt oder ihren Kopf unter dem Arm trägt. Aber kommen wir zunächst Holmes entgegen und bringen etwas Substanz in unsere Geschichte. Am 13. August, also an dem Tag, an dem Alasdair Benwick ermordet wurde, befanden sich, das Opfer ausgenommen, zwölf Personen in Brigadun. Durch unsere Recherchen wissen wir, dass keine von ihnen ein echtes Alibi für die Morgenstunden hat, die wir als Tatzeit annehmen müssen. Sind wir uns so weit einig?"

„Ja", sagte Holmes.

„Gut. Adrian und Jennifer Benwick waren angeblich auf

ihren Zimmern, Major Nesbit und Miss Carstairs in ihren Cottages. Lancelot und Rodgers arbeiteten gemeinsam auf dem Ausgrabungsfeld, doch da Rodgers die Anlage einmal verlassen musste, um sich umzuziehen, haben genau genommen beide kein Alibi. Mr Ponsonby behauptet, im Aussichtsturm der Brennerei nach dem Questentier Ausschau gehalten zu haben. Dr Goodyear arbeitete, wie er mir erzählte, in Alasdair Benwicks Zimmer. Gally übte sich im Bogenschießen am hinteren Ende der Brennerei. Gavin und Bree kochten nach eigenen Angaben Tee in einem verfallenen Cottage am Rande der Siedlung. Und soweit wir wissen, war Mrs Ponsonby die Letzte, die Alasdair Benwick lebend sah, als sie aus dem Schlafzimmerfenster ihres Hauses blickte."

„Dann könnten wir unser junges Brautpaar eigentlich aus dem Kreis der Verdächtigen entlassen, nicht wahr?", meinte Holmes. „Sie waren doch die ganze Zeit zusammen."

„Das mag sein", antwortete Stableford, „aber so einfach ist es nicht. Lassen Sie uns den eben in Stellung gebrachten Figuren Leben einhauchen, indem wir über mögliche Motive für die Tat sprechen! Wir wissen zum Beispiel, dass Bree und Gavin Brigadun verlassen wollen. Alasdair Benwicks Reaktion auf diesen Wunsch hat uns sein Bruder geschildert: Am Abend vor seiner Ermordung verließ er tobend den Drawing Room. Da Gavin von seinem Vater finanziell abhängig war, kann man hier durchaus von einem Motiv sprechen."

„Und Bree gab ihm ein Alibi? Ich bitte dich, John!", sagte Harriet.

„Ich gebe zu, dass es nicht sehr überzeugend klingt. Andererseits würde ich dir ein Alibi geben, wenn es dich vor dem Galgen retten würde."

„Erst ‚Miss Pimms, genannt Socket' und jetzt das!", rief Penelope und lachte. „Komplimente sind wirklich nicht deine Stärke, John. Bleib besser bei den Fakten unserer Verbrecherjagd."

„Gern", erwiderte Stableford und fuhr fort: „Major Nesbit hat sich schon vor langer Zeit in den Alkohol geflüchtet, doch wovor? Wir wissen lediglich, dass er und Rodgers an Benwicks Grabenüberfällen beteiligt waren. Ein schlüssiges Motiv haben wir für beide nicht gefunden, zumal sie Benwick durchaus einiges verdanken. Ohne den rettenden Hafen, den er ihnen mit Brigadun bot, hätten sie wohl beide längst einen existenziellen Schiffbruch erlitten."

„Gilt das Gleiche nicht auch für Mr Ponsonby?", warf Harriet ein.

„Bei ihm liegt der Fall ein wenig anders, denke ich. Immerhin erzählte er mir, dass er während des ersten Grabenüberfalls seinen besten Freund verloren hatte. Vielleicht machte er Benwick insgeheim dafür verantwortlich. Er wäre seelisch fast am Krieg zerbrochen und rettete sich in den Glauben. Eine Tat aus religiösem Fanatismus würde ich bei ihm zwar ausschließen, doch wirkt er auf mich wie ein Mann, der das Gefühl hat, sein Glück nicht verdient zu haben."

„Dann hätten wir ja eigentlich auch gleich ein Motiv für seine Frau, nicht wahr?", bemerkte Harriet. „Mrs Ponsonby bekam nicht den Mann zurück, der sich von ihr verabschiedet hatte, um in den Krieg zu ziehen. Ponsonby diente unter Benwick, also war dieser für seine Veränderung und sein Leiden verantwortlich."

„Du überraschst mich, meine Liebe", sagte Stableford. „Aber machen wir weiter: Dr Goodyear hatte ein echtes Motiv, doch seine unermüdliche Suche nach dem Brief entlastet ihn stark. Hätte er Benwick ermordet, wäre er sicherlich schlau genug gewesen, die Kleider des Toten zu durchsuchen, bevor er ihn in den Teich warf. Er hätte den Brief bestimmt gefunden und wäre wohl längst über alle Berge."

„Und Adrian Benwick? Können wir ihn so einfach vom Haken lassen?", wollte Holmes wissen.

„Aus meiner Sicht scheidet er als Täter aus. Er hat sich mit dem Leben hier prächtig arrangiert. Versteht mich nicht falsch, ich mag ihn, aber er ist ein klassischer Parasit: Er lebt vom Geld seines Bruders, dem er wohl wirklich zugeneigt war, bewohnte mit ihm und seiner Frau Henrietta ein Haus in London und folgte ihm schließlich nach Schottland. Dass er Henrietta zu nah kam, mag man ihm als moralische Verfehlung übel nehmen. Andererseits fand sie Trost in seinen Armen und nicht zuletzt schenkten sie seinem Bruder zwei Söhne. Ich vermute übrigens, dass Alasdair Benwick, ohne es zu wissen, zeugungsunfähig war. Das würde zumindest erklären, warum auch seine Ehe mit Jennifer kinderlos blieb."

„Apropos Jen", sagte Penelope. „Sie hat ebenfalls ein Motiv, nicht wahr? Wahrscheinlich erbt sie einen großen Teil des Benwickschen Vermögens, und wenn man bedenkt, dass sie Henrietta pflegte, als diese starb, könnte man sie für eine Doppelmörderin und Erbschleicherin halten."

„Ich gebe zu, dass ich sie anfangs auch verdächtigte und sogar befürchtete, Lancelot könnte ihr drittes Opfer werden. Falls ihn Alasdair Benwick nicht schon längst enterbt hat, wird ihm als ältestem Sohn eine beachtliche Summe zukommen. Durch eine Liaison mit ihm, anschließende Heirat und darauf folgenden Mord könnte sich Jennifer fast das ganze Vermögen der Benwicks aneignen.

Gegen ihre Schuld spricht jedoch, dass sie es so lange bei ihrem Mann ausgehalten hat."

„Und dass der Mord in seiner Ausführung doch sehr spontan wirkt", ergänzte Penelope nachdenklich. „Hätte Jen ihren Mann töten wollen, hätte sie bestimmt einen sichereren Weg gefunden."

„Eine ausgezeichnete Beobachtung, Penelope!", stellte Stableford fest. „Der Mord auf dem Golfplatz und das Verstecken des Fahrrads am Westhang wirken alles andere als geplant. Bedenkt man darüber hinaus, dass die Abgeschiedenheit von Brigadun praktisch jeden hier auf Anhieb zum Verdächtigen werden lässt, wird wohl klar, dass die Tat im Affekt geschah."

„Aber könnte Jen nicht indirekt am Tod ihres Mannes beteiligt gewesen sein?", fragte Harriet.

„Du meinst, indem sie Lancelot zum Mord anstiftete? Sicher. Die beiden hatten ein gemeinsames Motiv, denn Alasdair Benwick stand zwischen ihnen wie einst König Artus zwischen Sir Lancelot und Lady Guinevere. Nimmt man Lancelots Schulden hinzu, die ihn dazu zwangen, hier zu leben, wird er zu einem Hauptverdächtigen. Nur ist er es nicht gewesen, denn das Motiv des Täters war nicht von dieser Welt."

„Mein Gott!", rief Holmes. „Sie wollen doch nicht etwa behaupten, dass Gally Benwick getötet hat?"

„Wie kommen Sie denn darauf?", fragte Stableford überrascht.

„Nun, weil Sie von einem Geist sprachen und Gally immer wieder von der Erscheinung der Herrin vom See redet. Und weil Sie den Täter ein Werkzeug einer höheren Gerechtigkeit nannten. Gäbe es denn ein reineres Werkzeug als ein unschuldiges Kind?"

„Ich habe nie behauptet, dass das Werkzeug rein und

der Täter unschuldig ist", erklärte Stableford. „Er diente vielleicht einer höheren Gerechtigkeit, aber sein Motiv war Vergeltung. Gallys Welt dreht sich dagegen um Rittergeschichten und Kekse. Ich kann Sie beruhigen, er hat mit der ganzen Sache nicht das Geringste zu tun. Unser Täter handelte aus einem tiefen Gefühl der Verzweiflung. Der ‚Dolch der Einbildung', von dem Macbeth geleitet wird, erwuchs auch aus seinem ‚heiß gequälten Hirn'."

Holmes schien plötzlich ein Licht aufzugehen. „Sie sprechen vom Täter, aber Sie meinen eine Frau, nicht wahr?"

„Ganz richtig", antwortete Stableford. „Mit einem Grabendolch bewaffnet folgte sie Alasdair Benwick auf den Golfplatz. Er muss sie bemerkt haben, fühlte sich gestört und verzog seinen Abschlag am ersten Tee. Dann ging er den Abhang hinunter und sie hinterher. Er konnte nicht ahnen, in welchem Zustand sie sich befand, machte vielleicht eine falsche Bemerkung und drehte ihr den Rücken zu, um seinen Ball zu suchen. Warum sollte sich dieser Kriegsheld auch vor einer Frau fürchten? Wir wissen, dass er seinen Ball nie erreicht hat, denn Gally fand ihn gestern Morgen. Es muss eine fürchterliche Szene gewesen sein. Sie stürzte sich von hinten auf Benwick und versetzte ihm einen Stich, der vielleicht schon tödlich war. Er fiel auf den Rücken, sie kniete sich neben ihn und stach wieder zu, immer wieder, bis sie erschöpft aus ihrem Zustand erwachte und wahrscheinlich in Panik geriet."

„Darum hatte er also keine Abwehrverletzungen an den Händen und Unterarmen", sagte Holmes nachdenklich. „Er hat sie gar nicht als potenzielle Angreiferin wahrgenommen. Ihre Beschreibung des Tathergangs passt übrigens zu den Verletzungen, die wir gesehen haben. Wenn ich Sie richtig verstehe, gehen Sie weiterhin von einem

Stoßdolch als Tatwaffe aus. Aber sagten Sie nicht vorhin im Drawing Room, dass keiner der vier Dolche, die auf dem Tisch lagen, dafür in Betracht kommt?"

„Das sagte ich", antwortete Stableford. „Ein Dolch fehlte allerdings – ein weiterer Robbins-Dudley, auf dessen Klinge ‚Carnwennan' eingraviert ist."

„Und wo befindet er sich jetzt?", fragte Harriet beunruhigt.

Stableford griff in seine Jackentasche und holte einen länglichen Gegenstand heraus, der in ein graues Tuch gewickelt war. Er schlug die Ecken zurück und legte den Dolch auf das Tischchen neben dem Kamin.

„Hier", sagte er lakonisch und begann seine Pfeife zu stopfen.

„Aber natürlich!", rief Holmes und schlug sich mit der Hand an die Stirn. „Sie haben das Treffen um sieben einberufen, um sich frei in Brigadun bewegen zu können. Darum kamen Sie zu spät. Sie waren nicht nur im Lagerraum, um die Kleider des Toten zu durchsuchen, sondern schlichen sich auch in Miss Carstairs Cottage und fanden die Waffe. Es ist der Dolch ihres Vaters, nicht wahr? Ich hatte völlig vergessen, dass er ebenfalls zu dem Grabenüberfallkommando gehörte. Sie rächte seinen Tod also mit seinem Dolch. Jetzt verstehe ich auch Ihre Geisteranspielungen. Mr Carstairs' Geist führte sozusagen aus dem Jenseits die Hand seiner Tochter und ließ sie Benwick mit dem Dolch töten, den er von ihm in der Nacht erhalten hatte, in der er auf dem Schlachtfeld starb. Teuflisch!"

Stableford schüttelte den Kopf. „Wie kommen Sie denn auf Miss Carstairs?", fragte er.

„Nun, Sie haben doch alle anderen infrage kommenden Personen soeben ausgeschlossen."

„Nicht wirklich. Für eine Person nannte einer von

euch ein mögliches Motiv. Die Grundannahme war dabei übrigens völlig richtig, es fehlte nur der Bezug zum – Jenseits."

In diesem Moment klopfte es an der Tür. Penelope stieß einen Schrei aus und Harriet griff nach Stablefords Hand.

KAPITEL 38
Geisterstunde

„Kommen Sie herein, Mrs Ponsonby!", sagte John unbeeindruckt. „Ich habe Sie erwartet."

Die Tür öffnete sich langsam und Mrs Ponsonby trat ein. Harriet spürte ihren Puls im Hals schlagen. Die Frau sah wirklich gespenstisch aus. Unter dem offenen Mantel trug sie ein weißes Nachthemd. Ihre nassen Haare lagen eng am Kopf und betonten ihre großen Augen, die ins Leere zu starren schienen. Langsam kam sie näher, dann blieb sie plötzlich stehen. Offenbar hatte sie den Dolch entdeckt. Ihr Blick war nun nicht mehr leer.

„Sie haben ihn gefunden", sagte sie leise. „Er war nicht an seinem Platz und da wusste ich es. Ihnen ist klar, dass ich Alasdair Benwick getötet habe. Warum haben Sie vorhin nichts zu den anderen gesagt?"

„Weil ich Sie verstehe", erklärte John. „Ich kann Ihre Tat nicht gutheißen, aber ich kann Sie auch nicht verurteilen. Falls Sie bereit sind, uns zu erzählen, wie es dazu gekommen ist, versichere ich Ihnen, dass kein Wort Ihrer Geschichte jemals an die Öffentlichkeit geraten wird."

„Seit wann wissen Sie es?"

„Seit ich gegen sieben Uhr den Dolch in Ihrem Schrank fand. Doch ich ahnte es bereits gestern, als ich Sie zusammen mit meiner Frau besuchte."

„Aber wie sind Sie darauf gekommen?"

„Einfach gesagt waren es drei Dinge, die mich darauf gebracht haben: eine Bemerkung Ihres Mannes, Ihr Hochzeitsfoto und die erdfarbene Jacke, die in Ihrem Schrank hängt."

„Dann ist das nicht Mr Carstairs' Dolch?", fragte Percy verwirrt.

„Nein", antwortete John. „Major Nesbit erzählte uns doch, dass Carstairs schon während der Erstürmung des deutschen Grabens fiel. Seine Leiche wurde nie geborgen. Und das Gleiche gilt folglich auch für seinen Dolch. Er sprach allerdings auch von einem gewissen Joseph Bridget. Es ist sein Dolch, nicht wahr, Mrs Ponsonby?"

„Ja, es ist sein Dolch."

„Dann gehe ich wohl auch recht in der Annahme, dass Bridget der beste Freund Ihres Mannes war?"

„Ja, Mr Blake. James und Joseph kannten sich schon als Kinder. Sie besuchten dieselbe Schule, arbeiteten in derselben Fabrik und meldeten sich gemeinsam zum Kriegseinsatz auf dem Kontinent."

„Sie liebten auch dasselbe Mädchen, nicht wahr?"

Mrs Ponsonby nickte.

„Und Sie liebten beide, James wie einen Bruder und Joseph so, wie es sich James wünschte."

Mrs Ponsonby lachte bitter auf. „Wir waren unzertrennlich", sagte sie nach einer Weile. „Aber die beiden waren sehr verschieden. James brachte mir das Radfahren bei, mit Joseph teilte ich meine erste Zigarette. James schrieb mir Gedichte, während mich Joseph auf dem Heuboden küsste. Er war ein Draufgänger, James dagegen gewissenhaft und eher zurückhaltend. Als ich zwanzig wurde, entschied ich mich für Joseph; mich reizte das Abenteuer. James akzeptierte es und blieb uns ein enger Freund."

„Und er brachte Ihnen auch Josephs Uniformjacke, als er auf Heimaturlaub zurückkehrte, nachdem Joseph gefallen war, nehme ich an. Als ich die beiden Jacken in Ihrem Schrank sah, wunderte ich mich zunächst, da Ihr Mann ja einen eigenen Schrank zu haben schien. Mir fiel vor allem die erdfarbene auf. Sie sah wie eine Uniformjacke aus, allerdings fehlten die zwei Winkel an den Ärmeln – die Rangabzeichen eines Corporal. Adrian Benwick erzählte uns, dass Ihr Mann zuletzt als Corporal diente. Die Jacke in Ihrem Schrank ist jedoch die eines einfachen Soldaten."

„Es ist Josephs", erklärte Mrs Ponsonby. „Vermutlich haben Sie das Loch im Rücken nicht entdeckt. Es stammt von der Kugel, die ihn getötet hat. James benutzte die Jacke, um darin Josephs private Habseligkeiten zu transportieren. Der Dolch war auch darunter. Er überreichte mir das Bündel am Tag seiner Ankunft. Ich brachte es nicht fertig, sie wegzuwerfen. Der schwarze Anzug gehörte übrigens auch Joseph. Es war der Anzug, in dem er um ..." Sie stockte.

„In dem er um Ihre Hand anhielt?", fragte Harriet leise.

„Ja. Es war an dem Abend, bevor Joseph und James unser Dorf verließen, um sich ihrer Einheit anzuschließen. Eine Woche später zogen sie in den Krieg. Ich habe Joseph nie wiedergesehen. Aber Sie sprachen von einer Bemerkung meines Mannes, Mr Blake. Was hat er Ihnen gesagt?"

„Wir unterhielten uns über die anstehende Hochzeit von Bree und Gavin und er erzählte mir, dass Bree gerade zweiundzwanzig geworden ist. Als ich dann Ihr Hochzeitsfoto auf der Kommode im Schlafzimmer erblickte, wurde ich stutzig. Unter dem Bild steht: ‚14 Mai 1917'. Bree war damals bereits knapp zwei Jahre alt. Joseph ist ihr leiblicher Vater, nicht wahr? Sie trägt dieses Geheimnis ja sozusagen in ihrem Namen."

„Ah, Sie haben es bemerkt, Mr Blake. Sie sind ein scharfer Beobachter. Bree wurde 1915 als Bridget Trehern geboren. Trehern ist mein Mädchenname. Etwa zwei Jahre später heiratete ich James. Er liebte mich noch immer und wollte mir aus meiner misslichen Lage helfen. Mit einem unehelichen Kind lebte es sich nicht leicht in einem kleinen Dorf. James ging rührend mit der kleinen Bridget um und ich nahm seinen Antrag schließlich an. Irgendwann begannen wir, sie Bree zu nennen. Sie hat sich diesen Namen praktisch selbst gegeben, da sie ‚Bridget' anfangs nicht aussprechen konnte. Wir blieben dabei, denn so war es weniger schmerzlich für uns beide."

„Weiß Bree, dass Ihr Mann nicht ihr leiblicher Vater ist?", fragte Penelope.

„Nein – und dabei soll es auch bleiben. Wir haben ihr erzählt, dass wir uns 1914 kennengelernt haben und durch den Ausbruch des Krieges erst später heiraten konnten."

„Wusste Alasdair Benwick von Josephs Vaterschaft?", hakte John nach.

„Nein, das kann ich mir nicht vorstellen."

„Aber Sie wissen etwas über Benwick, das Sie seit Jahren nicht loslässt, nicht wahr? Etwas, das Sie an jenem Morgen wie einen Racheengel auf ihn niederfahren ließ."

„Er hat ihn erpresst", sagte Mrs Ponsonby mit tonloser Stimme. „Unter den Dingen, die James mir mitbrachte, war auch ein kleines Notizbüchlein. Kein Tagebuch im eigentlichen Sinne, aber Joseph nutzte es wohl, um seine Gedanken festzuhalten. In diesem Büchlein fand ich den Entwurf eines Briefes an mich. Den Brief selbst habe ich nie erhalten. Er wurde wahrscheinlich zensiert oder direkt von Alasdair abgefangen. Jedenfalls schrieb Joseph, dass ihn Alasdair zur Teilnahme an seinem Grabenüberfall zwingen würde. Er hatte damit gedroht, Joseph durch falsche Anschuldigungen anklagen und standrechtlich erschießen zu lassen, sollte er sich nicht binnen vierundzwanzig Stunden freiwillig zum Einsatz melden. Joseph war verzweifelt, aber er sah keinen Ausweg. Gezwungenermaßen nahm er an dem Überfall teil – und fiel."

„Kennt Ihr Mann den Inhalt dieses Büchleins?"

„Nein, James würde nie etwas lesen, das nicht ausdrücklich für ihn bestimmt ist. Können Sie sich vorstellen, wie ich mich fühlte, als er mir von Alasdairs Einladung nach Schottland erzählte? Die bloße Idee, vom Lohn des Mannes zu leben, der für Josephs Tod verantwortlich war, ließ mich fast wahnsinnig werden. Aber uns ging es wirtschaftlich schlecht und ich spürte, dass James an meiner ablehnenden Haltung langsam verzweifelte. Also gab ich nach und wir zogen hierher."

„Wo Ihnen dreizehn Jahre lang praktisch jeden Tag Alasdair Benwick über den Weg lief und Sie an Josephs Tod erinnerte. Diese Wunde konnte nicht heilen, aber was brachte das Fass zum Überlaufen? Die Verlobung von Bree und Gavin?"

„Ja, die Verlobung – oder besser gesagt Alasdairs Reaktion darauf. Die Verbindung kam für mich zunächst einer Katastrophe gleich: Josephs Tochter und Gavin, der Sohn seines Mörders! Aber als ich die beiden miteinander sah, erkannte ich wenig von Alasdair in Gavin. Er ist ein guter Junge und wird ihr ein guter Mann sein. Als ich erfuhr, dass sie Brigadun verlassen wollen, kämpfte ich meine mütterlichen Gefühle nieder und freute mich für sie. Doch dann, am Abend vor ... vor Alasdairs Tod, kam Bree völlig aufgelöst nach Hause. Sie erzählte uns, dass Alasdair zwar mit der Heirat einverstanden war, einen Wegzug der beiden aber kategorisch ablehnte. Es müssen böse Worte gefallen sein und er hatte mit ernsthaften Konsequenzen gedroht."

„Deshalb wollten Sie ihn am nächsten Morgen zur Rede stellen."

„Ich hatte das nicht geplant. Es geschah alles so plötzlich. Von unserem Schlafzimmerfenster aus sah ich, wie er das Haus mit einer Reisetasche verließ und in Richtung Scheune ging. Er betrat sie und kurze Zeit später kam er mit dem Rad und seiner Golftasche wieder heraus. James hatte Dienst im Aussichtsturm und Bree war mit Gavin in ihrem Cottage. Es ist das letzte Haus auf der Westseite, eine Ruine, in der sie sich oft treffen. Ich war also allein zu Hause und fing Alasdair ab, als er an unserem Cottage vorbeikam. Ich erzählte ihm von Brees Rückkehr am Abend zuvor und fragte ihn, ob sich die Wogen zwischen ihm und Gavin in der Nacht geglättet hätten. Er lachte nur und sagte, dass sich Gavin noch wundern würde. Zufällig habe er am nächsten Tag einen Termin mit seinen Anwälten in Glasgow. Da würde er Gavin sein monatliches Einkommen streichen und ihn enterben. Er wüsste schon, wie man mit Ungehorsam umzugehen habe, das habe er im Krieg gelernt."

„Mein Gott!", sagte Penelope. „Damit hat er praktisch sein eigenes Todesurteil ausgesprochen."

„Ich war fassungslos und er ließ mich einfach stehen", fuhr Mrs Ponsonby fort. „Dann ging ich zurück ins Haus, setzte mich aufs Bett und erblickte die Uniformjacke in meinem Schrank. Immer wieder hörte ich Alasdairs letzten Satz in meinem Kopf und bezog ihn auf Josephs Schicksal. Konnte es sein, dass Alasdair dessen Weigerung, an einem freiwilligen Kommando teilzunehmen, als Ungehorsam verstanden hatte? Und hatte er die erpresserische Androhung der Erschießung für eine erzieherische Maßnahme gehalten? Ich fühlte mich Joseph auf einmal sehr nah – so nah wie seit Jahren nicht mehr. Und dann wurde mir klar, dass Alasdair genug Leid über die Welt gebracht hatte."

„Der Geist, Hattie", flüsterte Percy Penelope zu.

„Er hatte Joseph und vielleicht auch andere junge Burschen in den Tod geschickt und mein Leben zerstört. Seinetwegen hatte Bree niemals die Gelegenheit, ihren leiblichen Vater kennenzulernen. Und jetzt wollte er auch noch ihre Zukunft zerstören, indem er Gavin enterbte, seinen eigenen Sohn. Ich stand auf und holte den Dolch unter der Bettwäsche im Schrank hervor. Dann ging ich hinaus und sah ihn am Tee des ersten Loches stehen. Von da an weiß ich nichts mehr bis zu dem Zeitpunkt, an dem ich wie aus einem Traum erwachte. Ich kniete neben Alasdair und meine Hände waren blutig. In Panik blickte ich an mir herunter, da ich glaubte, mich verletzt zu haben. Dann sah ich den Dolch in seiner Brust und seine starren Augen. Da wusste ich, was ich getan hatte." Mrs Ponsonby schaute auf ihre Hände und schwieg.

„Und was passierte dann?", fragte John nach einer Weile.

„Ich blickte mich um, aber niemand war zu sehen. Alles Weitere geschah rein instinktiv: Ich zog den Dolch aus seiner Brust, wischte ihn im Gras ab und steckte ihn in die Tasche meiner Schürze. Ich weiß noch, wie ich mich darüber wunderte, dass so wenig Blut zu sehen war. Dann schleppte ich Alasdair zum Rand des kleinen Sees, hievte ihn über die Steine am Ufer, gab ihm einen Stoß und sah zu, wie er davontrieb und langsam versank. Als ich mich umdrehte, bemerkte ich seine Golftasche am Rand des Grüns. Ich warf sie ihm hinterher und rannte den Hang hinauf zum ersten Tee. Auf dem Rückweg entdeckte ich das Fahrrad mit seiner Reisetasche. Irgendetwas hielt mich davon ab, zurück zum See zu gehen und das Rad dort ebenfalls zu versenken. Mir war jedoch klar, dass es verschwinden musste, wenn es so aussehen sollte, als ob Alasdair nach Rannoch zur Bahnstation gefahren wäre."

„Also versteckten Sie es am Westhang", bemerkte John.

„Genau. Zuerst wollte ich es in den Loch Laidon werfen, doch dessen Ufer ist sehr weit vom Observatorium aus einsehbar und ich hatte Angst, dass mich James entdecken könnte. Es blieb also nur der Hang unterhalb der unbewohnten Cottages als Versteck übrig."

„Wo Gavin das Rad fand und Sie unbewusst deckte, um sich mit einer erfundenen Geschichte ein wenig Geld zu erschleichen", ergänzte John. „Und was geschah mit der Reisetasche?"

„Sie steht in unserer Speisekammer hinter der Kartoffelkiste. Nachdem ich das Rad mit ein paar Zweigen abgedeckt hatte, nahm ich die Tasche und rannte zum Cottage zurück. Ich wollte ihren Inhalt und schließlich sie selbst nach und nach im Herd verbrennen, aber ich habe nie damit angefangen. Denn nachdem ich sie versteckt hatte, löste ich mich von meinem instinktiven Handeln und mir wurde plötzlich klar, dass ich mich für meine Tat zu verantworten hatte."

„Aber zunächst unternahmen Sie nichts."

„Nein, ich wollte erst einmal abwarten, was geschehen würde. Doch das Merkwürdige war: Niemand hier stellte ernsthaft Nachforschungen an. Alle lebten so weiter wie zuvor. Nicht einmal die Polizei schien sich mit Alasdairs Verschwinden auseinandersetzen zu wollen. Allein Adrian war beunruhigt. Er versuchte erfolglos, Scotland Yard einzuschalten, und bestand darauf, dass Lance nach Glasgow fuhr. Lance tat ihm den Gefallen, obwohl er sicher viel lieber in Jens Nähe geblieben wäre. Natürlich fand er nichts heraus."

„Woraufhin Adrian Benwick uns einlud, um das Rätsel zu lösen."

„Und Sie haben es gelöst, Mr Blake. Vor Ihnen liegt die

Tatwaffe und Sie alle haben mein Geständnis gehört. Ich hätte mir gewünscht, dass es nach Brees Hochzeit geschehen wäre, aber es ist gut so, wie es ist. Jetzt, wo ich meine Geschichte erzählen konnte, fühle ich mich irgendwie erleichtert."

„Mrs Ponsonby", sagte John, „ich schlage vor, dass Sie nun zu Ihrem Mann zurückkehren und morgen mit den Hochzeitsvorbereitungen fortfahren, als ob nichts geschehen wäre. Denn – es ist nichts geschehen. Sie haben es ja selbst gesagt: Alasdair Benwick hat genug Leid über die Welt gebracht und für uns ist dieser Fall damit abgeschlossen. Wir werden den Dolch morgen früh mitnehmen und irgendwo auf dem Weg nach Gorton verlieren. Ich bin mir sicher, dass kein Bewohner von Brigadun ernsthaft an einer Aufklärung des Mordes interessiert ist. Selbst Adrian Benwick wird das Ableben seines Bruders nach dem, was er vorhin mit anhören musste, als Wiederherstellung einer höheren Gerechtigkeit begreifen."

„Sie meinen das wirklich ernst?"

„Ja", mischte Percy sich ein, „und ich sage das stellvertretend für uns alle. Ich für meinen Teil habe praktisch nichts von dem mitbekommen, was Sie uns gerade erzählt haben. Wahrscheinlich habe ich noch Wasser in den Ohren vom Tauchen. Und was den eigentlichen Grund Ihres Besuches angeht: Ich empfehle Ihnen eine kleine Dosis Veronal vor dem Zubettgehen und einen baldigen Klimawechsel auf unbestimmte Zeit."

„Wie bitte?", fragte Mrs Ponsonby verunsichert.

„Für Ihre Schlaflosigkeit! Ich nehme an, dass Ihr Gatte in diesem Moment friedlich schläft. Falls er jedoch zwischenzeitlich aufgewacht sein sollte, wird er Sie sicherlich fragen, wo Sie waren, nicht wahr? Die Anwesenheit eines Doktors ist da sehr hilfreich. Sie baten mich um meinen Rat, da ich ja morgen sehr früh aufbrechen werde, wir plauderten noch eine Weile, und fertig ist das Alibi für die Zeit Ihres Geständnisses!"

Mrs Ponsonby lächelte und wischte sich eine Träne von der Wange. „Ich danke Ihnen und will Ihnen auch noch einen Rat geben. Wandern Sie weiter an den Gleisen entlang, wenn Sie Gorton erreicht haben! Es ist eine Bedarfshaltestelle ohne Bahnhofsvorsteher und kein Zug wird dort für Sie halten. Die nächste reguläre Station ist Bridge of Orchy. Es ist nicht allzu weit." Sie verabschiedete sich herzlich und verließ das Zimmer.

Als sie die Tür hinter sich geschlossen hatte, füllte Percy die Gläser und räusperte sich. „Verdammt anständig von Ihnen, Stableford", sagte er etwas verlegen. „Aber jetzt müssen Sie mir noch einmal erklären, warum Sie gerade Mrs Ponsonby im Visier hatten. Immerhin gab es ja genug potenzielle Motive und praktisch keine Alibis."

„Das ist richtig", antwortete John. „Allerdings hatte ich, wie Sie wissen, von Anfang an das Gefühl, dass Alasdair Benwick hier ermordet wurde. Es gab ja keine Spur, aus der man hätte schließen können, dass er Brigadun verlassen hatte. Das ließ mich nach einem hochemotionalen Motiv suchen, denn die Tat konnte nicht ernsthaft geplant worden sein. Wäre er am Vorabend des 13. August ermordet worden, dann hätte ein Streit, vielleicht unter Alkoholeinfluss, die Ursache dafür sein können. Doch der Mord geschah am Morgen."

„So weit kann ich Ihnen folgen", sagte Percy. „Aber wieso verdächtigten Sie nicht jemand anderen?"

„Wer hatte denn ein hochemotionales Motiv? Gavin und Bree? Sicher. Aber sie sind jung, und so, wie ich die beiden einschätze, würden sie Brigadun auch ohne Alasdair Benwicks Geld verlassen, zumal wir wissen, dass die Ponsonbys eine kleine Mitgift für Bree zusammengespart haben. Lancelot und Jennifer? Gewiss, doch ihre Liebe wird vielleicht von anderen Motiven überdeckt, die einen Mord im Affekt aus meiner Sicht ausschließen. Um an Alasdair Benwicks Geld zu kommen, mit dem sie Lancelots Schulden begleichen oder von hier weggehen können, hätten sie sicherlich eine Methode gewählt, die sie nicht schon allein durch die begrenzte Anzahl der Bewohner von Brigadun zu Verdächtigen werden lassen würde."

„Gut, aber warum denn nun gerade Mrs Ponsonby?", fragte Percy ungeduldig.

„Ich gebe zu, dass sie auf den ersten Blick nicht verdächtig erschien", entgegnete John. „Es gab ja zunächst keinen Bezugspunkt zu Alasdair Benwick. Und doch wirkte ihr Haushalt irgendwie gespenstisch auf mich: Ein Mann, der jeden Morgen mit der Angst aufwacht, dass er sein Eheglück nur geträumt hat, und sich vor seinen Kriegserinnerungen in den Glauben flüchtet; eine Frau, die unglücklich wirkt – doch warum? Du hast es vorhin unter einer anderen Prämisse genau auf den Punkt gebracht, Harriet: ‚Weil sie nicht den Mann zurückbekam, der sich von ihr verabschiedet hatte, um in den Krieg zu ziehen.' Nur war dieser Mann nicht James Ponsonby, sondern Joseph Bridget. Mr Ponsonby wusste das natürlich und lebte jeden Tag mit der Angst, dass seine Rolle als Stellvertreter seiner Frau irgendwann nicht mehr ausreichen könnte."

„Ich unterbreche Sie nur ungern, aber könnten wir zu den Hinweisen kommen, die Ihren Verdacht auf Mrs Ponsonby lenkten?", fragte Percy.

„Sicher. Das Hochzeitsfoto, das nicht mit Brees Alter korrespondierte, machte mich stutzig, ebenso das Foto der

Männer des Überfallkommandos, das auf der Kommode mit Familienbildern irgendwie deplatziert wirkte. Doch es war vor allem die Uniformjacke in Mrs Ponsonbys Schrank, die ich als ein geheimnisvolles Zeichen deutete. Diese erdfarbene Jacke eines einfachen Soldaten stellte plötzlich einen Bezug zum Jenseits her und eröffnete damit völlig neue Möglichkeiten für ein Mordmotiv. Sie machte mich auf Mrs Ponsonby aufmerksam. Dadurch bekam auch eine Passage aus Adrian Benwicks Brief eine ganz neue Bedeutung: Mrs Ponsonby, so schrieb er, habe ‚Alasdair mit seiner Reisetasche in der Hand in Richtung der Scheune gehen' sehen. Und sie hat ihn tatsächlich als Letzte lebend gesehen, bevor sie sein Leben beendete."

Percy erhob sein Glas. „Auf Sie, mein Freund! Sie haben sich – passend zu unserem Aufenthaltsort – sehr ritterlich verhalten. Man könnte meinen, dass der Gentleman-Detektiv ein direkter Nachfahre des edlen Helden ist. Er jagt vielleicht keine Fabelwesen mehr, doch dafür Mörder. Dabei bleibt er aber immer seinem Gewissen treu und beschützt die Schwachen, auch wenn sie sich schuldig gemacht haben."

„Auf Sir John!", stimmte Penelope ein und die vier stießen an und tranken.

KAPITEL 39
Die Abreise

Am nächsten Morgen trafen sich die Wanderer um sieben Uhr in der düsteren Halle von Benwick Castle.

„Duftet es hier nicht nach Kaffee?“, fragte Holmes überrascht.

„Ganz richtig, Sir“, antwortete Rodgers, der in der Tür zum Speisesaal erschienen war. „Mr Benwick bat mich, Sie mit Kaffee und Sandwiches zu erwarten, damit Sie sich vor Ihrer Wanderung stärken können.“

„Das ist sehr aufmerksam von Ihnen und Mr Benwick“, sagte Harriet freundlich.

Sie gingen in den Speisesaal und bedienten sich an der Anrichte. Gerade als sie ihr Frühstück beendet hatten, trat Adrian Benwick ein und begrüßte sie herzlich.

„Guten Morgen, guten Morgen! Ich bin froh, dass ich Sie noch antreffe, denn ich möchte mich bei Ihnen allen noch einmal in aller Form bedanken. Sie haben wohl tatsächlich mein Leben gerettet und das Rätsel um das Verschwinden meines Bruders gelöst. Die Gewissheit seines Todes ist schmerzlich, auch wenn mich Ihre Enthüllungen gestern Abend erschüttert haben.“ Er machte eine kurze Pause. „In gewisser Weise kann ich ihn sogar verstehen“, setzte er schließlich hinzu.

„Dann haben Sie den Brief gelesen?“, fragte Stableford.

„Oh ja! Er hat mich zugleich traurig und glücklich gemacht. Traurig, weil er mir zeigte, wie unglücklich Henrietta in ihrer Ehe mit Alasdair wirklich war, und glücklich – nun, Sie wissen warum. Es sind zwei sehr anständige Jungs, denen es bisher nur an väterlicher Zuneigung mangelte.“

„Ich denke, dass Sie diesen Mangel leicht beseitigen können", sagte Penelope.

„Dann wissen Sie es alle?"

„Das ließ sich nicht vermeiden", antwortete Stableford. „Wir haben dieses Rätsel gemeinsam gelöst und mussten alle gefundenen Hinweise teilen."

„Es ist gut", entgegnete Mr Benwick ruhig. „Besonders freut es mich für Gally. Ich nehme an, Sie wissen mittlerweile auch, dass er mein Sohn ist. Er gewinnt zwei Jungs, die er schon immer bewundert hat, als Brüder. Ich hoffe nur, dass Emily die Nachricht gut aufnimmt und Lance und Vin als späten Familienzuwachs akzeptiert."

„Die beiden sind ja aus dem Gröbsten raus, nicht wahr?", sagte Holmes und lachte. „Wann werden Sie es ihnen denn mitteilen?"

„Sehr bald, doch zuerst muss es Emily erfahren. Apropos ‚erfahren': Sie haben uns gestern über den Täter im Unklaren gelassen, Mr Blake. Wissen Sie, wer meinen Bruder ermordet hat?"

„Ja, Mr Benwick, das tun wir. Doch wir werden dieses Wissen mit uns nehmen. Ihr Bruder hat eine Gespenstergeschichte erfunden, aber man könnte sagen, dass er selbst das Opfer eines Gespenstes aus seiner Vergangenheit geworden ist. Niemand hier in Brigadun sollte für seinen Tod zur Rechenschaft gezogen werden. Der Spuk ist nun ein für alle Mal vorbei."

„Und die Polizei?"

„Lassen Sie sie weiter in dem Glauben, er wäre auf Reisen! Sie muss nichts von unserem Fund im Dubh Lochan erfahren. Begraben Sie Ihren Bruder hier und schließen Sie das Kapitel Brigadun ab! Das ist mein Rat, aber es bleibt natürlich Ihre Entscheidung."

Sie verabschiedeten sich und verließen das Haus.

Sofort standen sie in einem gleißenden Licht. Das Hochplateau lag im Nebel, der von der Sonne durchflutet wurde. Schweigend gingen sie an den Cottages entlang und weiter Richtung Süden auf dem Weg, den sie vor drei Tagen gekommen waren.

„Was hast du, John?", fragte Harriet. „Du siehst so nachdenklich aus."

„Ich muss an Germelshausen denken. Das musste ich schon, als wir den Zug nach Glasgow bestiegen hatten, und jetzt fällt es mir wieder ein."

„Germelshausen?", fragte Penelope neugierig.

„Das ist der Titel einer kurzen Geschichte von Friedrich Gerstäcker. Meine Großmutter hat sie mir oft vorgelesen, als ich ein kleiner Junge war. Sie handelt von einem verfluchten Dorf in Deutschland – ich glaube in Thüringen –, das nur alle hundert Jahre für einen Tag erscheint, um dann wieder zu verschwinden. Nachdem uns Mr Montgomerie auf dem Bahnsteig erzählt hatte, dass er Brigadun nicht auf seiner Karte finden konnte und an dem Ort, den Benwick beschrieben hatte, lediglich eine Ruine verzeichnet war, fiel mir die Geschichte wieder ein."

„Und was genau geschieht darin?", wollte Penelope wissen.

„Ein junger Mann durchwandert genau an dem Tag einen Wald, an dem Germelshausen erscheint. Er stößt auf das Dorf, das seltsam mittelalterlich wirkt, und verliebt sich in ein Mädchen. Sie verbringen den Tag miteinander, bis sie ihn schweren Herzens kurz vor Mitternacht an den Waldrand bringt. Er muss ihr versprechen, dort bis nach vierundzwanzig Uhr zu warten, dann darf er zu ihr zurückkehren. Doch es steigt ein dichter Nebel empor und er kann das Dorf nicht mehr finden. Am nächsten Morgen trifft er einen Jäger, der ihm die alte Sage vom verfluchten Dorf Germelshausen erzählt."

„Wie traurig", sagte Harriet. „Mir hätte ein Happy End besser gefallen."

„Schreiben Sie doch eine neue Version der Geschichte, Stableford!", schlug Holmes amüsiert vor. „Dann könnten Sie sich auch endlich ein neues Pseudonym zulegen und wir müssten auf unseren Ausflügen nicht immerzu Leichen beschauen. Statt ‚Das Geheimnis der viktorianischen Terror-Tapeten' oder was auch immer Sie literarisch aus unserer Reise machen wollten, könnten Sie mit Ihrem ersten Liebesroman debütieren. Was halten Sie von ‚Brigadun' als Titel?"

„Ein guter Titel!", meinte Harriet und lachte. „Und wenn es ein Erfolg wird, macht vielleicht sogar irgendjemand in Amerika ein Musical für den Broadway daraus."

Plötzlich ertönte ein gurgelndes Röhren. Die vier Wanderer drehten sich erschrocken um und blickten in Richtung Brigadun. Doch Brigadun war im Nebel verschwunden.

KLEINES GOLF-GLOSSAR

ABSCHLAG: Der Abschlag ist der Beginn jeder einzelnen Spielbahn.

ANNÄHERUNG: Den Schlag, mit dem der Spieler das Grün anspielt, nennt man Annäherung.

AUS: Beim Aus handelt es sich um die fest definierten Grenzen eines Golfplatzes. Ein ins Aus gespielter Ball zieht einen Strafschlag nach sich. Vom Ort des Fehlschlages muss ein neuer Ball ins Spiel gebracht werden.

BIRDIE: Ein Birdie ist ein mit einem Schlag unter Par gespieltes Loch (z. B. ein mit 2 Schlägen absolviertes Par-3-Loch).

BOGEY: Ein Bogey ist ein mit einem Schlag über Par gespieltes Loch (z. B. ein mit 4 Schlägen absolviertes Par-3-Loch).

BUNKER: Ein mit Sand gefülltes Hindernis, das in der Regel auf dem Fairway oder rund um das Grün anzutreffen ist.

CADDIE: Der klassische Caddie trägt die Golftasche des Spielers und kennt sich mit den Tücken und Längen des Platzes aus.

DOGLEG: Bezeichnung für ein Loch, dessen Spielbahn nach rechts oder links abknickt.

DOPPELBOGEY ist ein mit zwei Schlägen über Par gespieltes Loch (z. B. ein mit 5 Schlägen absolviertes Par-3-Loch).

DORMY: Führt eine Partei beim Lochspiel mit genau so viel gewonnenen Löchern, wie noch zu spielen sind, so liegt sie „dormy“. Die Gegenpartei muss von nun an alle Löcher gewinnen, um ein Stechen zu erzwingen.

DROPPEN heißt, einen Ball neu ins Spiel zu bringen, indem man ihn mit ausgestrecktem Arm aus Höhe der Schulter fallen lässt. Dies geschieht z. B., wenn der ursprünglich gespielte Ball in einem Wasserhindernis verloren gegangen ist.

EAGLE: ein mit zwei Schlägen unter Par gespieltes Loch.

EHRE: Der Spieler mit dem niedrigsten Handicap hat die Ehre des ersten Abschlags. An den darauf folgenden Löchern hat immer der Spieler die Ehre, der das letzte Loch mit den wenigsten Schlägen absolviert hat.

FAHNE: Die Fahne markiert das Loch, damit der Spieler schon von Weitem erkennen kann, wo es sich auf dem Grün befindet.

FAIRWAY: Die kurz gemähte Spielbahn zwischen Abschlag und Grün. Der Begriff kommt ursprünglich aus der Seefahrt und beschreibt dort eine von Felsen und Untiefen freie Fahrrinne. Erst Anfang des 20. Jahrhunderts ersetzte er im Golfsport die bis dahin gebräuchliche Bezeichnung „fair green".

FLIGHT ist die Bezeichnung für eine Gruppe von Spielern, die gemeinsam eine Runde Golf spielen. Bemerkenswerterweise ist dieser Begriff ausgerechnet in angelsächsischen Ländern kaum gebräuchlich.

FORE! ist der Warnruf der Golfer, wenn die Möglichkeit besteht, dass der geschlagene Ball Spieler (auf anderen Bahnen) treffen könnte. Wahrscheinlich stammt der Begriff aus dem Militär und meint „Achtung voraus!" (Beware before!).

GREENKEEPER: Der Greenkeeper ist für die Pflege und Instandhaltung des Golfplatzes zuständig.

GRÜN: Auf dem Grün befindet sich das Loch. Es ist eine speziell präparierte Fläche, auf der der Ball in der Regel geputtet wird.

HANDICAP: Rechnerisch handelt es sich um die Anzahl der Schläge, die ein Golfer durchschnittlich über den Platzstandard (heute in der Regel 72) hinaus benötigt. Braucht er also beispielsweise im Schnitt 78 Schläge, beträgt sein Handicap „6".

LINKS nennt man die klassischen Küsten-Golfplätze Großbritanniens.

LOCH: Das Loch ist das Ziel des Golfers auf jeder Golfbahn. Als Loch bezeichnet man auch die gesamte Spielbahn vom Tee bis zum Grün.

LOCHSPIEL: Beim Lochspiel spielen zwei Spieler oder Teams gegeneinander eine vereinbarte Anzahl Löcher. Ein Loch wird von der Partei gewonnen, welche den Ball mit weniger Schlägen einlocht. Bei gleicher Schlagzahl wird das Loch halbiert. Führt eine Partei mit mehr Löchern, als noch zu spielen sind, so gewinnt sie das Lochspiel.

PAR: Für jede Spielbahn ist ein sogenanntes Par definiert, das für die Anzahl von Schlägen steht, die ein sehr guter Golfer durchschnittlich benötigt, um den Ball vom Abschlag in das Loch zu spielen. Das Par ergibt sich aus der Länge der Spielbahn.

PUTT: Der Putt ist jener Schlag, der, meistens auf dem Grün, mit dem Putter ausgeführt wird. Der Ball fliegt nicht, sondern rollt.

PUTTER: Der zum Einlochen benutzte Schläger mit einer senkrechten Schlagfläche. Grundsätzlich darf zum Putten aber jeder Schläger verwendet werden.

PUTTING GREEN: Ein Übungsgrün mit mehreren Löchern, auf dem das Putten trainiert wird.

ROUGH: Das Rough wird in den Golfregeln nicht besonders definiert. Praktisch bezeichnet man alles, was außerhalb der Fairways oder Grüns liegt, als Rough, also jene Flächen, die nicht oder selten gemäht werden und naturbelassen bleiben.

RUNDE: Unter einer Runde Golf versteht man das Spielen aller Bahnen eines Golfplatzes.

SCHLÄGERNAMEN: Bis in die späten zwanziger Jahre des 20. Jahrhunderts hatten Golfschläger keine Nummern, sondern Namen. Die heute gebräuchliche Nummerierung der Schläger entstand erst Mitte der dreißiger Jahre durch die Massenproduktion und Vermarktung kompletter Schlägersätze. Ein Golfer zwischen 1870 und 1940 hatte sicherlich einige der folgenden Schläger in seiner Golftasche:

BRASSIE: Ein langes Fairway-Holz mit einer Messingplatte auf der Sohle des Schlägerkopfes, die die Schwunggeschwindigkeit erhöht und dem Holz gleichzeitig seinen Namen gab (Messing = engl. Brass).

SPOON: Der Spoon ist mit einem Holz 3 vergleichbar. Der Name entstand durch die Form des Schlägerkopfes, die an einen Löffel erinnert.

DRIVING CLEEK: Dieser Schläger wurde für lange Schläge vom Tee und auf dem Fairway benutzt. Er entspricht in etwa dem heutigen Eisen 1.

MASHIE: Ein Eisenschläger für hohe Schläge. Er wurde um 1880 eingeführt und entspricht einem heutigen Eisen 5.

LOFTER: Ein dem Eisen 8 vergleichbarer Schläger für Annäherungen.

NIBLICK: Ein Eisenschläger für schlechte Balllagen und Annäherungsschläge. Am ehesten vergleichbar mit einem heutigen Eisen 9 oder Pitching Wedge.

SAND IRON: Das Sandeisen ist der Vorgänger des 1928 erstmals patentierten Sand Wedges, das Gene Sarazen Anfang der dreißiger Jahre populär machte. Ein kurzes, schweres Eisen für Schläge aus Sandbunkern und anderen prekären Lagen.

SCORE: Der Score ist das erzielte Ergebnis bzw. die Anzahl der Schläge, die ein Golfer auf einer Runde benötigt hat.

SCOREKARTE: Hier sind alle wichtigen Angaben zu jedem Loch verzeichnet. Auf der Scorekarte trägt man die an den einzelnen Löchern erzielten Ergebnisse ein.

STABLEFORD: Eine 1931 zum ersten Mal dokumentierte Golf-Zählmethode, die auf den englischen Arzt Dr. Frank Stableford zurückgeht. Stableford war ein exzellenter Golfer, dem – wie vielen anderen Klubmitgliedern – die starken Winde auf seinem Heimatplatz Wallasey zu schaffen machten. Er begann mit den erzielten Scores zu experimentieren und erfand so ein Zählsystem, das sich den gnadenlosen Regeln des Zählspiels entzog und selbst die Ballaufnahme an einzelnen Löchern möglich machte, ohne dem Golfer den Spaß am Spiel und an seinem Score zu verderben. Beim Stableford sammelt der Spieler Punkte, die er nicht wieder verlieren kann. So erhält er z. B. für ein erzieltes Bogey einen Punkt, für ein Par zwei Punkte und für ein Birdie drei Punkte.

Die heute übliche Nettowertung nach Stableford, bei der der Golfer sogenannte Vorgabeschläge bekommt, die auf die zu spielenden Löcher verteilt werden, hat – wie die Errechnung des Handicaps nach Stableford – nichts mit der ursprünglichen Idee des Arztes zu tun.

STRAFSCHLAG: Beim Golfen gibt es diverse Spielsituationen, bei denen sich ein Spieler einen Strafschlag zu seinem Score hinzuzurechnen hat. Am häufigsten geschieht dies, wenn ein Ball ins Aus gespielt, für unspielbar erklärt oder nicht mehr wiedergefunden wird.

TEE: Dieser Begriff hat zwei Bedeutungen: Zum einen wird damit der Abschlag bezeichnet, zum anderen der kleine Holz- oder Plastikstift, mit dem der Spieler seinen Ball aufteet. Ursprünglich errichtete der Caddie einen kleinen Sandhaufen, auf den der Ball zum Abschlag aufgesetzt wurde.

THREESOME: Eine Lochspielvariante, bei der ein Einzelspieler gegen ein Team aus zwei Spielern antritt, wobei die Teamspieler ihren Ball abwechselnd schlagen.

TOPFBUNKER: Ein kleiner, tiefer und meist runder Bunker mit hohen Bunkerwänden wird Topfbunker genannt. Topfbunker sind die typischen Sandhindernisse auf britischen Links.

WASSER: Wasserhindernissen sagt man eine magische Anziehungskraft auf Bälle nach. Landet der Ball im Wasser, darf nach bestimmten Regeln und unter Hinzurechnung eines Strafschlages ein neuer Ball ins Spiel gebracht werden.

ZÄHLSPIEL: Beim Zählspiel spielen mehrere Spieler einzeln oder als Team gegeneinander eine festgesetzte Anzahl an Löchern. Gewonnen hat am Ende, wer in der Summe die wenigsten Schläge benötigt hat.

Adrian Benwicks Skizze

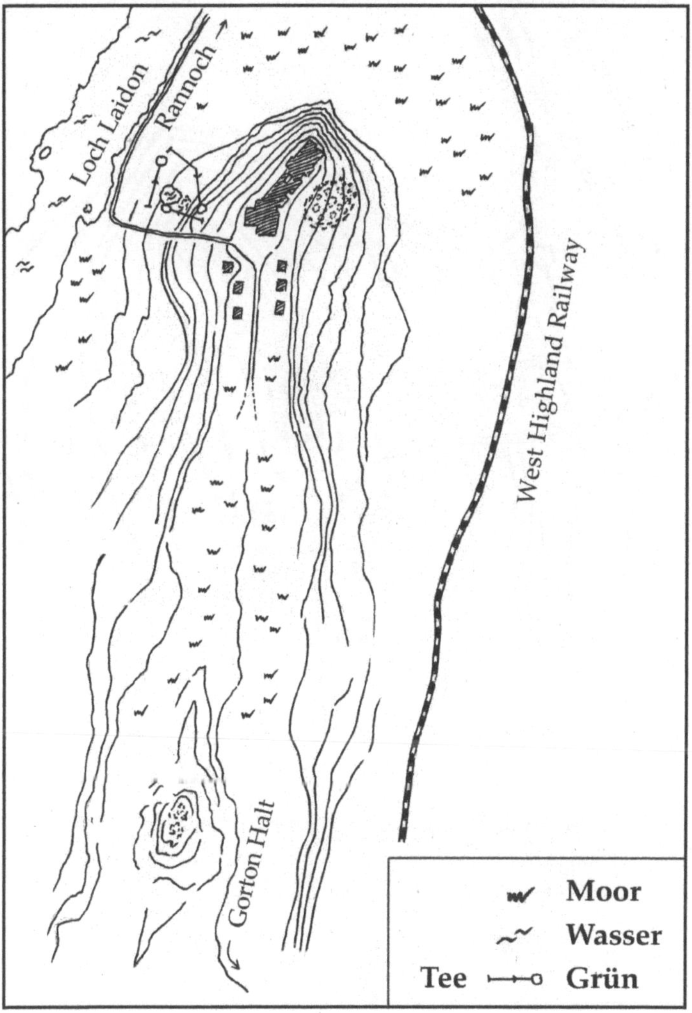

Detailskizze von Brigadun

1	Benwick Castle	6	Cottageruine von Bree & Vin
2	Cottage der Ponsonbys	7	Siedlungsruine
3	Mr Rodgers' Cottage	8	Dubh Lochan
4	Miss Carstairs' Cottage	9	Ventilationsturm
5	Major Nesbit's Cottage		